몽월 新무협 판타지 소설
FANTASTIC ORIENTAL HEROES

대법왕 8

몽월 新무협 판타지 소설

초판 1쇄 찍은 날 § 2008년 12월 9일
초판 1쇄 펴낸 날 § 2008년 12월 19일

지은이 § 몽월
펴낸이 § 서경석

편집장 § 문혜영
편집 § 정서진 · 유경화 · 최하나

펴낸곳 § 도서출판 청어람
등록번호 § 제1081-1-89호
등록일자 § 1999. 5. 31
어람번호 § 제2-1637호

주소 § 경기도 부천시 원미구 심곡동 163-2 서경B/D 3F (우) 420-010
전화 § 032-656-4452 팩스 § 032-656-4453
http://www.chungeoram.com
E-mail § eoram99@chollian.net

ⓒ 몽월, 2008

ISBN 978-89-251-1602-0 04810
ISBN 978-89-251-1420-0 (세트)

※ 파본은 구입하신 서점에서 교환하여 드립니다.
※ 저자와 협의하여 인지를 붙이지 않습니다.
※ 이 책은 도서출판 청어람과 저작자의 계약에 의해 출판된 것이므로,
   무단 전재 및 유포 · 공유를 금합니다.

FANTASTIC ORIENTAL HEROES

몽월
新무협 판타지 소설

대법왕
大法王

8

회자정리(會者定離)
완결

1장 십팔만 리   7
2장 패륜   39
3장 출가   73
4장 재회   113
5장 절대중원   143
6장 화무십일홍   179
7장 방문객   223
8장 천지창조   265

第一章
십팔만 리

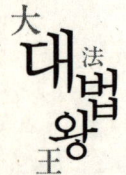

세 사람은 사주(沙州)에서 가장 큰 장항루를 찾아 들어갔다.
극심한 불황에 허덕이던 장황루 점소이 용천삼은 입이 함지박만 해졌다.
고작 손님 여섯에 함지박만 해진 것이 아니라 술이 몇 잔 돌고 들락거리다가 손님 중 한 명이 중원제일부호 천상각의 차기 가주란 사실을 알았기 때문이었다.
비록 중원에서 멀리 떨어진 감숙성이지만 천상각의 이름은 이곳에서도 유명했다.
한 병에 금화 두 냥을 호가하는 최고급 술 백건아가 벌써 서른 병째 들어오고 있었다.
"핫핫핫!"

"허허헛!"

웃음소리가 그치지 않았고 동천비는 천랑사신이 돌아가며 따라주는 술을 기분 좋게 받아 마셔 취기가 완연해졌다. 하지만 그의 주량은 끝이 없었고 천랑사신 또한 미친 듯이 마셔댔다. 특히 백건아는 꿈에서조차 마셔보길 원했던 귀한 술이었기에 더욱 네 사람은 즐겨 마셨다.

마비가 자리에서 일어났다.

안주까지 국물로 이루어진 것이어서 뒷간을 가고 싶어졌다.

점소이의 안내를 받아 뒷간에 들어서던 마비가 멈칫했다. 자신보다 앞서 음처식이 볼일을 보고 있었기 때문이었다.

음처식 왼쪽으로 나란히 서서 아랫도리를 내린 마비가 입을 열었다.

"처식아, 난 네가 무슨 생각을 갖고 있는지 알지 못한다. 또한 네가 무엇을 하고자 하는지 안다고 해도 막거나 방해하고 싶은 마음은 없다. 항상 사부들이 말했듯 넌 천랑사신의 공동제자이니 그에 걸맞게 살면 된다."

음처식이 아랫도리를 툭툭 털며 돌아보았다.

"무슨 말씀을 하시려고?"

"세상은 그렇게 녹록한 곳이 아니니라."

음처식이 벌게진 얼굴로 말했다.

"이 제자도 압니다."

"강호에는 숨은 기인이사들이 바닷가 모래알처럼 많다고들 한다. 나 또한 그 말에 공감한다. 드러난 사람보다 숨겨진 사람이 더 많고 세상으로 나오지 않았다고 해서 그들이 모두 세상사에 관심을 끊고 사는 건 더욱 아니다. 그들이 나오지 않은 것은 나올 필요성을 느끼지 않기 때문이다."

"그들을 끌어내지 말란 말씀이군요?"

"그들이 세상 밖으로 나오면 그땐 위험해진다. 즉, 이건 아닌데 하고 그들이 분노하면 골치 아파진다는 얘기니라."

음처식이 미소를 지으며 웃었다.

"그들이 나올 일은 없을 것입니다. 설혹 나온다고 해도 전혀 두려울 것도 없구요. 동천비 형님은 충분히 그들을 막아낼 수 있는 그릇입니다. 단지 이 제자가 염려하는 것은 사부님들입니다."

"우리가?"

"필시 네 분께 많은 일이 주어질 것입니다. 조심하라는 말씀입니다."

"살 만큼 살았다. 죽는 건 이제 우리에게 관심사가 아니다. 오로지 우리의 관심사는 너이니라. 사실 네가 그렇게 쉽게 동천비를 끌어안을 줄 몰랐다."

음처식이 야릇한 웃음을 지었다.

"조금 전 살 만큼 사셨다고 했지요. 그래서 목숨 따위는 그다지 장애물이 될 수 없다는 의미의 말씀을 하셨는데 제자 또한 그러하옵니다. 어차피 사부님들을 만나 덤으로 얻은 인생입니다. 죽음 역시 하나도 두렵지 않습니다."

음처식이 뒷간을 걸어나갔다.

걸어나가는 음처식을 바라보는 마비의 표정이 굳어 있었다.
음처식의 말속에서 세상을 향한 가혹한 증오를 읽은 것이었다. 그것은 불특정 다수를 향한 미움이 분명했다. 불우한 성장 환경을 운명으로 받아들여 삭이지 않고 행복하게 사는 많은 사람들을 시기하고 질투하고 있었다.

'저놈이!'

자신의 불행을 남의 탓으로 여기면 안 된다. 물론 타인에 의해 자신의 삶이 굴절될 수는 있지만 얼마든지 노력하면 벗어나고 가혹한 굴레를 뿌리칠 수가 있다. 혹시라도 세상을 곡해할까 봐 나름대로 최선을 다했는데 우려하던 일이 벌어지고 만 것 같았다.

"뭘 그렇게 생각하는가?"

독두포가 아래춤을 꼬나 쥐고 다가왔다.

"별것 아닐세."

"자네 얼굴에는 별것이라고 쓰여 있는데 아니란 말인가?"

독두포가 아랫도리를 내려 시원하게 분출하고 있었다.

"처식이 때문이겠지? 내버려 두게. 사람은 가르쳐서 될 것이 있고 본인이 얻어터지고 맞아 깨져 터득할 것이 있네. 녀석은 얻어터지고 깨져야 세상 무서움을 알 아이네."

마비가 눈을 크게 떴다.

"그럼 자네는 이미 녀석의 속셈을 읽었단 말인가?"

"십사 년을 키웠네. 모르면 말도 안 되지. 몰려오는 소나기는 맞는 법일세. 소나기의 무서움을 알리면 맞아봐야 하네."

"만약 맞아도 너무 호되게 맞아 무슨 일이라도 당하면 어찌할 건가?"
"하는 수 없는 노릇 아니겠나? 그게 인생일진대."
독두포가 붉은 웃음을 지으며 휘적휘적 걸어갔다.
"헛헛헛!"
마비는 한동안 움직이지 않았다.
굳은 표정으로 넘어가는 석양을 보았다. 자욱한 구름 속에 갇힌 석양이 오늘따라 희멀겋다.

그들을 저지할 개인이나 집단은 없었다. 그들의 힘이 세기도 했지만 강호는 이미 지쳐 있었다. 무림맹과 목와북천의 싸움으로 호된 상처를 입은 사람들에게 그들을 가로막을 힘은 남아 있지 않았다.
천랑사신의 등장은 폭풍이었다. 그들은 흑과 백을 막론하고 투항하는 개인이나 집단은 무조건 품으로 끌어안았다. 그러나 저항하거나 거절하면 피로 대가를 지불했다.
특히 천하를 장악했으면서도 완전한 재편을 이루지 못한 목와북천의 세력들이 그들의 집중 표적이 되었다. 무림맹과는 달리 목와북천의 세력들은 그럭저럭 세력을 형성하고 있었는데 집중적으로 그들을 끌어들였다.
처음에는 저항을 하면서 목와북천에게 도움의 손길을 요청했지만 완전한 정비가 이뤄지지 않은 탓에 함부로 병력을 움직이기란 쉽지 않았다.

아래로부터의 긴급 도움을 받은 목와북천 상층부 또한 고민이 컸다. 유일한 세력이라고는 흑도십문 중 마지막 세력인 귀견(鬼犬)뿐이었는데 그들은 말 그대로 최후의 보루였다. 아무 때나 함부로 사용할 수 없는 마지막 패감이었다. 만약 이들을 보냈다가 목와북천의 본진이 누군가로부터 역습이라도 당하는 날이면 끝장이었다. 그만큼 천하를 장악했지만 현재 목와북천의 힘은 여유가 없었다. 그런 약점을 알아차린 듯 천랑사신의 피바람은 걷잡을 수 없이 몰아쳤다.

 천하는 다시 피바람에 휩쓸렸다. 천하패업을 이룬 지 반년 만에 강호는 목와북천과 천랑사신이 이끄는 두 세력으로 조각나고 만 것이었다.

 잘려 나간 왼쪽 어깨의 상처도 아물었다. 왼쪽 팔이 사라지면서 처음에는 상당히 당황했다. 왼쪽 팔이 있을 때와 없을 때의 차이가 이토록 큰지 몰랐다.

 그중 가장 큰 것은 몸의 무게중심이었다. 무인에게 있어 팔은 병기를 쥐고 적을 쓰러뜨리는 공격의 최일선 도구이지만 다른 한편으로는 중심을 잡아주는 역할을 했다. 사람이 쓰러질 때면 팔을 휘젓는 이유가 바로 중심을 잡기 위함이다. 그런데 왼쪽 팔이 사라지면서 몸의 중심을 잡기가 쉽지 않았다. 고수들의 싸움에서 중심을 빨리 잡을수록 얻어지는 득이란 상상을 초월하고 생사에 절대적인 영향을 미친다.

 그래서 아오는 날마다 자리에서 일어나자마자 왼팔을 의식

하지 않고 움직이는 수련에 매진했다. 처음에는 무척 힘들었지만 타고난 무사답게 금방 왼팔이 잘렸다는 것을 몸이 인지했다. 그러면서 어색함이 점차 사라지며 몸은 조금씩 예전의 상태로 돌아왔다.

그런데도 아오의 표정이 풀어지지 않자 창송이 물었다.

"왜 그러느냐? 아직도 중원에 들어온 것이 불만이어서 그런 얼굴을 하느냐?"

창송이 술잔을 내밀었다.

중원에 들어와서 는 것은 술뿐이었다.

아오는 미련없이 잔을 받아 마셨다.

"언제까지 이렇게 술만 마시면서 하루하루 지내야 합니까?"

"군자의 복수는 십 년이 지나도 늦지 않다는 중원의 말이 있다더구나."

아오가 창송을 쳐다보았다.

"주군께서는 소인이 팔 따위 하나 잃었다는 것에 목매고 있는 줄 아시옵니까? 그래서 하루라도 빨리 피를 섭취하고자 하는 줄 아십니까?"

말없는 아오가 정색을 하자 창송이 반쯤 들어 올렸던 잔을 내렸다.

"아니란 말이냐?"

"물론이지요. 인간의 몸이 무엇이옵니까? 크게는 만물을 다스리는 제왕의 위치에 있는 동물이지만 사사로이는 도구입니다."

"도구?"

"도구란 무엇입니까? 사용하지 않으면 녹이 스는 것 아니옵니까? 중원에 들어온 지 벌써 두 달이 넘어가고 있사옵니다. 한데 우린 처음 왔던 날 마셨던 피 말고는 아직까지 피 구경을 못했습니다. 몸이 나태해지면 정신도 삭습니다."

창송의 눈이 강렬하게 빛을 뿌렸다.

아오는 단호히 말했다.

"요즘 새로운 세력이 나타나 목와북천이 접수한 땅과 세력을 가로채고 있다 들었사옵니다. 우리도 서둘러 세력을 확장하고 빼앗아야 할 것 아닌지요? 벌써부터 술과 계집질에 빠진 수하들이 한둘이 아니옵니다. 이 모든 것은 몸이 놀고 있기 때문이옵니다. 녹이 슬고 있사옵니다, 주군."

창송이 술잔을 비우더니 자신이 직접 빈 잔에 술을 따랐다.

쫘르르!

그리고 말했다.

"아주 좋은 말이다. 몸이 놀면 정신 또한 나태해진다. 하지만 이것 한 가지를 알거라. 난 그동안 중원에 대해 많은 공부를 했는데 가장 눈에 들어온 말이 있었다. 전쟁은 삶이라는 중원의 말이 있더구나."

아오의 눈이 빛을 뿌렸다.

"전쟁이 삶이라면, 하나의 전쟁이 자칫하면 평생을 갈 수도 있다는 말이옵니까?"

"여긴 중원이다. 동영은 한 달이면 끝에서 끝까지 달려갈 수가 있겠지만 중원은 일 년 아니라 십 년이 걸려도 도착하지 못할 수도 있더구나. 중원의 수많은 전쟁이 그것을 증명하고 있다. 동영은 한 번 지나가면 정리가 되지만 중원은 지나간 뒤에 제대로 뿌리를 내리지 못하면 다시 싹을 틔운다는 말이니라. 목와북천을 보거라. 뿌리를 내리지 못하니 그다지 세찬 바람도 아닌데 흔들리고 쓰러지지 않느냐? 이십 패기에 패업전쟁에 뛰어들어 늙어 죽어도 태평성대를 못 보고 죽는 일이 허다한 곳이 중원이더구나. 서둘러서는 아무것도 이루지 못하는 곳이 중원이었다. 다시 말하지만 여긴 동영이 아니다."

서둘지 말라는 뜻이자 넓고 무한한 중원이라는 말이다.

동영은 좁다. 그래서 아무리 큰 전쟁도 그리 오래 걸리지 않았다. 하지만 이곳은 중원이기 때문에 동영과는 전쟁의 규모나 기간부터가 차원이 달랐다.

"며칠 싸워 끝날 것 같았으면 내가 어찌 모든 가솔을 데리고 왔겠느냐. 몇 명만 데려오지. 동영에서 싸우듯 했다가는 금방 지쳐 죽을 것이다."

"중원이 그렇게 넓습니까?"

"오추마를 아느냐?"

"천하제일마 아닙니까?"

동영에는 오추마가 귀하다. 물론 귀하기로는 중원도 마찬가지지만 동영은 더욱 희귀해 부르는 게 값이었다. 대부호들이나 지방의 영주들은 한두 필 정도 갖고 있는데, 오추마의 속도는 상상을 초월했다. 난다 긴다 하는 말들도 그들과는 겨룰 수

십팔만 리 17

조차 없었다.
"그런 오추마로 반년을 달려도 끝이 보이지 않는다는구나."
"으헉, 반년?"
아오의 눈이 커졌다.
창송이 술잔을 비우고 일어섰다.
"서둘지 마라. 느긋하게 마음을 먹어라. 이루기만 하면 천하의 상권을 얻는다. 동영보다 수백 배 수천 배 큰 상권이다. 말 그대로 상왕이 될 수 있는 것이니라."
아오가 일어나 허리를 구부렸다.
"속하의 생각이 너무 좁았사옵니다. 송구하옵니다."
"아니다. 난 너의 충정과 투쟁심을 다시 보는 계기가 되어 흡족하다. 검을 뽑지 않았지만 전쟁은 이미 시작되었다. 적의 움직임을 살피는 것 또한 전쟁 아니겠느냐?"
그 말은 지금 천랑사신의 움직임을 지켜보고 있다는 뜻이었다. 아오의 눈이 커졌다. 왜 창송이 자신의 주군이 되어야 했는지를 알 수 있는 대목이었다.
"헛헛! 자네가 왜 요즘 내 방 출입을 않는지 이상하게 생각했는데 이유가 있었군."
문이 열리고 남궁천이 들어섰다.
아오가 깍듯이 고개를 숙였다.
남궁천이 창송을 보며 말했다.
"가주의 말을 엿들으려고 했던 것은 아니오. 아오의 얼굴을 보기 위해 잠시 왔다가 어쩔 수 없게 듣게 되었소. 이해하시오?"

"괜찮소이다. 비밀 얘기도 아니니."
"가주께서 이해하시니 고맙구려. 그나저나 무척 지루한가 보구려?"
아오를 향해 말했다.
아오가 고개를 숙였다.
"소인의 생각이 좁았사옵니다."
"가주 말씀처럼 중원은 곧 천하이오. 동영이 아니오. 동영에서처럼 전쟁했다가는 모가지 잘리기 십상이오. 헛헛헛."
아오의 얼굴이 벌게졌다.
자신의 생각이 너무 모자랐고 부끄러웠다.
그리고 남궁천에 대한 일말의 불만이 눈 녹듯 사라졌다. 사실 패장이라고 하여 마음 한구석에 그에 대한 불신이 자리 잡고 있었다. 하지만 같은 패장도 동영 식의 해석은 곤란하다는 것을 지금 느꼈다. 비록 목와북천에게 패하고 자신들에게 도움을 청하고 있지만 그에게서는 여유가 느껴졌다. 최소한 겉모습을 봐서는 패장이라기보다는 전쟁을 즐길 줄 아는 장수의 모습이었다.
"아오에게 한 가지 선물을 줄까 하오."
"선물?"
"예전에 받은 것도 있는데 이제 나 또한 받은 만큼 돌려주어야 할 것 아니오?"
창송과 아오 모두 어떤 선물인지 기대하는 표정을 지었다.

"장수에게 선물이라는 게 뭐 다른 게 있겠소? 전쟁 말고는?"
"전쟁을 시작하겠다는 말이오?"
"감사하옵니다."
아오가 큰절을 했다.
남궁천이 고개를 가로저었다.
"전쟁이랄 것도 없소. 그냥 이삭 줍기인데 뭘."
"이삭 줍기?"
"조금 전 밖에서 들었는데 창 가주께서 중원은 동영과 달라 지나간다고 해서 획득되는 것이 아니라 제대로 뿌리를 내리지 못하면 다시 빼앗긴다는 말을 들었소."
"지난 두 달 동안 여기저기 돌아다니며 공부한 결과인데 맞는 말인지 모르겠구려?"
"겸손이시오. 맞는 말일 뿐만 아니라 완전한 사실이오. 그래서 지금 채 뿌리를 내리지 못한 곳을 차지해 볼까 하오."
"그곳이 어디요?"
"천랑사신이 지나간 자리요."
창송의 눈이 이글거렸다.
아오 역시도 마른침을 삼키며 전의를 불태웠다.
"서로 부딪치는 것만이 전쟁은 아니오. 언뜻 비겁해 보일지 모르지만 죽느냐 사느냐 하는 것이 기본 바탕인 전쟁에서 방법은 중요하지 않은 것 아니겠소?"
"후, 훌륭한 말씀이오, 맹주."
"대신 우린 천랑사신처럼 많은 땅을 뺏지는 않을 것이오. 우리가 운영하고 지켜낼 수 있는 세력과 땅만 찾을 것이오. 창가주의 말처럼 중원의 전쟁은 일 년이 걸릴지 십 년이 걸릴지 알 수 없소. 다만 능력 밖의 것은 탐내지 않아야 한다는 것이오."

아오의 눈이 작아졌다.

감동이 일면 눈이 작아지는 버릇이 있었다. 그가 보는 남궁천은 주군 창송과는 또 달랐다. 창송은 선이 굵은 싸움을 즐겨 한다. 그런데 남궁천은 이기는 목적 말고는 어떤 전략이나 목표도 존재하지 않는다.

실로 잔인한 사람이다.

검문산은 그다지 높지 않지만 길게 뻗어 있다. 그래서 좌로는 사천성 북단 끝에 이르고 우로는 장안을 덮고 있었다.

또한 검문산은 예로부터 기인이사들의 터로 알려졌다. 산세가 수려하고 기화이초가 만발하여 세상과 등을 지고 살아가기에는 무척 아늑하고 향기로웠기 때문이었다.

검문산 동쪽 제일봉 망하봉에 한 채의 장원이 있었다.

이곳이 바로 목와북천의 임시 중원 총단 제하궁이었다. 목와북천의 총단은 멀리 감숙성 끝에 있어 패업을 이루는 데 여러 가지 걸림돌로 작용했기에 흑도의 세력 중 한곳인 이곳 제하궁을 임시 본부로 사용하고 있었다.

장원 주위로 광채가 번쩍거렸다.

경비무사들이 쥐고 있는 창과 칼에 햇빛이 반사되며 뿜어지는 것이었는데 숨이 막힐 지경으로 삼엄했다. 그럴 수밖에 없는 것이 천랑사신의 등장으로 자신들이 빼앗아놓은 땅과 세력이 연일 넘어가고 있었다.

더구나 지금 흑도대종사 백쾌섬은 모처에서 폐관수련 중이었다. 수뇌가 공석이었고 무림맹과의 싸움 뒤끝이어서 힘도 넉넉하지 못한 목와북천으로선 작금의 사태는 심각했다.

대청에 모두 이십여 명의 사람들이 앉아 있었는데 하나같이 얼굴이 굳어 있었다.

"망령이 들어도 유분수지, 시체나 마찬가지인 늙은이들이 도대체 뭐 하자는 수작들이야."

목와북천의 장로 중 한 사람인 우곤(雨棍) 백치성이 이를 갈았다. 올해 여든다섯으로 연륜으로는 으뜸이다. 그래서 지금 회의를 주도하고 있었다.

"그 늙은이들 나이가 올해로 몇이지? 백오십쯤 되지?"

그러자 맞은편에 앉아 있던 차가운 표정의 한 노인이 입을 열었다.

"그렇게는 못 되었습니다. 제가 알기론 백이십쯤 된 것 같습니다."

냉심도로 불리는 장로 중 한 사람이다.

백치성의 눈썹이 모아졌다.

"백이십, 그래도 많이 처먹었잖아. 곧 죽을 늙은이들이 도대체 왜 갑자기 나타나 우릴 괴롭히는 거야. 엉?"

"보나마나 허술한 틈을 이용해 한 번 세상을 거머쥐어 보겠다는 수작들이겠지요."

까마귀 탈을 쓰고 있는 사내가 째진 목소리로 말했다.

오왕(烏王) 보도숙(普道宿), 역시 장로 중 한 명이었다.

"난 그렇게 보지 않습니다."

모든 시선이 소리난 곳으로 돌아갔다.

먹물 같은 흑의를 걸쳤고 놀랍게도 세 개의 눈을 가지고 있었다. 목와북천의 군사인 삼천목이다.

"그럼 어떻게 보는가?"

백치성이 물었다.

삼천목이 침을 삼키더니 말했다.

"천랑사신은 강합니다. 비록 한물갔다고는 해도 강호육군과 비교될 만한 거목들이죠. 한때 패업의 야망을 꿈꾸기도 했지만 스스로 불가능함을 깨닫고 접었지요. 그런 그들이 다시 일어섰다는 것은 상식적으로 문제가 있사옵니다."

"문제라면?"

"배후에 누가 있기라도 한단 말인가?"

"있습니다."

"뭣이?"

"천랑사신 같은 거물이 누구의 명령을 듣는단 말인가?"

"독자적으로 움직일 만한 그릇들은 절대 못 됩니다. 지난 한 달 동안 그들이 은거했던 감숙성 일대를 이 잡듯이 뒤진 결과 놀라운 사실 한 가지를 발견했습니다. 그들은 한 명의 제자만 거둬들였을 뿐 패업을 위한 어떤 사전 작업도 없었다는 것입니다."
"그게 무슨 말인가? 지금 저렇게 펄펄 날면서 우리 뒤통수를 치고 다니는데 아무런 준비가 없었다는 게 말이 되는가?"
"인근 화전민들을 통해 자세한 동정을 알아냈사옵니다. 음처식이란 제자 한 명을 거두어 가르칠 뿐 다른 행동은 전혀 없었사옵니다."
"그럴 리가?"
백치성이 이마에 주름을 만들었다.
지금 천랑사신의 움직임을 보면 상당한 준비를 거친 모습이었다.
"제 생각으로는."
삼천목이 말을 끊자 모두가 침을 삼키며 궁금해하는 표정을 지었다.
"자넨 다 좋은데 결정적일 때 자꾸 말을 끊는 버릇이 있어. 빨리 입 열어봐."
"답답하군."
여기저기서 투덜거리자 삼천목이 입을 열었다.
"동천비가 움직이지 않았나 생각합니다."
"동천비?"
"천상각의 그 장사꾼 놈 말인가?"
"정확하지는 않지만 동천비가 완전히 재기했다고 하옵니다."
"포달랍궁 사대법왕과 싸워 양패구상했다고 말하지 않았나?"

"그것은 잘못된 정보였사옵니다. 소신의 실수이옵니다. 동천비는 재기한 듯싶사옵니다."

"정말인가?"

냉심도의 눈이 빛을 뿌렸다.

"거의."

"이런 젠장."

냉심도가 투덜거렸다.

"동천비는 보통 인물이 아니오. 장사꾼이지만 무인의 피를 더 많이 갖고 있소. 머리 또한 비상하기 그지없고."

"자네 지금 동천비를 칭찬하는 건가?"

백치성이 못마땅한 표정으로 말했다.

냉심도가 말했다.

"그가 정녕 천랑사신의 배후라면 심각합니다. 한 번 혼이 난 대호는 경거망동하지 않사옵니다. 무척 조심스럽게 움직이고 기회가 닿으면 반드시 목줄을 끊습니다. 대종사께서도 동천비를 경계하라고 하셨습니다."

"그놈이 배후라면?"

백치성이 삼천목을 바라보았다.

묘책이 있는지 묻는 것이었다.

삼천목이 말했다.

"정면 충돌 말고는 달리 방법이 없습니다."

"음!"

"하긴 대호끼리는 잔머리가 통하지 않지."

모인 사람들의 얼굴이 딱딱해졌다.
백치성이 입을 열었다.
"동천비를 배후로 확신하고 대책을 세웁시다. 군사의 말대로 결국 정면충돌로 승부를 결해야 하는데……."
백치성이 말끝을 얼버무렸다.
백쾌섬에 이어 자신이 임시로 목와북천을 이끌고 있지만 흥망성쇠가 달린 싸움을 결정 내릴 자신이 없었다. 하지만 폐관 중인 백쾌섬이 언제 나올지 알 수 없는 지금으로서는 자신이 내려야 했다.
모든 시선이 백치성에게 몰렸다.
백치성이 양손을 만지작거리더니 삼천목을 보며 말했다.
"틀림없는가?"
"이번은 확신합니다."
"군사가 가져온 보고를 토대로 작전을 세우고 명령을 내리는 게 장수의 일 아니던가. 좋네. 적당한 날과 지역을 잘 골라 정면으로 부딪칠 방법을 연구해 보게."
"알겠사옵니다, 대장로."
세 개의 눈이 무겁게 깜박거렸다.
실내는 무거워졌다. 싸움에 자신이 없어서가 아니라 백쾌섬이 없다는 것 때문이었다. 자신들에게 백쾌섬은 한 사람 이상의 절대적인 존재였다.
벌컹!
그때 문이 열리며 한 명의 무사가 뛰어들어 왔다.

모두의 시선을 받으며 무사는 삼천목을 찾았다.

"군사님은 어디 계시옵니까?"

백치성이 물었다.

"왜 그러느냐? 말해보거라."

퍽!

무사가 무릎을 꿇더니 백치성을 향해 말했다.

"큰일 났사옵니다. 천랑사신이 지나간 길을 정체불명의 집단이 밟고 있사옵니다."

삼천목이 버럭 소릴 질렀다.

"자세히 말해보거라! 정체불명의 집단이라니?"

무사는 숨을 길게 들이마신 후 입을 열었다.

천랑사신이 접수한 세력과 지역을 또 다른 정체불명의 집단이 덮쳐 빼앗고 있다는 얘기였다.

"누구냐?"

"설마 포달랍궁?"

백치성이 삼천목을 바라보았다.

모두가 설왕설래할 뿐 정확한 대답을 못했고 궁금한 시선으로 삼천목을 쳐다보았다.

세 개의 눈에서 강렬한 신광이 줄기줄기 폭사했다.

"……"

"……"

누구도 입을 열지 않았다.

장내는 엄숙해졌고 모두가 삼천목을 주시했다.

그의 두 눈은 무서우리만치 번득거렸는데 부지런히 어떤 생각을 하고 있음을 알 수 있었다.
"포달랍궁이겠지? 현 강호에서 패업에 관심을 둘 만한 세력이 어디 있겠어?"
한 명의 인물이 말했다.
"조용히 해봐!"
"이 사람이 지금!"
모두가 눈을 흘겼다.
"내가 뭘? 틀린 말 한 것도 아니잖아. 패업에 뛰어들 곳이 거기 말고 또 있느냐고?"
삼천목이 고개를 저었다.
"포달랍궁일 가능성이 전혀 없는 건 아니지만 방식에서 약간의 차이가 있사옵니다. 모두 검을 사용했다고 했느냐?"
보고를 한 무사를 향해 물었다.
무사가 고개를 숙이며 말했다.
"그렇사옵니다. 하나같이 검을 썼다 하옵니다."
"검이라고 하면 남궁세가 아니겠나?"
백치성이 조심스럽게 물었다.
삼천목이 미미하게 고개를 끄덕였다.
"그렇긴 하옵니다만, 대규모의 검객 집단으로서의 기능은 상실된 지 오래지요."
남궁세가는 이미 무너졌다.
일천 명이 넘는 많은 검객들을 동원할 무가는 현재 중원에 없다.

획!

갑자기 삼천목의 눈이 기광을 분출했다.

"왜 그러는가?"

"이보거라, 검흔의 크기가 가늘고 작지 않더냐?"

무사가 놀란 눈으로 말했다.

"어, 어떻게 그것을! 그러하옵니다. 중원의 검흔과는 상당한 차이가 있었사옵니다."

"설마?"

백치성이 눈살을 찌푸렸다.

삼천목이 마른침을 삼켰다.

"그동안 남궁천의 행방을 쫓고 있었사옵니다. 그가 배를 타고 갔다는 목격자는 있었지만 행방은 오리무중이었지요."

"그럼 저자의 보고 속의 일이 남궁천과 연관을 갖고 있다는 말인가?"

"남궁천이 동영을 끌어들인 것 같사옵니다."

"동영!"

"닌자!"

중원인들에게 동영에 대한 인상은 잔인하다는 것이었다. 그들은 닌자술이라고 하여 중원의 배교와 비슷한 기예를 갖고 있고 특히 검의 빠르기는 상상을 초월한다.

워낙 빠르기에 상처가 아주 작아 언뜻 보면 검에 당한 상처가 아닌 것으로 착각하기 쉽다.

중원과 동영은 자주 얽혔다.

좀 더 엄밀히 말하면 광동과 절강 인근 해상에 자주 출몰하여 살인을 저지를 뿐 아니라 육지에까지 상륙하여 적지 않은 피바람을 일으켰다.

그들의 목적은 대부분 상권 때문이었다. 중원이란 시장이 워낙 크다 보니 탐을 냈지만 뜻을 이루지 못하자 자주 나타나 행패를 부린 것이었다.

일어선 지 정확히 이십 일 만에 절강과 호남과 귀주를 점령했다. 이따금 약간의 저항이 있었지만 천랑사신이 닦은 길을 무혈점령했다고 해도 과언이 아닐 만큼 흘린 피는 미미했다.

너무 쉽고 간단하게 두 개의 성을 점령하자 창송세가의 무사들은 날뛰었다. 좀 더 빨리 진군을 하자고 앞 다투어 소리치고 날뛰었지만 남궁천은 더 이상 움직이지 않았다.

목와북천이 그랬고 천랑사신이 그리했기 때문에 자신은 그런 전철을 밟지 않겠다는 의미였다.

남궁천은 두 개의 성을 점령한 이후 가장 먼저 각 지역의 패주들을, 비록 소규모 집단의 수뇌들이지만 그들을 불러 모든 재량을 넘겨주었다.

죽음을 각오하고 있다가 충성을 맹세하기만 하면 오히려 가세 확장을 돕겠다고 하자 그들은 떨 듯이 기뻐했다. 더구나 상대가 한때 무림맹주였던 남궁천이라는 것을 알게 되자 완전한 충성까지 약속했다.

　남궁천의 전폭적인 지원을 받으며 귀주와 절강과 호남의 무문들은 빠르게 번창했고 가세를 확장했다. 구파일방과 목와북천이 떠난 자리를 자신들이 메우겠다는 의지였다.

　남궁천은 세 개의 성에서 과거 자신에게 반기를 들었던 개인이나 집단은 깡그리 몰살했다. 두 번 다시 자신에게 반기를 들지 못하게 하겠다는 의지였다.

　홍강(洪江)과 원강(沅江) 무수(巫水) 세 개의 강이 합류하는 지점에 금양이 있었다. 그다지 크지 않지만 세 개의 강을 끼고 있는 탓에 예로부터 군사적 요충지가 되었고 그로 인해 수많은 피의 역사를 간직하고 있다.

　해질 무렵 금양의 저잣거리에 동천비가 나타났다.

　천랑사신은 지금 파죽지세로 목와북천이 제대로 보호하지 못한 자리를 채워가고 있는데 자신들과 똑같은 방법으로 뒤를 쫓는 정체불명의 세력, 물론 동천비는 이미 남궁천이라는 것을 알고 있었다.

　지피지기.

　남궁천에 대해 다년간 연구하고 지켜보았기 때문에 수법과 전략 등이 단번에 그라는 것을 어렵지 않게 알 수 있었다.

　천랑사신을 돌려 남궁천을 칠까 했지만 그대로 내버려 두었다. 그들은 하던 일 그대로 계속 진행하도록 했다. 빼앗아 가꾸는 것도 중요하지만 일단 지나가는 것도 천하에 끼치는 영향은 크다.

자신은 지금 한곳을 향해 가고 있었다. 그곳은 사천의 검문산이었다. 그곳에는 한 집단의 핵심들이 모여 있었다.

한때는 백쾌섬을 가장 무서워했었다. 무림맹에 반기를 들다 보니 어쩔 수 없이 그와 손을 잡았지만 곁에서 보는 백쾌섬은 강했고 냉철했다.

겉으로는 상부상조하는 것처럼 보였지만 은근히 그에게 주눅이 들어 그의 뜻을 대부분 수용해야 했다. 그러는 자신이 무척 못마땅했지만 힘이 약하니 방법이 없었다.

하지만 이제는 달랐다.

스스로 자신을 평가할 수는 없지만 천하무적이라고 자부해도 흠결이 없었다.

이제 그를 만나러 가는 것이다. 두려울 것은 없고 오히려 자신이 넘쳤다. 설마 자신이 직접 찾아올 것이라고는 전혀 생각하고 있지 못할 것이었다.

해가 저물어가므로 일단 배를 채우기로 하고 주루를 찾아 두리번거리던 동천비의 눈에 한 사람이 들어왔다.

그는 비렁뱅이였다.

그러나 일반 비렁뱅이처럼 한쪽에 자리를 잡고 앉아 구걸하는 것이 아니라 지나가는 행인들을 찾아다니며 뭔가 사정 얘기를 하고 있었다.

"이보시오, 내 얘기 좀 들어보시오."

"저리 꺼져."

비렁뱅이가 옷소매를 잡아당기자 행인이 사정없이 뿌리쳤다.
"이보시오, 대협님. 내가 재미있는 얘길 하나 해드릴 테니 들어보겠소?"
"비켜."
"까불고 있어. 내가 네놈 속 모를 줄 알고. 너 매담자지?"
"아, 아닙니다. 돈 달라는… 으악!"
비렁뱅이는 채 말을 잇지 못하고 나자빠졌다.
두 거한이 그대로 걷어찬 것이었다.
"아이쿠!"
비렁뱅이는 땅바닥을 나뒹굴며 죽는다고 비명을 질렀고 지나가는 사람들 누구도 관심을 두지 않았다.
비렁뱅이는 끈질겼다. 지나가는 사람들 앞길을 막으며 자신의 얘길 들어달라고 떼를 쓰다시피 했다.
"손님, 소인의 얘기 좀 들어주시겠습니까? 아주 재밌는 얘깁니다."
"돈 없어. 저리 비켜."
짐 보따리를 짊어지고 가는 두 사내의 앞을 가로막은 비렁뱅이는 비키라고 두 사내가 뿌리치자 빠르게 말을 이었다.
"돈 달라는 얘기가 아니올시다. 그냥 잠시 쉬면서 소인의 얘기만 들어주면 되오이다."
"정말이야? 나중에 돈 내놓으라고 하면 안 돼."
"분명히 공짜라고 했소?"

"예, 예."
두 사내는 서로의 얼굴을 마주 보았다.
"잠시 쉴 겸 이 늙은이 얘기나 한 토막 듣고 가자고."
"그러지 뭐. 진짜 공짜야?"
우측 사내가 확인하듯 물었다.
퍽!
퍼퍽!
두 사내가 짊어진 보따리를 바닥에 던지듯 내려놓고 앉았다.
"진짜 공짜지?"
땀을 훔치며 재차 확인했고 비렁뱅이는 힘차게 고개를 끄덕였다.
매담자라고 하여 돈을 받고 강호의 얘기나 황실의 속사정을 말해주는 사람이 있다. 워낙 타고난 재담꾼들이어서 그들의 얘기를 듣고 있노라면 시간 가는 줄 모르기 때문에 명문에서는 따로 개인 매담자를 둘 정도이다.
"두 분 성함이 어떻게 되십니까?"
키가 작은 사내가 이마를 찡그렸다.
"아이 씨, 이름은 알아서 뭐 해? 양말남이야."
"대협께서는?"
키가 큰 사내가 말했다.
"아까부터 자꾸 대협 대협 하는데, 우린 장사꾼이야. 무명 장사꾼이라고. 그리고 내 이름은, 젠장, 얘기를 듣기 위해 이름까지 말해주기는 첨이다. 오냐, 유순임."
 "양말남, 유순임 두 분은 아주 행복한 분들이십니다. 왜냐하면 이 얘기는 천하에서 나 말고는 아무도 모르는데 마침내 두 분께서 알게 됐으니 말입니다."
 "무슨 얘긴데?"
 "이거 은근히 궁금해지는데? 속히 털어놔 봐."
 "한 명의 상인이 있었소."
 "장사꾼 얘기야? 그럼 더욱 귀담아들어야겠네."
 "그렇습니다. 귀담아들어 놓으면 득이 될지도 모르겠습니다. 그 장사꾼은 무척 돈이 많았죠. 물론 본인이 열심히 노력해서 번 돈도 있지만 상당한 액수가 선대로부터 물려받은 재산이었습니다."
 키 작은 사내가 입맛을 다셨다.
 "부럽군. 자고로 부모는 잘 만나고 봐야 해. 나 봐. 니기미, 개털 부모를 만나 죽어라 고생하고 살잖아."
 "나도 그런데."
 비렁뱅이가 마른침을 삼키며 말을 계속했다.
 "그 상인에게는 자식이 넷 있었습니다. 아들 셋에 딸 한 명이었는데, 장사꾼의 자식들답게 어려서부터 이재에 밝았습죠. 장사꾼 나이 사십 중반에 부인이 병으로 죽고 이 년 후 그는 재혼을 했습니다."
 "돈이 많으니까 당연히 처녀장가를 들었겠지?"
 "그걸 말이라고, 이빨 맷돌질하나, 이 사람아."

키 큰 사내가 키 작은 사내를 흘겨봤다.

비렁뱅이가 고개를 끄덕였다.

"돈이 많아 그런 건 아니지만 어쨌든 처녀장가를 든 것은 분명합니다."

"부럽다."

"마흔이 다 되도록 아직 여자 냄새도 못 맡아봤는데 재혼이 처녀장가라니, 그래서 돈은 있고 봐야 해. 그렇지, 친구야?"

키 작은 사내가 버럭 소릴 질렀다.

"좀 조용히 해. 이분 얘기 좀 듣게."

"미안해."

비렁뱅이가 가벼운 미소를 짓더니 목소리를 높였다.

"재혼을 하여 한 명의 아들을 낳았죠. 그런데 문제가 생겼다오."

키 큰 사내가 손을 들어 말을 제지했다.

"이봐, 잠깐. 혹시 본처 새끼들이 후처 새끼를 괴롭힌 거 아냐?"

비렁뱅이가 고개를 끄덕였다.

"귀신같이 맞히는구려. 그렇소이다. 본처 자식들은 새어머니에게서 낳은 아들을 죽이려고 갖은 모함과 함정을 만들고 심지어 자객에 청부까지 했다오. 하지만 끝내 실패했다오."

목소리가 커지고 어느새 주위 행인들이 몰려들었다.

반 시진도 지나지 않았는데 비렁뱅이 주위로는 수십 명의 행인들이 운집했다.

"그것도 부족해 본처에게서 낳은 자식들은 새어머니를 죽일 생각을 했소."
그러자 키 큰 사내가 말했다.
"후처는 아주 착하지?"
비렁뱅이가 고개를 끄덕이자 키 큰 사내가 거 보라는 듯 깔깔거리며 웃었다.
"그럼 뒷부분은 내가 말하지. 결국 후처는 자신이 낳은 자식을 데리고 집을 나가잖아. 맞지?"
"아니오. 틀렸소."
순간 군중들이 욕을 퍼부었다.
"그만 좀 나서!"
"한 번만 더 나서면 그땐 죽여 버릴 거야!"
키 큰 사내가 벌떡 일어나 죽여 버리겠다는 말이 들려온 쪽을 향해 눈을 부라렸다.
"누구야? 어떤 니기미가 날 죽인다고 했어! 조용히 하라고 하면 될 일을, 씨발!"
"알았으니까 앉아. 안 보여."
뒷사람들이 삿대질을 하며 앉으라고 아우성을 쳤다.
키 큰 사내가 헛기침을 하며 앉았다.
비렁뱅이의 얘기는 이어졌다. 처음에는 시끄럽게 떠들기도 하고 중간중간 끼어들기도 하던 사람들이 침묵했다. 시간이 흐르면서 좌중은 침묵으로 빠져들었고 비렁뱅이의 목소리만이 좌중을 압도했다.

사람들의 눈이 빛을 뿌렸다. 이야기 속으로 완전히 몰입한 것이었다.

"후처에게서 난 자식은 마침내 형들의 횡포와 부친의 냉대를 견디지 못하고 집을 나가고 말았소. 그가 집을 나간 것은 스스로의 생존 전략이었고 하늘은 그를 놀라운 무인으로 만들어주었소."

"모두 죽는 일만 남았군."

"그 성질에 가만있지 않겠군. 뭐 하슈? 빨리 다음 얘길 해보시오!"

사람들은 흥분하기 시작했다.

후처에게서 낳은 아들이 무인이 되었다고 하자 하나같이 피를 부르는 복수를 생각했다.

第二章
패륜

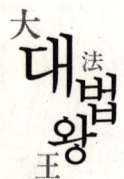

비렁뱅이의 얘기는 다시 시작되었고 군중들은 귀를 세웠다. 그러던 한순간 돌연 얘길 듣던 사람들이 경악했다.
"뭐… 뭐요?"
"정말이오? 어떻게 그런 말도 안 되는 일이?"
"그런 쳐 죽일 패륜아!"
본처에서 낳은 자식에 의해 둘째 부인이 겁탈을 당했다는 대목에 이르자 사람들이 분노했다. 어떤 사람들은 호신용으로 품에 갖고 있던 비수를 뽑아 들고 치를 떨었다.
"아무리 금지마공 때문이라고 하지만 어찌 그럴 수가 있단 말이오?"
"그런 자식은 토막을 내어 죽여야 하오!"

"옳소!"

일백여 명이 넘는 군중들이 길길이 날뛰었다. 처음부터 모든 사람들이 얘기를 듣기 위해서 모인 것은 아니었다. 운집한 군중들을 보고 무슨 일인가 싶어 고개를 내밀었다가 비렁뱅이의 얘기에 빠져 자리를 잡은 것이다.

"보아하니 꾸며낸 얘기 같지는 않고? 말해보시오? 어느 개 같은 집 얘기요?"

"맞아! 이런 얘기를 당신이 만들었을 리는 없잖아! 말해봐! 어느 가문이 이렇게 더러워?"

사람들이 큰 소리로 외쳤다.

"궁금하오?"

"말 좀 보시오!"

비렁뱅이가 사람들을 보며 물었다.

"알고 싶소?"

"그걸 말이라고 해?"

"물론이오. 궁금해 죽겠수다."

사람들이 빨리 입을 열라고 다그쳤다.

그런데 돌연 비렁뱅이가 눈물을 흘렸다. 느닷없이 눈물을 흘리자 사람들의 눈이 휘둥그레졌다.

그때 맨 앞에 자리를 잡은 키 큰 사내가 외쳤다.

"호, 혹시 당신 얘기 아니야? 그러니까 눈물을 뿌리지. 맞구만, 당신 얘기지?"

"당신이 누군데? 설마 얘기 속의 두 번 결혼한 장사꾼?"

비렁뱅이는 대답하지 않고 울기만 했다. 마치 자신의 가슴 속에 담긴 응어리를 토해내듯 눈물을 뚝뚝 흘렸다.
 보고 있던 사람들까지 일부는 눈물을 찍었다. 남자의 눈물이 이토록 사람의 가슴을 헤집는 건지 오늘 처음에서야 알았다. 여인의 눈물은 숱하게 보아왔지만 남자의 눈물은 처음 본다. 아무 소리 없이 눈물만 흘리는 비렁뱅이의 모습은 처절하기까지 했다.
 "틀림없어. 자신 얘기야?"
 "쯧쯧! 얼마나 응어리가 졌으면 저렇게 울까? 실컷 우시구려. 눈물은 참으면 화가 된다오."
 "결국 자기 화를 풀기 위해 얘기를 한 것이었군. 가슴속에 담고 있으면 미쳐 버릴 것 같으니까 말이야."
 사실 비렁뱅이의 정신은 똑바르지 못했다. 울화가 골수에까지 파고들어 정신착란을 일으켰다. 물론 하루 종일 그런 것은 아니었고 잠시 잠깐 제정신으로 돌아올 때가 있었다. 보름 전 폭우 속을 뛰어다니며 미쳐 날뛰고 있을 때 길을 가던 늙은 무명의 의원이 고백토담이라는 말을 던지고 갔다.

 '고백토담(告白吐談).'

 마음에 있는 말을 사람들 앞에 털어버리면 정신이 돌아올 것이라고 했다. 이후 사람들이 있는 곳을 찾아다니며 끌어 모았지만 모두가 미친 사람의 얘길 들을 리가 없었다. 더구나 매담자들처럼 돈을 내놓으라고 하면 골치가 아팠으므로 좀체 여건이 만들어지지 않았다.

"흐흐흐! 누군가 했더니 당신이었구려?"

돌연 좌중을 얼어붙게 만드는 차가운 웃음소리가 들렸다.

모든 시선을 받으며 동천비가 비렁뱅이 곁으로 다가섰다. 동천비를 발견한 동오룡의 눈이 이채를 띠었다.

정신이 돌아왔고 동천비를 알아본 것이다.

"너는?"

"흐흐! 그렇소. 당신이 실컷 나쁜 놈으로 떠들었던 장사꾼의 장자이오."

"뭣이? 네놈이 그놈이란 말이냐?"

"가만, 그러고 보니 얘기 속의 장남과 비슷하게 생겼네. 정말이냐? 네놈이 그 못된 맏이란 말이냐?"

사람들이 흥분해 소리쳤다.

동천비가 고개를 끄덕거렸다.

"그래, 나다. 저 비렁뱅이 입에서 나온 그 집 장자가 바로 나다."

"나아… 쁜 놈."

"너 같은 놈은 일단 맞아야 해."

사람들이 우르르 몰려들었다.

순간 동천비의 눈이 검게 변하기 시작했다.

그것을 본 동오룡이 흠칫했다.

동천비가 금지마공을 익혔다는 사실이 떠오른 것이다. 얘기를 들었던 사람들은 하나같이 평범하다. 이 안에 무림인이 있지 말란 법은 없지만 모두가 일반인들이었다. 설혹 무림인들이라고 해도 동천비의 상대가 될 수는 없었다.

"안 되오, 여러분! 당장 멈추시오!"

사람들이 당치 않다는 듯 소리쳤다.

"멈추긴 뭘 멈춰! 나 이 사람 어지간하면 남의 일에 관여하지 않는 성질이지만 이번만큼은 못 참겠소!"

"저런 놈은 때려 죽여도 누구도 우릴 욕하지 않을 것이오! 그러니 당신은 가만 구경이나 하쇼!"

동천비를 향해 다가가던 사람들이 멈칫했다.

동천비의 눈이 시커멓게 변했다. 그것은 인간의 눈이라 하기보다는 지옥의 아수라를 보는 기분이었다. 본능적으로 위험하다는 것을 깨닫고 일부가 뒷걸음을 쳤다. 하지만 동천비는 이미 마성에 완전히 젖어 있었다.

"흐흐흐! 모조리 죽여주마."

동천비가 사람들을 향해 뛰어들었다.

촤아악!

동천비의 우장이 뻗었고 강력한 검은 강기가 사람들을 향해 쏟아져 갔다.

그중 무림인으로 보이는 사람이 외쳤다.

"피… 피하시오! 저것은 금지마공 묵곤혈참기요!"

"그게 뭔… 으악!"

"컥! 끄아악!"

가장 앞선 세 명의 사람이 즉사했다.

죽음을 발견한 사람들은 혼비백산했고 하나같이 일이 잘못되었다는 것을 깨달으며 도망치기 시작했다.

"사람 살려!"

"오늘 내가 미쳤어!"

그러나 채 두어 걸음도 떼지 못했다.

퍼퍼퍽!

동천비의 가공할 장력이 폭풍처럼 사람들을 덮쳤다.

순식간에 저잣거리는 피로 얼룩졌다. 대부분 무공을 배우지 못한 사람들이고, 일부는 무인이어서 검을 뽑아 들고 대항했지만 조족지혈이었다.

빠악!

퍽!

일방적인 도살이었다. 심지어 살고자 주루와 도박장으로 뛰어든 사람들을 뒤쫓아가 완전히 숨을 끊어놓았다.

저잣거리는 죽음의 지대로 바뀌었다. 백여 구가 넘는 시신이 나동그라져 있었고 길가 창문으로 내다보던 사람들까지 자취를 감추었다. 혹시라도 동천비와 시선이 마주칠 것이 두려운 것이었다.

"처… 천인공노할!"

동오룡이 더듬거렸다.

동천비가 다가섰다.

"오랜만입니다, 아버지."

"네… 네놈이."

"그 계집 일은 실로 유감입니다."

"닥쳐라! 어디서 더러운 주둥이를 놀리느냐!"

동오룡이 핏대를 세웠다.

"난 이미 너와 인연을 끊기로 했다. 힘이 있었다면 내 손으로 널 죽였을 것이지만 그러지 못하는 현실이 애석하구나. 너는 인간이 아니다."

"인간 아닌 줄 이제 알았소? 난 짐승이오. 이미 짐승이 된 지 오래이오이다."

"아, 그 사람 말을 들을걸."

동오룡이 탄식했다.

동천비가 세 살 때였던가.

어느 날 집으로 탁발승이 들어왔다. 뚜렷하게 절을 다닌다고 할 수는 없지만 찾아오는 걸인이나 탁발승들은 절대 내치지 못하도록 했다. 내 집을 찾아오는 걸인이나 어려운 사람을 내치면 언젠가 화를 입는다는 것이 조상 대대로부터의 가르침이었다.

워낙 소문난 천상각이다 보니 찾아오는 사람도 많고 문턱이 닳을 만큼 자주 찾아오는 사람도 있다.

그런데 법명을 무정(無情)이라고 밝힌 그 승려는 처음이었다. 어느 사찰에서 왔느냐고 경비무사가 물었지만 가르쳐 줘도 모를 것이라고 했다.

대부분 정문 경비무사들이 찾아오는 사람들을 주기 위해 식

량과 은자를 갖고 있는데 무정은 안으로 들어왔다. 정문에 이르자마자 첫마디가 천상각이 망한다는 얘길 했기 때문이었다.

천상각이 망한다는 말에 경비무사들이 흥분했고 검을 뽑아 죽이려 들 때 마침 외부에 일을 보러 나갔다가 들어가던 동오룡의 눈에 광경이 목격된 것이었다.

자초지종을 들은 동오룡은 범상한 승려가 아님을 알고 무정을 집 안으로 불러 차 대접을 했다. 그리고 아까 문밖에서 했던 말이 무슨 뜻이냐고 물었다.

그러자 무정은 거침없이 천상각이 망할 것이라고 했다.

혹시라도 말을 번복할지 모른다고 여겨 많은 은자를 내밀었다. 거액을 받으면 말을 바꿀지도 모르기 때문이었다. 그러나 무정은 돈은 돈대로 챙기며 여전히 천상각은 망한다고 했다.

동오룡은 어떻게 망하느냐고 물었다. 물론 망할 이유가 없었기 때문에 약간의 비아냥기를 섞은 질문이었다. 그런데 무정은 찻물에 손가락을 적셔 방바닥에 썼다.

역천(逆天).

하늘을 거스른다는 뜻을 알 수가 없었다. 자신은 여태껏 하늘을 섬기지는 않았지만 거스를 일은 하지 않았고 앞으로도 거스를 일은 하지 않을 셈이다.

그런데 이제 와서 생각해 보면 역천이라는 말이 맞았다. 역천이란 말은 곧 자식이 부모를 죽인다는 뜻이기도 했다. 능 씨가 자식에게 겁탈을 당했고 자신 또한 동천비 손에 죽게 될 처지에 있었다. 이거야말로 완전한 역천이었다.

"그동안의 정리를 생각해 단번에 죽여 드리지."

동천비의 오른손이 뻗었다.

동오룡은 피하지 않았다. 자신의 능력으로 피할 수도 없었다.

퍽!

동천비의 장력이 정통으로 머리를 때렸다.

휘청!

동오룡이 뒤로 한 걸음 물러났다. 머리를 맞았지만 아무런 외상도 없었고 또한 죽어가는 징후를 보이지도 않았다. 유일하게 다른 점은 눈빛이었다.

강렬한 증오의 빛을 뿜어내던 눈빛이 점점 빛을 잃어갔다.

"내… 내 아들이지만 넌 천벌을 받을 것이다. 언젠가는 반드시… 하늘의 응징을……."

넘어지지 않기 위해 양손을 허우적거렸다. 그러나 주위에 짚거나 기댈 만한 것은 아무것도 없었다.

"모… 모든… 것이… 내… 내가 부른 화… 이거늘… 네가 아니라… 아비인 내가 바… 받아… 야……."

"뒈지려거든 빨리 뒈질 일이지."

동천비가 더듬거리며 말을 하는 부친의 면상을 갈겼다.

빠악!

"크아악!"

동오룡이 비명을 지르며 엎어져 숨을 거두었다.

툭!

멀쩡하던 목탁이 갑자기 두 개로 갈라졌다. 목탁은 소리의 울림이 생명이다. 그래서 안을 움푹하게 만들기 위해 나무를 깎아내고 반쯤 틈을 만들어놓는다.

하지만 나무의 재질이 워낙 단단하여 어지간해서는 부서지거나 둘로 갈라지지 않는다. 심지어 일부 승려들 중에는 목탁을 병기로 사용할 만큼 강한 물건이었다.

"능동 스님, 왜 그러십니까?"

등 뒤로부터 자신과 같이 계를 받은 용오 스님이 물었다.

척!

신발을 벗고 대웅전 안으로 들어선 용오 스님이 기겁할 듯 놀랐다. 능동 스님의 목탁이 소리를 내기 위해 벌려놓은 틈을 따라 두 개로 갈라져 있었기 때문이었다.

"어… 어찌 된 일입니까?"

용오 스님의 안색이 굳어졌다.

있을 수 없는 기괴한 일이 생기면 세속이나 절간이나 당황하고 놀라기는 마찬가지였다. 특히 아직 절간 생활의 경험이 풍부하지 않은 두 사람은 어찌할 바를 몰랐다.

"꾸중을 듣지 않겠지요?"

절에서도 텃세가 있었다. 자신들과 일 년 차이나는 바로 위 사형이 무척이나 두 사람을 괴롭혔다. 물론 평계는 세속의 때를 완전히 벗기기 위함이라고 했지만 새벽까지 붙들어놓고 불경 공부를 시키는 것을 비롯해 모든 잡일을 두 사람에게 떠넘겼다. 그야말로 허리가 휘어질 지경이었다.

목탁이 갈라졌다고 또 무슨 골치 아픈 일을 시킬지 몰랐으므로 두 사람은 오늘 일을 비밀에 붙이기로 했다.

능동이 잽싸게 갈라진 목탁을 소매춤에 감추려 들 때 등 뒤로부터 조용한 음성이 흘러나왔다.

"뭘 그렇게 숨기느냐?"

"으헛!"

두 사람이 놀라 돌아보자 한 명의 노승이 서 있었다.

"큰스님."

"스님."

두 사람은 잽싸게 밖으로 뛰어나와 엎드렸다.

노승은 황어사의 방장 스님 범천이었다.

"아니, 목탁이 갈라졌구나."

대웅전 바닥에 갈라진 목탁을 보며 눈을 크게 떴다.

"허허! 우리 능동이 얼마나 세게 두드렸으면 바위보다 강한 목탁이 두 개로 갈라졌단 말이냐?"

범천이 대웅전 바닥에 놓인 목탁을 들어 살피며 신기하다는 듯 미소 띤 얼굴로 보았다.

"불만있는 게로구나. 그렇다고 목탁을 이렇게 조각내면 어떡하느냐?"

능동이 당황한 표정을 지었다.

"아… 아니옵니다. 살살 때렸는데 그냥."

"예끼, 이놈. 그게 말이 된다고 생각하느냐? 이렇게 강한 목탁이 그냥 갈라질 리가 있느냐?"

그러면서 문설주에 쪼개진 목탁 한 개를 들고 세차게 후려쳤다. 목탁은 아무런 일도 일어나지 않았다.

"이놈, 불만있으면 말로 해야지 부처님을 모시는 귀한 목탁을 이런 식으로 만들면 못쓴다."

능동은 아무런 대꾸도 하지 않았다. 그러나 얼굴에는 억울한 빛이 역력했다.

"받거라!"

범천이 소매에서 주머니를 꺼내 밀었다.

"이건?"

"목탁 없이 어찌 부처님께 예불을 올릴 셈이냐? 당장 구해야 할 것 아니냐?"

산을 내려가 목탁을 사 오라는 얘기였다.

산 아래 저잣거리에는 목탁을 파는 곳이 두 곳 있었다.

"뭣 하느냐? 어서 해 지기 전에 다녀오거라."

능동이 공손히 두 손으로 주머니를 받았다.

"허허! 출가 칠십 년이 되었지만 목탁을 부러뜨리는 놈은 처음이로세."

범천이 조각난 목탁을 이리 살피고 저리 살피며 걸어갔다.

주머니를 든 능동이 불안한 모습으로 걸어가는 범천을 보았다.

탁!

용오가 어깨를 쳤다.

"뭐 해, 어서 갔다 오라구?"

능동이 털도 없는 머리를 긁적이며 주머니 안을 들여다보았다.

주머니 안에는 은자 일곱 닢이 들어 있었는데 얼마나 오래 되었는지 거무튀튀했다.

처러럭!

능동이 손바닥 위에 은자 일곱 닢을 쥐었다.

그것은 분명한 돈이었다. 그러나 얼마 전까지만 해도 자신에게는 넘쳐 날 만큼 흔했었다. 하루에 수십만 냥을 쥐었다 놨다 했다. 은자 일곱 닢은 자신에게 돈이 아니었다. 막말로 길바닥에 떨어져 있어도 시선도 주지 않을 만큼 미미한 액수였다.

콱!

능동은 은자를 세게 쥐었다. 너무도 소중한 은자 일곱 닢이었다. 필시 범천 스님은 이 일곱 닢을 모으기 위해 평생 아끼고 절약했을 것이었다.

"왜? 돈을 보니 마음이 달라지는가? 마음대로 하라구. 내려가 돌아오지 않아도 누구도 자네 탓은 하지 않을 거야."

용오가 짓궂은 표정을 지었다.

"금방 다녀오겠네."

능동이 돈을 품에 넣고 등을 돌렸다.

해가 서산마루에 걸렸다. 저잣거리까지 이십 리 길이었으므로 서둘러야 했다.

다다다닥!

능동이 달음박질을 쳤다.

다 쓰러져 가는 산문을 벗어나 산길을 내달렸다. 산은 조용했고 산새들이 집으로 돌아오고 있었다. 달려가는 능동의 눈앞으로 문득 가장 가슴에 기억되는 한 사람이 떠올랐다.

그는 항상 해가 떨어지고 저녁 이내가 깔려야 집으로 돌아왔다. 아버지와 형들 눈에 띄지 않으려는 나름대로의 계산이었다. 몰래 슬며시 뒷문으로 들어와 저녁을 챙겨 먹고 자신의 방에 박혀 아침까지 꼼짝도 않는다. 아침이 되면 새벽같이 일어나 밥을 훔쳐 먹고 집을 나가 버린다.

동생을 만나려면 한밤중에 찾아가야 한다. 조금만 때를 놓치면 허탕을 치기 일쑤였다. 그 동생이 이렇게 달렸다. 달려서 집에 들어오고 달려서 집을 나간다.

거리에서 자신을 만나면 달려왔고 용돈을 타고서 달려간다. 어찌나 달음박질이 빠른지 바람처럼 나타났다 사라졌다. 오늘따라 그 동생이 보고 싶다. 하지만 이제 영영 만날 수가 없다. 그 앞에 절대 나타나지 않을 것이라고 약속했다.

저잣거리에 도착했을 땐 이미 길가 상점들에 불빛이 하나둘 들어차기 시작했다.

능동은 몇 번 심부름을 다녀 안면이 있는 불전(佛典)으로 쑥 들어갔다.

"능동 스님 아니시옵니까?"

늙은 주인이 곰방대를 물고 있다가 아는 체를 했다.

"목탁 하나 주세요."

"목탁 사시려구요?"

"제가 사용하던 것이 그만."

두 개로 갈라졌다는 말에 노인의 눈이 커졌다.

"허어! 괴이하군요. 이 장사 삼대째 해오지만 목탁이 갈라졌다는 말은 처음 듣습니다, 스님."

"그래요."

"허허! 해괴하군요. 이것 어떻습니까? 무겁지도 않고 단단합니다."

능동은 노인이 내민 목탁을 이리저리 살피고 두들겨 보았다.

탁탁탁!

청아한 소리가 상점 안을 한 바퀴 돌아 저잣거리로 흘러나갔다.

노인이 입가에 미소를 띠며 목탁을 두드리고 있는 능동을 쳐다보았다.

'필시 부잣집 도련님이었을 게야. 그렇지 않다면 손이 저리도 고울 수가 없어.'

노인의 눈은 목탁을 두드리고 있는 능동의 흰 손에 머물렀다. 마치 여인의 손처럼 손가락이 길고 희다. 처음 능동 스님을 만났을 때부터 점잖은 말투와 맑은 음색과 고운 손길에서 범상치 않음을 느꼈다.

　부잣집 도련님이라면 무슨 사연이 있어 세속의 풍요를 외면하고 출가를 했을까에 생각이 이르렀다.

　'여자가 분명해.'

　부잣집 도련님이 세상 괴로워 출가할 일이라면 여자 말고는 다른 문제는 없다고 확신했다. 틀림없이 돈 없는 가난한 집 여자를 만나 사랑에 빠졌고 혼인을 원했지만 이쪽 집안에서 가로막았을 것이다. 결국 이루지 못할 사랑에 비관한 나머지 출가를 결심한 것이라고 나름대로 예리한 분석을 했다.

　"이걸로 주세요."

　이것저것 몇 개의 목탁을 꺼내 두드려 보더니 짙은 자색 목탁을 쥐었다.

　목탁 값을 계산하고 돌아서는 능동을 향해 주인은 허리를 구부렸다.

　"또 오십시오, 능동 스님."

　목탁을 보자기에 싸들고 걸음을 재촉했다.

　아직 밤이면 무섭다. 무예에 가까울 만큼 뛰어난 호신술을 갖고 있지만 이상하게 밤이 무섭다. 특히 산길은 더욱 사지를 움츠리게 만든다.

　세속 시절 상단을 이끌고 산과 강을 무수히 건넜고 심지어 온갖 공포의 전설이 깃든 지역을 지나기도 했지만 당시는 주위에 사람들이 있었기 때문에 괜찮았다. 하지만 절간 생활은 항상 혼자였기 때문에 오싹했다.

거의 뛰다시피 저잣거리를 벗어나던 능동의 발걸음이 멈췄다. 중심부는 길가 상점들이 켜놓은 불빛에 환하고 사람들도 많았지만 저잣거리를 벗어나는 지역은 어둑했고 통행하는 행인도 뜸했다.

멈칫!

능동의 고개가 좌측으로 돌아갔다. 반 장 높이로 벽돌을 쌓은 대 위에 한 사람이 누워 있었다.

시방대(屍放臺)였다. 시방대는 연고가 없거나 유족이 찾지 않은 시신을 인근 사람들이 발견하고 임시로 옮겨놓는 곳이다. 사흘을 기다려도 유족이나 임자가 나타나지 않으면 관가에서 처리하는데 누군가 주인 없는 시신을 발견하고 올려놓은 것 같았다.

능동의 발걸음이 멈춘 것은 이쪽을 향하고 있는 시신의 신발이었다. 어두웠지만 신발 바닥이 흰색이어서 눈에 띄었다. 천하에서 신발 바닥이 흰색으로 되어 있는 것은 자신이 알고 있기에 사천제일혜가(四川第一鞋家) 만씨세가에서 만든 혈록혜였다. 혈록혜는 붉은 사슴으로 불리는 혈록의 등가죽으로 만든 것인데 이상하게 가죽 안쪽은 흰색을 띠고 있었다. 혈록의 등가죽은 물이 스며들지 않고 열에 강하며 질겨 고가에 거래되었다. 그렇기에 혈록혜를 모방한 가짜 신발도 많이 나돌았다.

능동은 시방대를 향해 다가갔다. 발걸음은 몇 번이나 가다 서다를 반복했다.

혈록혜가 비싸다고는 해도 자신의 부친만 신으라는 법은 없었다. 또한 워낙 고가의 신발이다 보니 가짜가 횡행했고 모조품은 은자 닷 푼 정도면 구입할 수가 있어 살림이 넉넉하지 못한 사람들도 즐겨 신는다.

하지만 본능은 자꾸 자신을 끌어당기고 있었다.

또다시 능동의 눈이 빛을 뿌렸다. 시신은 낡은 거적으로 덮여 두 발과 흑의가 삐죽 나와 있었는데 걸치고 있는 의복 또한 묵상금이었다. 묵상금은 고가의 비단이다. 묵상금은 모조품이 없으므로 시신이 신고 있는 혈록혜는 진품일 가능성이 높았다.

척!

가까이 다가간 능동이 시신의 얼굴이 있는 쪽으로 손을 뻗어갔다. 막상 거적을 쥐려고 하니 오싹했다. 잠시 심호흡을 두어 번 한 능동이 거적을 당겼다.

스르르!

시신이 얼굴을 드러내는 순간, 능동의 눈이 부릅떠졌다. 한참 시신의 얼굴을 쳐다보던 능동이 세차게 고개를 좌우로 흔들며 눈을 대여섯 번 깜빡거린 후 다시 확인을 했다.

하지만 시신은 분명 부친이었다.

"아… 아버지!"

다가가 무릎을 꿇고 확인을 했지만 틀림없었다.

반듯이 눕혀 얼굴을 들이대듯 하고 봐도 영락없는 부친 동오룡이었다.

"아버지, 이게 어찌 된 일이옵니까? 아버지!"

능동은 정신을 차릴 수가 없었다. 천하에서 가장 돈이 많은 부친이 이런 연고도 없는 외진 곳에서 시신으로 방치되어 있다니 믿어지지가 않았다.

하지만 아무리 살피고 또 살펴도 부친이었다.

"아버지!"

급기야 능동이 절규를 터뜨렸다.

장례는 한밤중에 이뤄졌다. 연락을 받고 범천을 비롯한 용오와 여러 사형제들이 거적에 시신을 말아 황어사로 옮겼다. 간단한 장례 예불이 있었고 시신은 황어사의 전통에 따라 풍장으로 지내기로 했다. 황어사 승려들이 많이 묻힌 구의산 계곡 한 자락에 동오룡의 시신이 놓였다. 시체는 밤을 넘기지 못하고 짐승들에 의해 사라질 것이었다.

자시(子時)가 넘었는데도 잠이 오지 않는다.

이미 용오는 깊은 잠에 빠져 있었다. 능동은 용오가 깨지 않게 살며시 자리에서 일어나 문을 열고 밖으로 나갔다.

휘이이!

쌀쌀한 바람이 몸을 움츠리게 했다.

딸랑딸랑!

멀리 대웅전 처마 끝에 달린 풍경이 바람에 흔들리면서 소리를 낸다. 요사채 마당으로 나온 능동의 뺨을 타고 눈물이 흘러내렸다. 도무지 믿을 수가 없었다.

천하를 뒤흔들던 대상가의 주인이 객사를 하다니, 그것도 주인 없는 시신으로 시방대에 올려지다니 도대체 이해가 되지 않았다. 왜 아버지가 절강성에서 이곳 호남까지 왔는지, 그리고 누구의 손에 죽었는지 의문투성이였다.
　'아버지!'
　동천비가 손을 잡은 목와북천이 천하를 거머쥐었기 때문에 최소한 가문의 몰락은 없을 것이라고 단정했다. 이유야 어찌 됐든 무림맹이 사라졌으므로 천상각은 다시 탄탄대로를 달릴 것이라는 게 능동의 생각이었다. 목와북천이 천하를 쥐면 천하상권의 전부를 동천비가 쥐게 약속되어 있다고 언젠가 부친으로부터 얘기를 들었기 때문에 안심했다. 그래서 좀 더 홀가분한 마음으로 출가를 결행한 것이었다. 그런데 부친이 비참하게 죽다니, 갑자기 집으로 돌아가 보고 싶었다. 이건 아니었다. 자신이 예상한 것과는 너무 딴판이었다. 우선 급한 대로 내일 아침 범천에게 양해를 구하고 절강으로 돌아가 집부터 살펴보기로 결정했다.
　결심을 굳히고 돌아서려는데 범천의 목소리가 들렸다.
　"내일 아침까지 기다릴 것 뭐 있느냐?"
　"큰스님."
　범천이 우뚝 서 있었다.
　범천이 조용히 말했다.
　"가거라. 세속의 삶이 완전히 정리되지 않으면 너 또한 이곳 생활이 불편할 것이다. 돌아가서 모든 것을 완전히 정리하고 오거라. 혹여 그럴 리는 없겠지만 운명이 널 다시 환속시켜야 한다면 돌아오지 않아도 되느니라."

"크… 큰스님, 그건 아니 되옵니다."

"인생사 한 치 앞을 모르느니라. 어찌 됐든 어서 가보거라. 가서 궁금한 모든 것을 알아보거라."

능동은 곧바로 짐을 쌌다.

짐이라고 해봤자 이곳을 찾아왔을 때 입고 왔던 흑의와 은자 몇 푼이 전부였다.

사흘 후 능동, 동천완은 천상각이 있는 소주에 도착했다. 혹시라도 아는 사람들을 만날까 봐 삿갓을 깊숙이 눌러썼는데 오후가 되면서부터 가랑비가 내리기 시작했다.

내리는 비를 맞으며 소주 거리를 걷던 동천완은 주루로 들어섰다.

자신이 이곳에 있을 때 자주 드나들었던 맹상루였다. 삿갓을 깊숙이 눌러써서 점소이 가복규가 알아보지 못했다. 오며 가며 은자 푼이나 집어주어 자신만 보면 이마가 바닥에 닿을 만큼 허리가 숙여지는데 오늘은 뻣뻣하다.

새삼 돈의 위력을 느끼며 만두를 시켰다.

"화무십일홍이라지만 너무 허망하군."

"그러게 말일세. 천하의 천상각이 하룻밤 사이에 잿더미가 되어 사라질 줄 누가 알았겠는가?"

동천완의 고개가 돌려졌다.

세 명의 장사꾼이 술과 음식을 먹으며 담소를 나누고 있었다.
"그나저나 누가 그랬을까? 혹시 형님, 홍수에 대해서 아는 것 있습니까?"
두 사내가 뚱뚱한 사내를 쳐다보았다.
뚱뚱한 사내는 일행 중 가장 연장자인 듯 머리가 희끗했다.
"홍수에게 직접 내가 했소 하는 대답을 듣지 않아 알 수는 없지만 강호 소식통에 정확한 사람들의 말을 빌리면 남궁천일 가능성이 가장 높네."
"남궁천이라면 전 맹주 아닙니까?"
"그가 살아 있단 말입니까?"
"그가 언제 죽었나?"
뚱보사내가 묻자 물었던 좌측 사내가 피식 웃었다.
"그건 아니지만 워낙 소식이 없어 소제는 죽은 줄 알았습니다."
뚱보사내가 말했다.
"목와북천에서 남궁천을 찾기 위해 혈안이 되었지만 실패했다네. 아무튼 천상각을 잿더미로 만든 홍수로 남궁천을 생각하는 이유는 한 가지일세."
두 사내의 눈이 빛을 뿌렸고 동천완 또한 뚱보사내의 입을 주시했다.
"현재 남궁천이 이끌고 있는 세력이 동영의 막룡세가와 쌍벽을 겨루는 창송세가라네."

"소제도 그 얘긴 들었습니다."

"남궁천이 창송세가와 손을 잡았다는 것은 이제 거의 알려졌지. 문제는 남궁천이 창송세가를 끌어들이며 내건 조건일세."

"그러잖아도 그 조건이 가장 궁금합니다. 뭡니까?"

두 사내의 눈이 반짝거렸다.

뚱보사내가 말했다.

"중원의 상권일세. 알겠지만 창송세가는 무가이기도 하지만 상문이기도 하네. 아마 천하 상권을 창송세가에 떠넘긴다는 약조를 하지 않았느냐는 게 사람들의 짐작일세. 그 증거가 바로 천상각을 잿더미로 만든 거지."

"자신의 약속을 보다 명확히 보여주기 위해 천하제일상가인 천상각을 불태웠을 것이라는 말씀이군요?"

"그렇네."

"미친놈, 아무리 복수에 눈이 뒤집혀도 그렇지 섬놈들을 끌어들이다니."

"그것이 권력의 속성이라네. 권력을 잡기 위해서는 피도 눈물도, 아군도 적군도 가리지 않네. 무지한 백성들만 이것저것 따질 뿐."

동천완은 자리에서 일어났다.

돈을 지불하고 곧바로 천상각으로 향했다.

세 사내의 말처럼 천상각은 사라지고 없었다. 완전히 잿더미가 되어 흔적도 없었다. 누백 년을 천하제일상가로 군림해

왔던 천상각은 검은 숯덩이가 되어 빗속에 뒹굴고 있었다.

 동천완은 넋을 잃었다. 어느 정도 안정을 찾겠다 싶어 모든 것을 버리고 출가를 결행했는데 자신의 짐작과는 전혀 엉뚱한 방향으로 흘러가 버린 것이었다.

 와직!

 불에 탄 잔해를 밟으며 장원을 둘러보았다.

 장원은 검게 변한 채 을씨년스럽게 웅크리고 있었다.

 척!

 걸음을 멈췄다.

 녹풍원이 있던 곳이었다. 다른 곳보다 유난히 많이 불탄 탓에 잔해도 그다지 많지 않았다.

 불끈!

 동천완의 주먹이 쥐어졌다. 가슴속에서 거친 분노와 뜨거운 열기가 솟아올랐다.

 아직까지 단 한 번도 누군가를 증오하거나 미워해 본 적이 없었다. 하지만 갑자기 마음속으로부터 한 사내에 대한 미움이 부글거렸다. 자신의 가문으로부터 엄청난 황금을 빼앗다시피 가져갔다. 부친의 삶 또한 돈을 벌려다 보니 절대 깨끗하다고 생각하지 않았고 그런 이유로 남궁천의 행위를 별반 탓하지 않았다. 하지만 이제는 정말 화가 치솟았다. 그가 눈앞에 있다면 죽이고 싶다는 생각이 들었다.

 '아미타불!'

 격렬히 타오르는 살심을 짓누르기 위해 서툴지만 불호를 외왔다. 불같은 감정을 다스려 보기 위함이었다. 겨우 마음을 어느 정도 진정시켰다.
"천상각의 선조들이여, 부디 이 후손을 용서하소서."
혼잣말을 흘리며 동천완은 몸을 돌렸다.
오래 머물러 봤자 증오심만 생길 뿐이었다. 천상각에 희생된 수많은 군소 상인들과 상가의 원혼들이 남궁천의 손을 빌어 아버지에 당한 설움을 갚았으려니 생각하기로 했다. 그러나 씻겨지지 않은 한가닥 분노를 짊어지고 동천완은 검은 잿더미에서 멀어져 갔다.

사흘 후 능동은 다시 황어사로 돌아왔다. 그가 돌아오자 범천의 눈이 부릅떠졌다. 놀라는 것을 보아 능동이 돌아오지 않을 것이라고 생각했던 모양이다.
능동은 가사를 걸치고 곧바로 대웅전 마루바닥에 무릎을 꿇었다. 목탁을 두드리는 능동의 두 눈이 지그시 감겼는데 복받치는 여러 감정을 삼키는지 눈썹이 파르르 떨리고 있었다.
잠시 서서 능동의 뒷모습을 바라보던 범천이 길게 한숨을 내쉬며 돌아섰다.
'삶은 참으로 고해로다!'
멈칫!
돌아선 범천의 눈이 빛을 뿌렸다.
문득 저만치서 한 명의 흑의사내가 다가오고 있었다. 규모는 작지만 워낙 오래된 고찰이어서 향객들의 발길이 끊이지 않는 황어사이다. 척 보면 향객인지 아닌지 구별이 가는데 아니었다. 예불을 드리고자 찾아온 사람이 아니었다.
'파르르!'
흑의사내는 빠르지 않은 걸음이었는데 범천의 흰 눈썹이 떨림을 보이고 있었다.
'우웃!'
사람이라기보다는 한줄기 바람이 걸어오는 듯 부드러웠다. 사람들에게는 고유의 기운이 있어 무인은 차가우며 상인에게는 끈적끈적한 돈의 냄새가 짙다. 관리에게는 오만한 기세가 꿈틀거리고 거지는 쉴 사이 없이 눈을 움직이며 상대를 살피는 버릇이 있다. 그런데 흑의사내에게서는 이런 기운과는 동떨어진 바람 같은 느낌이 물씬했다.
바람이란 나뭇가지를 흔들며 자신의 존재를 알리지만 결코 모습을 드러내지 않는다. 사내는 다가오고 있었지만 아지랑이처럼 가물거리기도 했다가 단단한 바위 모습으로 바뀌기도 했고, 살랑거리는 물결처럼 흩어지기도 하는 놀라운 모습을 했다.
하나 범천이 가장 놀란 것은 미소였다.
흑의사내 입가에는 부드러운 미소가 있었는데 범천은 자신도 모르게 고개를 돌려 대웅전의 석가세존을 보았다.
'이럴 수가!'
믿을 수 없게도 흑의사내의 입가에 걸린 미소는 대웅전의 것과 닮아 있었다.

꿈틀!

범천의 눈썹이 꿈틀거렸다.

단순히 생김새 때문에 이 모든 현상이 일거에 생기는 건 아니었다. 평생을 불가에 몸을 담았다. 뭔가 커다란 깨우침을 얻기 전에는 나타나지 않는 현상들이며 모습이었다.

흑의사내가 합장을 했으므로 범천 또한 공손히 합장을 했다.

탁탁탁!

흑의사내가 범천의 어깨 너머 대웅전에서 목탁을 두드리는 능동의 모습을 바라보았다. 능동을 바라보는 흑의사내의 두 눈에 짧은 파장이 생겼고 범천은 놓치지 않았다.

"어디서 오셨소이까?"

범천은 향객이 아니라고 확신하여 물었다.

"저기 저분을 좀 뵈러 왔습니다."

흑의사내가 턱으로 대웅전에서 예불을 올리는 능동을 가리켰다.

범천이 대웅전을 일별하고 물었다.

"능동과는?"

"능동? 법명이옵니까?"

"그렇소이다만."

흑의사내의 표정이 굳어졌다.

법명을 듣는 순간 한 가지를 유추해 내었다. 모친 능 씨와 아버지 성씨를 붙여 지은 법명이 아닐까 하는 것이었다.

범천은 앞을 비키지 않았다.
그것은 이쪽의 정확한 신분을 묻는 것이었다.
"소생에게, 형님이 한 분 있습니다."
흑의사내가 말을 잠시 더듬거렸다. 범천은 흑의사내의 눈 깊숙한 곳에서 한줄기 고통이 떠올랐다가 사라지는 것을 놓치지 않았다.
"아무리 찾아도 행방이 묘연하던 차에 누군가 이곳에 가보면 계실 것이라고 해서. 세속에서의 형님 이름은 동천완이라고 합니다. 소생은 동천몽이라고 하지요."
목탁을 두드리는 동천완에게 들리도록 일부러 목소리에 힘을 실어 말했다.
예상대로 일정한 흐름을 타며 울리던 목탁 소리가 불규칙해졌다. 원래대로 흐름이 금방 회복되었지만 짧은 순간 간격이 길어졌었다.
그제야 범천이 돌아섰다.
탁탁탁!
한참 동안 목탁을 두드리는 동천완을 바라보던 범천이 말했다.
"만나보시구려."
그것은 능동이 동천완임을 인정하는 대답이었다.
동천몽이 천천히 계단을 올라갔다.
동천완은 꼼짝도 않고 목탁을 두들기며 중얼거렸다.

선남자(善男子) 약유무량백천만억중생(若有無量百千萬億衆生) 수제고뇌(受諸苦惱) 문시관세음보살(聞是觀世音菩薩).

흑의사내가 조용히 입을 열었다.
"형님답구려. 어느새 법문을 그렇게 공부했소?"
멈칫!
동천완이 이번에는 동작을 멈췄다.
잠시 정면의 세존을 뚫어져라 쳐다보던 동천완이 큰절을 올리고 자리에서 일어나 돌아섰다.
흠칫!
흑의사내는 깜짝 놀랐는데 동천완의 양 볼에 눈물이 범벅되어 있었다.
"허엉!"
동천완이 말했다.
"도… 도저히 참을 수가 없었습니다. 아무리 울지 않으려고 해도 너무나 화가 나고 아버지가 불쌍하기도 하고."
동천몽이 눈을 치켜떴다.
"아버지가 불쌍하다뇨? 그 돈 많은 분이."
동천완이 말을 가로질렀다.
"말을 가려 하십시오. 한 번만 더 비아냥거릴 땐 가만있지 않겠습니다."
돌변한 동천완의 태도에 동천몽이 눈을 크게 떴다.
동천완이 마른침을 크게 삼키며 말했다.

"아버지는 돌아가셨습니다."
"아버지가?"
"이레쯤 되셨습니다. 구화산 골짜기에 내가 모셨지요."
동천완의 목소리는 떨렸다.
"누가 죽였소?"
"모릅니다. 다만."
동천완은 저잣거리를 나갔다가 시방대 위에 올려진 부친의 시신을 보았다는 얘기를 해주었다.
"그럼 이곳에서 죽었다는 말 아니오? 일목."
퍽!
일목이 마당으로 떨어져 내리자 범천이 소스라쳤다.
더구나 하나뿐인 눈을 번득이며 자신을 힐끗 쳐다보자 더욱 소름이 끼쳤다.
일목이 동천몽을 향해 허리를 구부렸다.
"부르셨나이까, 대법왕님이시여."
범천이 소스라쳤다.
일목의 입에서 분명히 대법왕이라는 말이 흘러나왔기 때문이었다.
동천완이 동생에게 존칭을 하는 것부터, 궁금한 것이 한두 가지가 아니었다.
"이… 이보시오, 저분 시주께서?"
"닥치시오. 감히 대법왕님을 시주라니?"
일목이 금방이라도 일장을 날릴 듯한 살벌한 기세를 풍겼다.

"맞소. 저분께서는 만인지상이자 유아독존이신 포달랍궁의 대법왕님이시오."

"마… 맙소사. 정말이오?"

"이 노승이!"

이 늙은이가, 하려다 얼른 말을 바꾸었다. 자신보다 연장자일 뿐 아니라 엄연히 황어사의 큰스님이었다.

동천완이 조용히 마당으로 내려서며 말했다.

"그렇사옵니다, 큰스님. 사사로이는 저의 아우 되지만 분명히 대법왕이십니다."

범천이 믿을 수 없다는 표정으로 눈을 부릅뜨고 살폈다.

第三章
출가

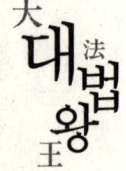

동천몽이 조용히 백상불을 꺼내 보여주었다. 그제야 범천이 무릎을 바닥에 꿇으려 했다. 그러나 강한 무형의 경기가 무릎을 곧추세우고 있어서 구부릴 수가 없었다.
놀라 쳐다보는 범천을 향해 동천몽이 말했다.
"됐소. 그냥 예를 받은 걸로 할 테니 그만두시오. 뭐 하느냐? 가서 흉수가 누군지 알아보거라. 반드시 잡아라."
동천몽의 눈에서 살기가 충천했다.
"명을 받사옵니다."
일목이 그 자리에서 사라졌다.
범천은 여전히 동천몽을 살피느라 여념이 없었고 동천완이 동천몽에게 말했다.

"어떻게 알고 왔습니까? 하긴 대법왕님 정도 되시면 소승 하나쯤 찾아내는 건 식은 죽 먹기겠지요."

"시위하는 것입니까? 이게 무슨 짓입니까?"

"출가를 결심한 것은 아주 오래전부터였습니다. 다만 시기가 적절하지 않아 그동안 미뤄왔습니다. 혹시라도 오해하실까 봐 미리 말씀드리지만 소승의 출가는 현실 도피도 아니고 가문의 업보를 외면하고자 하는 것은 더욱 아니옵니다."

"듣기 싫습니다. 당장 환속하십시오."

"헛헛! 그 말씀하려고 왔거든 돌아가십시오. 소승을 어려서부터 보아왔으면서도 그런 말씀을 하십니까?"

동천완은 전형적인 외유내강의 인물이었다.

어떤 결단을 내릴 때는 무척 신중하지만 한 번 결심하면 절대 번복하지 않았다. 어쩌면 번복하지 않기 위해서 그는 결단을 내리기까지 신중하고 진지했는지도 몰랐다.

"가벼운 얘기 하나 할까요? 형님까지 이러시면 본 가의 대가 끊깁니다."

동천완이 눈을 크게 떴다.

잠시 우두커니 서서 눈알을 굴렸다. 동천몽의 말이 사실인지 계산해 보려는 듯했다.

"대가 끊기면 얼마나 자식으로서 불효인지 형님께서 잘 아시잖습니까."

"대가 끊긴다뇨? 큰형님이 있잖습니까?"

"큰형님이라뇨? 내게 형님은 황어사에 출가하겠다고 고집을 피우는 동천완 말고는 없습니다."

동천몽은 조용히 말했다.

하지만 동천완의 표정이 납덩어리처럼 무거워졌다.

이따금 엉뚱한 짓을 하긴 하지만 함부로 경솔하게 말을 뱉는 동천몽이 아니었다. 그런 그의 입에서 동천비를 형님으로 인정하지 않겠다는 말이 나왔다. 목소리는 조용했지만 그것은 폭탄선언이라고 하기에 부족하지 않았다.

형을 형으로 인정하지 않겠다는 것은 보통 사람들이 생각하는 것처럼 단순하지 않았다. 자신도 결단을 내리면 번복하지 않듯 동천몽 역시도 경솔하게 어떤 일을 감행하거나 공약(空約)을 하지 않는다. 그가 동천비를 형으로 인정하지 않겠다는 것은 단순히 형이라고 부르지만 않겠다는 뜻이 아니라 죽여 없애겠다는 뜻이기 때문에 동천완이 기겁한 것이었다.

"모… 몽아."

너무 놀라 자신도 모르게 세속의 이름을 불렀다.

"그것이 무슨 말이냐? 난 도무지 이해를 못하겠구나."

동천몽이 칼로 두부를 자르듯 말했다.

"그건 이미 끝난 일이니 더 이상 입에 담지 않는 것이 좋겠소."

"처… 천혁 형님도 죽고 천화 또한 죽은 것이나 마찬가지 아니더냐?"

그러니 용서하라는 의미였다.

"그래서 놈은 살려주자는 얘기요?"

"노… 놈?"

동천완이 소스라쳤다.

동천비를 놈이라고 부르고 있었다. 그것은 절대 돌이킬 수 없다는 강한 의지였다.

"죽을죄를 지었으면 죽어야 하는 것이오. 다 죽으면 대가 끊기므로 누군가는 선별하여 살려둬야 한다는 생각은 내게 통하지 않습니다. 설혹 형님이라도 죽을죄를 졌으면 난 살려두지 않을 것이오."

동천완이 눈을 감았다.

더 이상 어떤 얘기도 동천몽의 얼어붙은 마음을 돌리지 못한다는 것을 느꼈다.

어쩌면 그가 자신을 찾아와 환속을 요구하는 것은 동천비까지 죽여야 하기 때문인지도 몰랐다. 자신이라도 혼인을 하여 천상각의 대를 잇게 하려는 계산이 전부는 아니지만 일부는 되는 것 같았다.

"혀… 형이 못된 짓을 했다는 것을 안다. 대법왕님과 개인적으로도 깊은 응어리가 맺혀 있다는 것까지도. 그러나……."

"훗훗! 그까짓 개인적인 것은 이미 오래전에 잊었습니다."

"그런데도 살려두지 않으려는 이유가?"

동천몽이 범천을 바라보았다.

속으로 늙으면 눈치도 없다는 생각을 떠올렸다. 한데 범천이 몸을 돌렸다. 동천몽의 의중을 헤아린 듯 조용히 걸어 사라졌다.

"놈은 짐승이오. 아니, 짐승도 그런 짓은 못하지. 아무리 금지마공으로 인해 이성이 상실되었다고는 해도 패악을 저질렀소. 입에 담을 수조차 없는."

"……."

"어머니를, 하늘을 바라볼 수조차 없는."

"뭐… 뭣이?"

"이제 왜 내가 놈을 죽이려 하는지 아시겠소?"

동천완의 안색이 시커멓게 변했다.

동천몽의 말을 믿을 수 없다는 듯 한참을 쳐다보더니 부르르 몸을 떨었다.

"아… 아미타불! 어찌 그런 극악한 패륜을!"

"하루라도 빨리 내 손으로 죽여야 하오. 살려두면 더 많은 악행을 남길 것이오."

동천완은 계속 아미타불을 중얼거렸다.

상상할 수조차 없는 끔찍한 일이었다. 동천비가 차갑고 야망이 크긴 했지만 도덕적으로 타락한 사람은 아니었다. 어쩌면 그런 면에서는 아주 냉혹하리만치 엄격했고 가내에 수많은 시녀들이 즐비했어도 절대 건드리거나 하지 않았다.

우월한 지위를 이용해 아랫사람을 건드리거나 횡포를 부리는 것처럼 비열한 짓은 없다고 했다. 더구나 중원에서 가장 큰 부잣집이다 보니 금전을 노리는 여인들의 접근이 많을 것이라면서 동생들에게 몸가짐을 똑바로 할 것을 가르치기도 했던 동천비였다.

"그래서 어머니는?"

동천몽은 아무런 대꾸를 하지 않았고 동천완이 또다시 아미타불을 중얼거렸다.

그때 산을 내려갔던 일목이 돌아왔는데 육십가량의 뚱뚱한 노인을 어깨에서 내려놓았다.

노인은 안색이 파랗게 변해 있었다.

"이 늙은이는 이 아래 저잣거리에서 대왕루라는 큰 주루를 운영하고 있습니다. 이 늙은이가 이레 전 있었던 살인 사건을 목격했다고 합니다. 네 이놈, 자세히 말해라. 만약 숨긴 것이 있거나 거짓을 말하면 약조한 대로 모가지를 돌려 버리겠다."

퍼억!

노인이 다시 무릎을 꿇었다.

"저… 절대 거짓 따위는 고하지 않을 테니 제발 모가지를 돌리지 말아주십시오."

"알았으니까 빨리 말해라."

일목이 무섭게 눈을 뜨고 노려보자 노인이 미치겠다는 듯 고개를 저으며 말했다.

"그… 그러니까 그날 우리 주루 앞 저잣거리에서 사람들을 모아놓고 한 가문의 비사를 얘기했습니다."

노인은 당시 있었던 얘기를 그대로 옮겼다.

듣고 있던 동천몽과 동천완의 눈이 커졌다. 보지 않아도 자기 가문의 얘기였기 때문이었다.

"그런데 얘기가 한참 막바지에 이르렀을 때 한 사람이 나타낳는데 놀랍게도 거렁뱅이를 향해 아버지라고 부르더군요."
"동천비."
동천몽은 이를 부드득 갈았고 동천완은 손을 저었다.
"기다려 보거라."
설마 동천비일 리는 없을 것이라는 얘기였다. 하지만 노인의 얘기는 동천비였음을 확실하게 증명했는데 바로 묵곤혈참기와 동오룡이 죽어가면서 모든 것이 내가 부른 화이거늘 네가 아닌 아비인 내가 하늘의 화를 받아야 한다라는 말을 했다는 부분에서는 의심의 여지가 없었다.

털썩!
동천완이 힘없이 주저앉았다.
너무 충격을 받은 듯 안색이 창백해졌는데 그의 손에 들려 있던 목탁이 땅바닥을 나뒹굴고 있었다.
"아아! 아아!"
동천완이 하늘을 향해 눈물을 흘리며 신음을 뱉었다.
"어떻게… 이런 일이 벌어질 수가 있단 말인가. 어떻게 이런 일이 우리 집에서 일어난단 말인가. 아아아! 커헉!"
급기야 동천완이 피를 토하더니 안색이 파랗게 물들었다.
"형님!"
동천몽이 신속히 동천완을 부축했지만 그의 얼굴은 새파랗게 굳어지고 있었다.
'울혈이다!'
화기가 급속히 치솟으면서 심맥이 막힌 것이다.

동천몽은 땅바닥에 동천완을 눕히고 몸을 묶고 있는 옷과 끈을 풀었다.

바바바바!

이윽고 빠르게 추궁과혈을 시전하기 시작했다.

내력을 너무 많이 주입해 격해도 상처가 악화되고 너무 작아도 효과가 없는 것이 추궁과혈이다. 받아들이는 상대의 몸 상태가 어느 정도인지를 확인하지 않고 무턱대고 하면 더욱 위험에 빠진다.

바바바바!

동천몽이 추궁과혈을 시전할 때 범천을 비롯한 황어사 승려들이 모두 뛰어나와 놀란 눈으로 쳐다보았다.

동천완은 중요 부위만 가린 채 완전히 벌거벗겨져 있었는데 온몸이 파랗게 멍이 든 것 같았다.

동천몽은 그런 동천완의 발끝에서부터 머리까지 바르게 손바닥으로 쳐갔다. 양손이 보이지 않을 만큼 빨랐고 소리 또한 경쾌했고 일률적이었다.

'저… 저것이 말로만 듣던 추궁과혈이로구나!'

범천의 눈이 빛을 뿌렸다.

불가에는 대대로 여러 가지 치료법이 내려온다. 그중 가장 배우기가 어렵고 복잡한 것이 추궁과혈이었다. 물론 배우기가 어려운 만큼 효과는 확실했다. 그러나 추궁과혈은 좀체 터득되지 않았고 특히 시전하는 사람의 체력이 승부를 갈랐다.

자신도 추궁과혈을 조금 배웠지만 동천몽의 솜씨에 비교하면 큰 차이가 있었다.

버버버벅!

파랗던 동천완의 몸이 조금씩 핏기를 띠어가고 있었다.

지켜보던 승려들 눈이 휘둥그레졌고 동작 하나라도 놓칠까봐 숨을 죽였다. 사실 그들은 범천으로부터 능동의 세속의 동생이 대법왕이란 얘길 듣고 몰려온 것이었다. 대법왕은 활불로 칭송되고 그의 법문을 듣는 것도 상상할 수 없는 행운이었다. 직접 대면하는 것은 꿈조차 꾸지 못할 일이었는데 이름도 없는 이런 황어사에 대법왕이 왔다는 얘기를 듣고 한달음에 달려온 것이다.

동천몽의 얼굴에 땀이 가득했다. 겉으로는 별로 힘이 들어 보이지 않지만 보통 사람이 추궁과혈을 시작하면 진이 빠지고 무림인은 상당한 공력 손실을 감수해야 한다.

뚝!

동천몽이 동작을 멈추더니 동천완의 고개를 좌측으로 돌렸다.

으왁!

기다렸다는 듯 동천완이 검붉은 피를 토했고 그의 얼굴은 붉은 대춧빛을 띠었다.

"으으!"

깨어나는 듯 신음을 흘리더니 눈을 떴다.

자신을 내려다보는 땀 젖은 동천몽의 얼굴을 발견한 동천완이 벌떡 일어났다.

"대… 대법왕님, 소승의 결례를 용서하소서."
동천몽은 아무런 말도 하지 않았다.
자리에서 일어난 동천몽은 일목이 데려온 노인을 쳐다보며 말했다.
"그만 데려다 주거라."
일목이 대답을 하고 데려가기 위해 다시 제압하려 들자 노인이 물러났다.
"데려다 주지 않아도 괜찮소. 내 발로 갈 터이니 제발."
몸서리가 쳐진다는 듯 노인은 뒷걸음질로 물러서더니 줄행랑을 쳤다.
동천몽이 동천완을 보며 말했다.
"형님!"
동천완이 정색하여 말했다.
"모든 것은 부처님의 뜻이옵니다. 소승 걱정 마시고 그만 돌아가셨으면 합니다."
동천몽은 움직이지 않았다.
한참을 쳐다보았는데 뭔가 할 말이 많은 듯했다. 하지만 끝내 입을 열지 않았고 동천몽은 몸을 돌렸다.
어깨를 축 늘어뜨리고 걸어가는 동천몽을 바라보는 동천완의 눈빛이 흔들렸다. 어쩌면 동천몽이야말로 세속을 완전히 떠난 사람이라고 할 수 있었다. 그런 그에게 오히려 자신들이 변변치 못해 세속의 모든 은원을 떠맡기고 있었다.
태어나면서부터 가혹한 운명의 파고에 휩싸였다. 자신을 제외한 형제들은 끊임없이 동천몽을 죽이려 했고 모친 능 씨를 괴롭혔다. 아마 동천몽이 아닌 자신의 성격 같았으면 스스로 목숨을 끊었을지도 몰랐다.

 하지만 동천몽은 꿋꿋하게 살아남았고 대법왕이란 화려한 지위에 올랐다.

 자신 또한 사람이기 때문에 하루에도 수십 번씩 형제들을 죽이고 싶었다고 고백했다. 그럴 때마다 포달랍궁의 역대 대법왕들의 신위가 모셔진 영탑전을 찾아가 절하고 또 절했다고 했다. 그렇게 솟구치는 복수심을 누르고 또 눌러 어떻게 해서라도 동천비를 비롯한 형제들과의 관계 복원을 모색했지만 피의 파도는 비켜가 주지 않았다. 동천비는 소뢰음사를 동원해 오히려 더욱 자신을 죽이려 했다. 그런데 그것도 부족해 동천비는 부친과 모친을 모두 죽였다. 비록 금지마공이란 본의 아닌 이유 때문이라고 하지만 절대 용서할 수는 없었다.

 동천완은 허리를 구부려 땅에 떨어진 목탁을 주워 들었다. 천천히 몸을 돌려 다시 대웅전으로 들어갔다. 자신이 할 수 있는 일이라고는 동천몽이 조금이라도 편해지도록 빌어주는 것이었다. 동천몽이야말로 엄청난 운명의 회오리에 떠밀려 번뇌하고 있었다.

 타타타탁!

 모두가 떠난 텅 빈 대웅전 위로 동천완의 목탁 소리가 격하게 흘러나오고 있었다.

산을 내려온 동천몽은 아무 말이 없었다. 일목은 모습을 감추지 않고 뒤를 조용히 따르고 있었다. 가급적 동천몽에게 방해를 주지 않기 위해 멀찍이 떨어져 뒤를 따랐다.

가벼운 미풍이 옷깃을 펄럭거렸다.

동천몽의 얼굴은 우울한 그림자로 뒤덮여 있었다. 동천완으로 보이는 남자가 호남의 황어사에 있다는 무미 선사의 보고를 받고 한달음에 달려왔다.

오는 도중 천상각이 잿더미로 변해 사라졌다는 보고를 추가로 받았고, 물론 남궁천의 짓이라고 무미 선사는 말했다.

동천몽이 걸음을 멈추더니 하늘을 올려다보았다.

조각 구름 하나가 떠가고 있다.

동천비가 보낸 자객의 기습에서 가까스로 목숨을 구한 동천몽은 쏟아져 나오려는 내장을 한 손으로 막으며 소주의 뒷골목을 달렸다. 가까스로 의원을 찾았지만 들어서지 못하고 문턱을 벤 채 의식을 잃었다. 곧바로 의원의 눈에 띄어 안으로 옮겨졌지만 상처는 의외로 오래갔다.

외상은 이틀 만에 아물었지만 내상이 그대로였다. 내상이 아물지 않자 깨어나지를 못했다.

나중에 의원은 동천몽이 깨어나지 못한 이유가 본능을 지배하고 있는 분노 때문이라는 것을 알았다. 동천비에 대한 원한이 너무 깊다 보니 전신 경락이 막혀 버렸고, 그래서 의식을 차리지 못하고 있었던 것이다.

방법은 딱 한 가지뿐이었다.

죽은 사람의 영혼이 이승의 모든 은원을 훌훌 털어버리고 저승으로 빨리 갈 수 있도록 빌어주는 천도재처럼 의원은 자신이 자주 다니는 사찰의 승려를 데려와 동천몽의 곁에서 독경을 하도록 했다. 무려 이틀을 꼬박 독경을 하고서야 동천몽은 깨어났다. 부처님의 말씀이 동천몽의 의식을 짓누르고 있는 복수심을 달랜 것이다. 동천비와 맺어진 응어리는 그것 말고도 헤아릴 수 없이 많았다.

 그런데 대법왕이 되면서부터 미움 말고 또 다른 감정 하나가 슬며시 자신의 의식을 지배하고 있었다. 그것은 불가에서 가장 큰 공덕으로 여기는 자비라는 것이었다.

 자비(慈悲).

 자비라는 것에 대해 한 번도 진지하게 생각해 본 적이 없었다. 단지 언젠가부터 마음속에 응어리져 있던 원한이 자신도 모르는 사이에 조금씩 흩어지고 있다는 사실만 이상하게 생각하고 있었을 뿐이었다. 누구나 시간이 흐르면 누군가를 미워하던 마음이 점차 엷어진다. 하지만 동천비에 대한 미움은 나이를 먹어갈수록 더욱 단단하고 깊어졌다. 그런 무서운 원한이 흔들리고 있었다.

 세속의 시절에는 그를 떠올릴수록 원한이 깊어졌는데 대법왕이 된 이후로는 그렇지 못했다. 그리고 고민 끝에 그 원인을 찾았는데 바로 불사심법이었다.

 불사심법은 단순히 무공심법만은 아니었다.

 화후가 깊어질수록 사람의 심성을 바꾸고 있었다. 대자대비

한 부처님의 깊은 사랑이 함축된 심법이었다. 그래서 역대 포달랍궁의 대법왕들이 하나같이 큰 족적을 남겼는데 절대적인 이유가 불사심법 때문이었다.

불사심법에는 무서운 불력이 들어 있었다.

동천완의 눈물을 보고 내려왔는데 또다시 마음이 착잡했다. 아버지까지 죽였다는 말을 들었다. 예전 같았으면 지금쯤 제정신이 아니어야 했다.

그런데 지금 자신도 모르게 차분해지고 있었다.

"대법왕님!"

동천몽이 깊은 고뇌에 빠져 있을 때 무미 선사의 목소리가 들려왔다.

무미 선사가 삼 장쯤 떨어져 날아내렸다.

"남궁천의 일부 본거지를 알아냈사옵니다."

파앗!

동천몽의 눈에서 섬광이 쏟아졌다.

사람들은 단호히 중원제일이라고 말한다. 특히 황학루에서 바라보는 일몰은 황산삼해, 태산 일출과 더불어 단연 천하삼경 중 하나로 꼽기를 주저하지 않는다.

오늘따라 동정호로 떨어지는 일몰이 붉다.

구경하던 구경꾼 중 누군가 붉은 일몰을 보고 마치 핏덩이 하나가 동정호로 떨어지는 것 같다는 표현을 서슴지 않았다. 동정호 일몰이라고 해서 아무에게나 볼 수 있는 기회가 주어지지 않는다. 사시사철 안개가 끼지 않은 날이 거의 없고 지리적인 여건으로 자주 구름이 낀다. 그래서 동정호의 일몰을 볼 수 있는 날이라고는 일 년에 보름이 채 안 되었다.
"과연!"
"죽이는구나!"
황학루에 올라선 많은 유람객들이 떨어지는 석양을 보며 감탄을 금치 못했다.
집채만 한 태양이 조금씩 넓은 동정호로 떨어져 내리고 있었다. 금방이라도 풍덩 소리를 내며 떨어질 것 같은 석양을 사람들은 넋을 놓고 구경하고 있었는데 단 한 사람만 시선을 다른 데 두고 있었다.
그는 석양을 바라보는 게 아니라 사람들을 구경하고 있었다. 환희와 감탄에 빠진 유람객들을 바라보는 동천몽의 눈빛은 예리했다.
"으음!"
꽉 다문 입술을 비집고 나직한 침음성이 흘러나왔다.
'이 유람객들 대부분이 동영의 창송 가문에서 건너온 무사들이라니.'
유람객들은 수백을 헤아렸다. 옷차림도 제각각이었고 생김새는 물론 감탄의 표정들 또한 달랐다. 다만 한 가지에서 공통점을 보이고 있었는데 그것은 눈이었다.
표정은 웃고 있는데 눈은 가라앉아 있었다. 아니, 눈은 고요했고 아무런 감정도 담겨져 있지 않았다. 물론 일반 사람들이

봐서는 그런 차이를 전혀 알아차리지 못할 만큼 그들의 행동은 자연스러웠다. 그러나 동천몽 같은 절세고수의 눈은 피하지 못했다.

그때 허공으로부터 일목의 전음이 들려왔다.

"대략 삼백여 명 가까이 됩니다."

일목이 말하는 삼백 명은 이곳 황학루에 유람객으로 위장하여 있는 창송세가의 무사들 숫자였다.

창송세가에서 중원으로 건너온 자들은 이천이 넘었다. 창송세가의 가솔은 모두 일만, 그중 이천이면 이 할이 왔는데 문제는 이들이 최고의 무사들이라는 것이었다. 이 할이지만 나머지 팔 할을 충분히 압도했다.

'아무튼 놀라운 전략이다!'

동천몽이 내심 중얼거렸다.

어제 무미 선사가 가져온 보고는 의미심장했다. 놀랍게도 남궁천은 고정된 본거지를 두지 않았다. 그럴 수밖에 없는 것이 아무리 창송세가의 최강 무사 이천이라고 하지만 백쾌섬이나 동천비에 비하면 조족지혈의 숫자이다. 남궁천은 과거 무림맹 무사들과 구파일방의 장문인들을 접촉하여 이해를 구하고 도움을 요청했다. 그리고 상당 부분 지원을 받고 있었지만 예전 성세만 못한 구파일방의 도움이란 미미했다. 그래서 고정된 지역에 진을 치고 있다가 만약 적으로부터 기습을 받는다면 한 번에 함몰된다. 그래서 생각해 낸 방법이 소규모로 집단을 만들었고 그것도 부족해 고정된 장소에 거주가 아닌 떠돌이 생활을 하도록 했다.

황학루에서 유람객으로 위장을 하고 하루 종일 구경을 하는 사람들 중 상당수가 창송세가의 무사들이었다. 밤이 되면 십 명씩 한 개 조를 이뤄 숙식을 해결하고 아침이 되면 다시 변장을 하고 유람객으로 나타난다는 것까지 무미 선사에 의해 조사되었다.

어제 유람객이 오늘도 나타나지만 변장을 하기 때문에 일반인은 모를 뿐 아니라 흩어져 있기 때문에 적으로서도 더욱 공격하기가 곤란하다.

철저히 점조직 형태로 연락을 주고받고 삼백에서 사백 명씩 다섯 개 지역에서 활동하고 있었다.

다섯 개 지역을 정확히 알아낸 후 일거에 급습하기 전에는 일망타진은 불가능했다. 어느 한곳을 공격하면 금세 다른 지역으로 연락이 갈 것이고 피할 테니까.

뿐만 아니라 다섯 개 지역을 모두 알아낸 다음 일거에 공격한다고 해도 만만한 일이 아니었다. 공격하는 쪽에서도 숫자가 나눠지기 때문에 상당한 위험 부담을 안아야 하기 때문이었다.

조직을 적당하게 뭉쳐 흐트러뜨려 놓은 것은 적의 이목을 피하려는 꿍꿍이도 있었지만 적의 침입을 막으려는 계산도 포함되어 있었다. 고정된 거주 지역을 정해 생활하는 것보다 곳곳에 흩어놓으므로 적의 침입이나 여러 정보 등을 획득하는 데 큰 도움을 얻으려는 것이었다.

"덕배는 어디쯤 오고 있느냐?"

"이미 운남성에 접어들었다고 하옵니다."

운남도 중원이지만 이곳에서 삼천 리가 넘는다.

아무리 빨라도 열흘은 걸릴 것이다. 더구나 한두 명도 아닌 아흔아홉 명이 이동하려면 장애가 한둘이 아니다. 적의 눈을 피하기 위해 보나마나 열 명 이하로 묶어 이동하고 있을 것이므로 날짜 계산을 더 늦춰줘야 했다.

사대법왕을 비롯해 포달랍궁의 정예 삼천 명이 은밀히 들어오고 있었다.

그들은 동천몽의 사전 명령을 받고 지금 중원 곳곳으로 침투하여 세력을 형성하고 있었다. 물론 포달랍궁의 이름이 아닌, 그때그때 필요한 이름들로 움직이고 있다.

어느 지역에 일단 들어가면 그 지역의 경쟁 문파 중 한곳과 손을 잡고 악의 무리들을 궤멸시킨다. 그리고 같이 그 지역을 공유하고 정비하는 식으로 천하 접수를 명령했다.

단 천룡구십구불만 동천몽의 직접 명령을 수행하는 것이었다.

"그냥 소승과 대법왕님 둘이서 없애 버리죠?"

일목이 은근히 매달린다.

벌써 몇 개월째 손에 피를 묻히지 않았으니 잔뜩 독이 올라 있었다.

"소승이 이백은 책임지겠사옵니다."

자신이 알아서 할 테니 손만 맞춰달라는 뜻이다.

동천몽이 히죽 웃었다.

죽이는 건 어려운 일이 아니었다. 문제는 어떻게 죽이는 것이 남궁천과 창송을 충격에 빠뜨리는 것인가이다. 같은 숫자가 죽어도 상대에게 타격을 주는 죽음이 있고 그러지 못하는 죽음이 있다. 삼백이지만 이천 명 모두가 죽는 것과 같은 두려움을 전해주기 위해서는 나름대로 계산이 필요했다.

"일목, 어떤 식으로 죽이는 것이 남궁천에게 가장 큰 타격이 되겠느냐?"

동천몽이 무거운 표정으로 물었다.

나름대로 계획은 세웠지만 일목에게 좀 더 나은 방법이 있을지 모른다는 생각이었다.

일목이 기다렸다는 듯 대답했다.

"죽음이라고 다 같지는 않지요. 눈을 부릅뜨고 죽은 시신이 보는 사람에게 더욱 공포를 주듯 삼백 명을 죽여도 어떻게 죽이느냐에 따라 남궁천이 받는 충격은 다를 것입니다. 각설하고, 뭐니 뭐니 해도 가장 효과가 큰 것은 역시 패 죽이는 것 아니겠습니까?"

"어떻게 말이냐?"

"말 그대로 패 죽이는 것입니다. 가시나무 몽둥이 같은 것으로 마구 패서 죽이면 상처 부위가 완전히 걸레 조각이 되죠. 그걸 본다면 천하없는 남궁천도 공포에 빠질 것입니다."

일목이 의기양양하게 말했다.

"다른 건 없느냐?"

"왜 없겠습니까. 방법은 무궁무진합니다. 혹시 본 교의 절두법을 써보시는 게……?"

"절두법?"

"아주 간단합니다. 외상은 일체 남기지 않고 그 대신 모가지만 싹둑 잘라 버리는 것입니다. 물론 자른 모가지는 모아서 마차로 실어 남궁천에게 보내주는 것이죠. 삼백 개의 모가지가 마차에 가득 실려 나타나면 보나마나 기절할 것입니다. 흐흐흐!"

생각만 해도 즐겁다는 듯 일목이 웃음을 지었다.

동천몽은 석양을 보았다.

붉은 덩어리가 반쯤 동정호에 잠겨 있었다. 잠시 후 석양은 잠겼고 주위는 조금씩 어둠에 빠져들기 시작했다.

"열흘!"

어둠으로 짙어가는 동정호를 보며 동천몽이 중얼거렸다.

그리고 입가에 차가운 미소를 머금었다.

다음날부터 동천몽과 일목은 황학루 인근에서 숙영하고 있는 창송세가의 무사들 숫자를 정확히 파악하기 위해 바쁘게 돌아다녔다. 사흘 만에 황학루를 중심으로 퍼져 있는 창송세가의 무사들 숫자는 무미 선사의 보고대로 모두 삼백 명이라는 것을 알아내었다.

모두 서른 개 조로 이루어졌다. 자세한 편제를 보면 이곳에 있는 삼백 명은 신룡단(神龍團)으로 불리며 백 명씩 삼 개의 대(隊)

로 이루어졌다.
 파랑대(破狼隊).
 혈성대(血星隊).
 폭우대(暴雨隊).
 각대는 열 명씩 열 개 조로 아침과 저녁에 반드시 대주에게 인원 보고를 했다.
 저녁은 인근 주루를 돌아다니며 해결했고 잠은 과거 개방이 분타로 썼던 후미진 골목이나 개천의 다리, 관제묘 등지에서 해결했다. 절대 같은 모습으로의 변장은 금했다. 재수가 없으면 누군가의 눈에 띌 수가 있고 그것이 꼬투리가 되어 정체가 드러날 염려가 있기 때문이었다.
 정확히 열흘 만에 덕배 선사가 모습을 드러냈다. 먼 길을 왔을 텐데도 그의 두 눈은 얼음처럼 빛나고 있었다.
 동천몽으로부터 얘길 전해 들은 덕배가 히죽 웃었다.
 사실 지금 천룡구십구불은 피에 굶주려 있었다. 지난 여섯 달 동안 그들은 오로지 오늘을 위해 미친 듯 무예를 수련했다. 특히 그들이 가장 많이 매달린 것은 밀종대수인이었다.
 밀종대수인 같은 가공할 절예가 포달랍궁 무사들에게 보편화되지 않은 것을 동천몽은 이상하게 생각했었다. 워낙 살벌하고 파괴적이기 때문에, 또한 복잡하고 어렵기 때문에 제자들이 수련을 기피한다는 것은 뭔가 앞뒤가 맞지 않았다. 무사란 강하고 뛰어난 무예가 있으면 대부분 매달리려는 게 습성이었다.

그런데 석 달 전 덕배가 마침내 그 이유를 설명해 주었다.
밀종대수인은 불가 무예지만 사실은 밖에서 들어왔다고 했다. 상차(尙車)라는 인물이 있었다. 그는 무의 신으로 불렸다. 그가 유명한 것은 강했기 때문이었지만 또 하나는 어떤 무예도 한 번만 보면 그대로 시늉을 내버리는 무의 신이었다. 그는 열다섯에 출도하여 서장무림을 일통했고 백열일곱에 죽었다. 그는 죽기 직전 자신이 터득한 모든 무예를 하나로 집대성하여 개천의 절기를 남겼는데 그것이 바로 밀종대수인이었다.
무공이란 빠르고 간단히 죽일수록 뛰어난 무공이라는 그의 지론에 따라 밀종대수인은 무척 강하고 파괴적이었다. 하나 더욱 무서운 것은 밀종대수인의 수위가 깊어질수록 심성이 차갑게 변한다는 것이었다.
그런 이유 때문에 포달랍궁에서는 밀종대수인을 기피한 것이다. 물론 일반 무학과는 비교할 수 없을 만큼 복잡하고 난해한 것이 기피의 가장 큰 이유였지만.
덕배의 말을 빌리면 지난 반년간 피땀을 흘려 밀종대수인을 연성했기 때문에 하나같이 피의 기세가 높다는 뜻이었다. 이미 절정의 반열에 오른 인물들이었기 때문에 밀종대수인을 소화하는 능력도 빨랐고 뛰어났다. 밀종대수인을 수련하여 더욱 차가워진 심성들인데다 그들을 상대로 수련 효과를 검증해 볼 좋은 기회라는 생각에 덕배가 더욱 웃음을 크게 지었다.
"어떤 죽음이냐에 따라 적에게 주는 타격의 강도는 다르지요."
 동천몽의 의견에 덕배 또한 동조했다.
 동천몽이 물었다.
 "좋은 의견 있느냐?"
 "삼백 명이라고 했사옵니까?"
 잠시 몇 번을 중얼거리더니 덕배의 눈이 빛을 뿌렸다.
 "이렇게 하는 게 어떻겠나이까? 삼백 명 중 단 한 명도 살려두지 않는 것이옵니다."
 단 한 명도 살려 보내지 않는 것은 숫자의 많고 적음을 떠나 적에게 주는 두려움의 강도는 크다.
 동천몽도 그 방법을 생각하지 않은 것은 아니었지만 결코 수월한 일이 아니었다. 일방적인 승리를 거둔 싸움도 생존자는 있게 마련이다. 하다못해 죽은 척 있다가 도망치는 부상자라도 있는 것이었다.
 "가능하겠느냐?"
 "그러기 위해서 가장 먼저 선결되어야 할 것이 있사옵니다."
 "말해보거라."
 "장소입니다."
 "장소?"
 "어떤 장소를 택하느냐가 성패를 좌우하지요."
 "좁은 곳이 좋지 않겠습니까? 좁은 곳일수록 쥐새끼처럼 몰아넣어 놓고 마구 쳐 죽이기 좋으니까요."

듣고 있던 일목이 미소를 지으며 말했다.

그런데 덕배가 고개를 돌렸다.

"그렇지 않네. 좁은 곳이 좋긴 하지만 그런 곳으로 유인하기는 불가능하지. 금방 알아차릴 테니까. 오히려 넓고 툭 터진 곳이 좋사옵니다."

일목이 인상을 찌푸리며 말했다.

"넓은 곳은 포위망을 구축하기가 쉽지 않을뿐더러 도망치기가 유리하잖습니까?"

"좁은 곳은 자칫 이판사판으로 달려들 뿐 아니라 장소가 협소한 관계로 강한 자의 능력이 제대로 펼쳐지기 어렵네."

강한 자란 천룡구십구불을 말한다.

장소가 좁다 보면 가진 능력을 제대로 발휘하지 못하기 때문에 천룡구십구불이 불리하다는 뜻이었고 차라리 툭 터진 곳으로 끌어내어 확실히 실력으로 제압할 수 있다는 것이었다.

"일목의 말처럼 도망자에게 유리한 곳이지만 대법왕님께서 나서주신다면 크게 염려할 것은 없을 것 같사옵니다."

동천몽에게 싸움에 끼어들지 말고 뒤에서 지켜보고 있다가 도망자가 발생하면 쫓아가 제거하라는 뜻이었는데 사실 그런 임무는 무공이 강하다고 적임자가 될 수는 없었다. 덕배 선사의 말뜻은 여기저기 도망자가 동시 다발적으로 발생할 경우 신법이 빠르지 않으면 임무를 소화하기 어려운데 동천몽의 신법이 가장 빠르므로 안성맞춤이라는 뜻이었다.

동천몽이 고개를 끄덕였다.

"좋다. 내가 맡겠다."
세 사람의 시선이 차갑게 엉켰다.

순조로울 것 같던 계획이 난관에 봉착했다. 황학루에서 북쪽으로 이십 리가량 떨어진 곳에 옥사평이라는 분지가 있었다. 평소에는 검은 모래이지만 이상하게 햇빛을 받으면 옥처럼 푸르게 빛난다 하여 붙여진 곳인데 이곳으로 신룡단을 불러낼 계획을 삼았다.

문제는 어떻게 불러내느냐는 것이었다. 덕배 선사를 비롯해 천룡구십구불의 간부들까지 모여 의논을 했지만 신룡단을 그곳으로 불러낼 좋은 묘책은 찾아지지 않았다.

여러 가지 의견이 개진되었고 묘책이란 묘책은 모조리 끄집어냈지만 선뜻 이것이다라고 할 만한 것은 없었다. 어지간한 방법으로는 워낙 뛰어난 고수들이기 때문에 불러낼 수가 없다는 것이 중론이었다.

심지어 신룡단주를 납치하여 옥사평으로 이백스물아홉 명을 불러내자는 의견을 일목이 냈다가 냉혹하게 짓밟혔다. 함정이라는 것을 떠벌릴 일 있느냐는 덕배의 핀잔에 일목이 자리를 박차고 나가 버렸다.

"방법이라면 한 가지뿐입니다."
덕배가 입을 열었다.
모든 시선이 덕배에게 고정되었다.
"소승이 알아본 바에 의하면 동영에서는 중원과 다르게 아래로의 명령을 문서로 전달하는 방식을 즐겨 쓰더군요."
동천몽이 물었다.
"창송의 이름으로 된 문서를 이용하자는 것이군?"
"그렇습니다."
"무슨 수로, 우리가 어떻게 말입니까?"
천룡구십구불의 부불주가 물었다.
덕배가 대꾸를 못했다. 자신도 의견은 내놨지만 어떻게 하겠다는 방법까지는 아직 생각해 보지 못한 것이었다.
"문서라."
동천몽이 눈을 지그시 감고 중얼거리더니 갑자기 탁자를 쳤다.
"알겠다. 이 일은 내가 한다."
동천몽이 곧바로 자리에서 일어나 밖으로 나갔다. 어떤 방법이냐고 물어볼 수조차 없었다.

소주와 더불어 중원의 이대미도 중 한곳으로 불리는 항주에 저녁 이내가 깔리기 시작하고 있었다. 길거리 상점에도 하나둘 불이 켜지기 시작했고 낮상인들이 물러간 저잣거리에 밤상인들이 신속히 자리를 잡았다.
"저것들이 또 나와 있는 걸 보니 오늘도 오나 보군."
"개자식, 도대체 돈이 얼마나 많기에 사흘 걸러 행차야."
길가에 좌판을 간 상인들이 홍청루를 보며 투덜거렸다.
홍청루는 항주에서 가장 큰 기루였다. 규모만 큰 것이 아니라 술값 또한 보통 사람들로서는 감당할 수조차 없을 만큼 고가였다. 아무리 싸게 마셔도 둘이서 은자 백 냥은 있어야 하고 비싼 술집답게 기녀들의 미색 또한 천하절색이라 하기에 부족하지 않았는데 석 달 전부터 항주 사람들 눈에 이상한 광경이 목격되었다.

사나흘에 한 번 꼴로 홍청루 주인을 비롯한 홍청오녀가 한 대의 마차를 영접한다는 것이었다. 홍청오녀는 홍청루에서 가장 아름다운 다섯 명의 기녀를 가리키는 말이었다.

도대체 마차의 주인이 누구기에 이 지역의 도독이 찾아와도 코빼기도 내보이지 않는 홍청오녀가 친히 문 앞까지 나와 영접을 하는지 사람들은 더욱 눈을 빛냈다.

금설공자(金雪公子).

사람들이 알아낸 것은 홍청루 주인과 홍청오녀의 융숭한 영접을 받으며 술을 마시러 찾아드는 마차의 주인이 금설공자라는 것이었다. 물론 그가 몇 살인지 어떻게 생겼는지는 아무도 모른다.

그런데 오늘 또 홍청루의 주인과 홍청오녀가 기다리고 있는 것을 보면 금설공자가 행차함이 틀림없었다.

"씨발놈."

"어떤 새끼는 복도 많아 꽃 같은 계집들의 영접을 받고 어떤 새끼는 가짜 공청석유 한 병 팔아보려고 개지랄을 떨고. 더러워서."

두 명의 장사꾼이 서로 투덜거렸다.

"온다!"

대머리 장사꾼이 저잣거리 아래를 보며 말했다.

두 마리의 백마가 한대의 마차를 끌고 올라오고 있었다. 잡털 하나 섞이지 않은 말부터가 범상치 않았고 마차 또한 사각기둥을 상아로 박아 만들어 무척 호화스러웠다. 마차 주위로 열 명의 호위무사가 따르고 있었는데 분위기가 험악했다.

마부는 느리지도 않고 빠르지도 않게 마차를 몰아갔다. 주위 사람들이 모두 부러움과 시샘의 시선으로 쳐다보는 가운데 마차가 홍청루 앞에 이르렀다.

홍청루의 주인인 홍청선자가 마차 뒤로 다가가 휘장을 열었다.

그러자 한 명의 백의 청년이 부채로 얼굴을 가린 채 모습을 드러냈고 기다렸다는 듯 홍청선자의 허리가 숙여졌다.

"어서 오세요, 금설공자님."

부채로 얼굴을 가린 금설공자가 다소곳하게 허리를 숙인 홍청선자를 보며 입을 열었다.

"며칠 못 본 사이에 더욱 예뻐졌구려, 선자?"

"그래요? 감사하옵니다."

홍청선자가 허리를 비틀며 웃었다.

"공자님을 뵈옵니다."

"환영하옵니다."

홍청오녀가 일제히 허리를 숙였다.

홍청오녀를 바라보는 금설공자가 환한 목소리로 말했다.

"헛헛! 달도 차면 기운다고 했는데 어찌 홍청루의 여인들은 갈수록 이렇게 본 공자의 마음을 흔든단 말인가."

"뭣들 하느냐? 공자님을 모시고 들어가자."

홍청오녀가 앞장을 섰고 뒤를 홍청선자와 금설공자가 나란히 따랐다.

"아무도 안 받았겠지?"

"그러니까 이렇게 조용하죠."

넓은 홍청루가 조용했다.

평소 같았으면 손님들로 이곳저곳 별채와 방에서 웃음소리가 끊이지 않았을 것이다.

금설공자는 한 번씩 올 때마다 홍청루를 통째로 세낸다. 혼자 조용히 술을 마시는데 다른 곳에서 시끄럽게 떠들면 술맛이 떨어진다는 이유였다.

황금 수천 냥을 주고서 자신이 있을 때는 아무 손님도 받지 못하게 하는 것이었다.

본각을 지나 소롯길을 가로질러 금설공자가 안내된 곳은 이화반월(梨花半月)이란 현판이 걸린 정자였다. 푸른 소나무가 병풍을 치고 좌측 언덕배기에는 배나무가 가득 심어져 있었다. 봄이 아니어서 흰 배꽃이 없고 향내는 맡을 수 없었지만 때마침 떠오른 둥근 달과 겹쳐져 정자는 한없이 아늑했다.

멈칫!

그런데 금설공자를 안내해 가던 홍청오녀가 깜짝 놀라며 섰다.

"왜 서느냐?"
"선자님, 저기?"
홍청오녀가 이화반월을 쳐다보았다.
한 사내가 뒷짐을 지고서 동쪽 하늘에 떠오르고 있는 둥근 달을 바라보고 있었다.
"이런! 감히 날 속이러 들다니!"
금설공자의 얼굴이 험악해졌다.
"단 한 명도 받지 말라고 했는데 나 몰래 손님을 받았더란 말이냐? 이것들이 사람을 뭘로 보고 이런 사기를!"
홍청선자가 손을 내저었다.
"아니옵니다. 우린 그런 적 없사옵니다. 뭣들 하느냐? 당장 저자를 쫓아내거라."
홍청오녀가 득달같이 정자로 달려갔다.
"네 이놈! 감히 여기가 어디라고 들어왔단 말이냐? 썩 물러가지 못하겠느냐?"
"그냥 모가지를 잡아 끌어내거라."
홍청선자의 명령에 다섯 여자가 정자에 올라섰을 때 뒷짐을 지고 달을 바라보던 흑의사내가 돌아섰다.
"아아!"
"어쩜!"
홍청오녀가 감탄의 신음을 흘렸다.
흑의사내의 용모는 여인의 넋을 흔들고도 남을 만큼 준수했다. 더구나 홍청오녀를 바라보며 짓는 미소는 여인을 유혹하기에 충분했다.

"고, 공자님은 뉘시죠?"

"어떻게 여길 오셨나요?"

아무리 험악한 인상을 쓰려 해도 뜻대로 되지 않았다. 홍청선자만 없다면 앞 다퉈 품에 안기고 싶을 정도였다.

한편 못마땅한 표정으로 서 있던 금설공자가 흑의사내를 발견하더니 안색이 검게 변했다. 검게 변하다 못해 가볍게 어깨를 떨기까지 했는데 그 모습에 홍청선자가 물었다.

"왜 갑자기 그렇게 놀라십니까?"

"아… 아니오. 난 괜찮소."

금설공자의 두 눈이 형형해졌다. 아무리 살피고 또 살펴도 자신이 가장 두려워하는 사람이었다.

지금까지 세상을 살면서 수많은 사람을 만났지만 그 사내보다 더 무서운 인물은 없었다. 그 사내의 무서운 점은 자신을 만나기 위해 일부러 죄를 짓고 불귀도까지 들어왔다는 것이었다. 뿐만 아니라 서슬 퍼런 불귀도주와 휘하의 수하들을 굴복시켰을 뿐 아니라 황실의 모반까지 제압해 버렸다.

그의 덕에 지옥의 섬 불귀도를 나오긴 했지만 두 번 다시 만나고 싶지 않은 인물이었다. 그래서 이토록 철저히 신분을 숨기고 사는데 어떻게 다시 나타났단 말인가.

그렇다고 그 사내가 자신에게 악한 감정을 갖고 있다거나 다시 만날 때는 목숨을 회수하겠다는 거창한 협박을 한 것은 아니었다. 그는 자신의 목적을 달성하자 두말도 않고 풀어주었을 뿐이다. 그런데 이상하게도 그를 피하고 싶었고 두 번 다시 만나서는 안 될 사람이라고 생각했다.

그를 만나고 싶지 않은 이유는 아마 그의 능력이 너무 탁월하기 때문인지도 몰랐다. 자신도 천재 소리를 듣고 성장했지만 그에 비하면 아무것도 아니었다.

밖에 호위무사가 있다. 상당한 악명을 떨치고 있는 인물들이지만 눈앞의 사내의 힘에 비하면 비교가 안 된다.

퍽!

금설공자는 오래 망설이지 않았다. 그에게는 어떤 반항이나 잔머리도 통하지 않는다. 그냥 무릎을 꿇고 처분만을 바라는 것 말고는 달리 방도가 없었다.

"어이 오셨사옵니까?"

금설공자가 땅바닥에 무릎을 꿇고 엎드리자 홍청선자가 놀란 눈으로 보았다.

"고… 공자님, 이게 무슨 짓입니까? 뭐 하는 놈이기에……."

"닥쳐라! 말을 가려서 하거라! 네년 주둥이를 찢어버리겠다!"

금설공자가 잡아먹을 듯 소리치자 홍청선자가 기겁했다.

"어… 어떻게 그토록 품위 넘치던 공자님 입에서 그런 흉악한 표현의 말씀이……."

"이년이! 조용히 안 해!"

계속되는 욕설에 홍청선자가 입을 다물었다.

흑의사내가 천천히 다가왔다.

금설공자의 행동에 뭔가 심상치 않다는 것을 느낀 홍청선자는 슬쩍 옆으로 두어 걸음 비켜섰다.
"오랜만이구나."
"대… 대법왕님을 뵈오나이다."
'대… 대법왕!'
듣고 있던 홍청선자가 눈을 부릅떴다.
빠악!
그녀 또한 무너지듯 무릎을 구부렸다.
"이년들아, 뭣들 하느냐? 내가 가장 존경하는 대법왕님이시다! 어서 엎드리지 못하겠느냐?"
홍청선자가 소리치자 홍청오녀가 허겁지겁 무릎을 꿇었다.
"어… 언니, 진짜 이분이 대법왕님이야?"
"대법왕이라면 포달랍궁의 그분?"
엎드려 고개를 돌리고 물었다.
"조용히!"
버럭 소릴 질렀고 모두가 엎드려 숨을 죽였다.
동천몽이 엎드린 홍청선자를 보며 말했다.
"존경한다고 했는데, 날 잘 아느냐?"
홍청선자가 엎드려 말했다.
"모릅니다. 하지만 존경하는 데는 알고 모르고가 필요없다고 생각하옵니다."
"……."
"대법왕님께서는 마음이 넓고 죄를 지은 사람들도 많이 용서해 주신다고 했습니다."
 "말속에 너도 죄인이라는 의미가 담긴 듯하구나?"
 "그러하옵니다. 천첩은 죄인입니다."
 "구체적으로 말해보겠느냐?"
 "뻔한 죄 아니겠습니까? 술집 주인이 지을 죄가 손님들에게 씌운 바가지 말고 또 있겠나이까? 사용 기한이 지난 음식으로 안주를 조리해 팔았고 한 병에 은자 한 냥밖에 하지 않는 잠원홍을 금화 한 냥씩 받았사옵니다. 바가지를 너무 많이 씌워 낱낱이 나열하기도 어렵사옵니다. 부디 천첩을 용서해 주소서."
 동천몽이 웃으며 말했다.
 "알겠느니라. 앞으로는 그러지 말거라. 너의 죄를 용서하겠다."
 "감사하옵니다. 대법왕님, 장수하세요."
 홍청선자가 이마를 땅에 대었다.
 그러자 기다렸다는 듯 홍청오녀가 소리쳤다.
 "천첩들 죄도 용서해 주십시오!"
 "우리도 죄 엄청 지었어요. 대법왕님, 우리 죄도 털어주세요?"
 "말해보거라."
 "사… 사실 손님께 화대 바가지를 씌웠거든요. 이 바닥 공식 가격이 은자 닷 냥인데 얼굴 예쁘다는 것을 내세워 금화 두 냥을 받았어요."
 "소녀는 화대를 많이 받기 위해 처녀라고 속였어요. 팔뚝의 수궁사도 사실은 가짜거든요."

그러면서 팔뚝을 걷어 수궁사를 보이더니 손으로 지우자 깨끗이 사라졌다.

동천몽이 가볍게 웃더니 말했다.

"앞으로 착하게 살거라. 남을 속이는 것은 나쁘다. 그만들 가보거라."

여자들이 일어나 일제히 물러났고 장내에는 금설공자 혼자 남았다.

"일어나거라. 너도 나이가 있는데 무릎 시릴 것이다."

금설공자가 일어나자 휙 하며 물건 하나를 던졌다.

"무엇이옵니까?"

금설공자가 조그만 종이를 보며 물었다.

"그 필적을 위조해야겠구나. 할 수 있겠느냐?"

금설공자가 한동안 글씨를 쳐다보았다.

"동영의 말 아닙니까?"

"그렇다. 지금부터 내가 불러주는 말을 그 필적과 똑같이 써다오. 내일 밤 자시까지 옥사평으로 신룡단을 이끌고 모이거라."

금설공자가 쳐다보았다.

그게 전부냐는 질문이었다.

"아주 간단하다. 지금 곧바로 위조할 수 있겠지?"

"당장 시행하겠나이다. 우선 소인의 마차로 가시지요. 그곳에 문방사우가 준비되어 있사옵니다."

두 사람은 나란히 기루 밖을 향해 걸어갔다.
동천몽이 화려한 차림새를 보며 웃었다.
"큰 건 하나 터뜨렸나 보구나?"
"사실은……."
금설공자가 주저하다 입을 열었다.
동천몽과 헤어진 사복서생은 곧바로 먹고살 길을 찾았다. 그가 찾는 먹고살 길이란 돈 많은 부자를 만나 그의 재산을 강탈하는 것이었다.
한참 먹고살 길을 찾아 헤매고 있는 그의 앞에 항주제일부호 중 한 명인 용강수가 나타났다.
용강수는 고리사채업자였다. 이 지역 영세상인들에게 돈을 빌려주고 폭리를 취했다. 제때에 갚지 못하는 사람은 고용한 무사들에게 죽도록 얻어맞거나 흔적도 없이 사라졌다.
부정하게 모은 자만을 등친다는 자신의 좌우명에 용강수는 딱 들어맞았다. 용강수의 재산은 대부분이 은자이지만 항주에서 해남도를 오가는 범선 열 척과 조그만 금광 두 곳, 그리고 북경에 상당한 땅을 갖고 있었다.
가장 먼저 용강수의 재산에 관계된 서류를 훔쳐 위조를 했다. 관부에 보관된 서류도 위조했다. 만약을 대비해 이 지역 도독에게 엄청난 뇌물을 먹였다.
"빼앗았으면 좋은 데 좀 쓰지 이렇게 주색잡기에 모두 날리느냐?"
"티는 나지 않지만 뒤로 좋은 일 좀 하고 있사옵니다."

동천몽이 고개를 끄덕였다. 두 사람이 마차를 향해 다가가자 호위무사들이 동천몽 앞을 가로막았다. 사복서생이 손을 저어 경거망동하지 말 것을 지시했고 두 사람은 마차 안으로 들어갔다.

第四章
재회

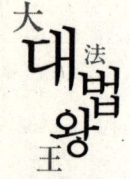

그는 항상 혼자였다. 밥도 혼자 먹었으며 잠도 혼자 잔다. 나이 육십이 넘었지만 아직 미혼이며 아직까지 동정지체, 즉 여자를 가까이해 본 경험이 없었다.

그렇다고 그의 옆에 아무것도 없는 건 아니었다. 사람은 없지만 한 자루 검이 그의 곁을 지켰다.

그에게 있어 인생의 동반자는 그가 믿는 검뿐이었다. 사람은 배신을 하고 짐승도 배신을 한다. 하지만 검만큼은 배신을 하지 않고 자신이 의도한 바를 잘 알아듣고 움직인다.

그래서 그는 항상 틈만 나면 검을 닦았다. 검이야말로 무사의 생명이고 삶이며 존재의 의미이기 때문에 항상 깨끗하게 보존해야 한다. 또한 언제 주인으로부터 출진 명령이 떨어질

지 알 수 없으므로 항상 깨끗하게 잘 닦아놓아야 한다는 것이 그의 신념이었다.

삭삭!

오늘도 신룡단주 해무삼은 애검을 닦고 있었다.

결가부좌하여 양 무릎 위에 검을 올렸다. 융(絨)을 두 손으로 감싸듯 쥐고 닦는데 입에는 한지가 물려 있다. 들숨과 날숨에 의해 검신에 성에가 끼는 걸 막으려는 조치다. 성에가 묻거나 끼면 예리함이 떨어지고 신명성(神明性)이 떨어진다. 그래서 한지를 입에 문다. 한참을 닦던 해무삼의 동작이 멈추고 고개가 들려졌다.

언제 나타났는지 입구에 부하 동해가 서 있는데 왼손에 조그만 봉서 하나가 들려 있었다.

해무삼이 몇 번 더 검신을 닦고 조용히 검집에 꽂아 넣었다.

철컥!

검을 옆에 가지런히 놓으며 물었다.

"뭐냐?"

"가주님께서 보낸 서신이옵니다."

창송은 지금 남궁천이 패업천하를 이루었을 때 장악할 시장 분석에 나선 상태이다. 천상각의 경영 방침과 그들이 취급했던 물건은 물론 거래상들의 면면을 조사 중에 있는 것이다.

비록 망했지만 수백 년을 천하제일상가로 군림했다는 것은 그들만의 뭔가가 있다는 것이 창송의 생각이었고 필요하다면 모방하고 시늉을 내어서라도 배우는 것이 이롭다.

촤악!

봉서를 찢어 내용을 읽던 해무삼이 나직이 신음을 흘렸다.

다시 한 번 서찰을 읽던 해무삼이 고개를 들어 입구에 서 있는 동해를 향해 물었다.

"주군의 명령이다. 당장 옥사평으로 집합하라. 시간은 내일 자시이다."

"옥사평이라면 이곳에서 이십 리 떨어진."

"단 한 명도 빠져서는 안 된다."

"존명!"

동해가 사라졌고 다시 한 번 서찰을 살폈다.

창송세가의 정예들은 지금 모두 중원에 와 있다. 그런데 가주가 신룡단을 은밀히 불렀다는 것은 자신을 신뢰하고 있다는 뜻이다.

중원에 건너온 지 얼마 되지 않았지만 동영과는 확실히 달랐다. 일단 땅이 넓었고 사람들도 달랐으며 시장 규모가 수십 수백 배를 넘어섰다. 야망있는 장부라면 한 번쯤 뜻을 펼쳐 보고 싶을 만큼 넓고 웅대한 중원이었다. 한 개의 성이 동영 전체에 육박할 만큼 큰 곳도 있었다.

자고로 장부란 큰물에서 놀아야 한다. 가슴이 뛰기 시작했다.

달도 없고 별도 없다. 짙은 먹구름이 하늘을 덮어버려 옥사평의 화려한 모습을 구경할 수 없다는 것이 아쉬웠다. 달빛을 받아 푸르게 빛나는 옥사평을 이백은 또 하나의 바다라고 극찬했다.

삼백 명의 신룡단 무사들이 모여들었다. 빛이 없었고 걸친 옷까지 흑의인 탓에 마치 한 개의 거대한 먹구름덩어리가 옥사평에 내려앉아 있는 것 같았다.

힐끔!

별을 볼 수가 없어서 때를 가늠하기가 쉽지 않았다. 그래서 해무삼은 자꾸 하늘을 올려다보았고 오랜 육감으로 때를 헤아리기 시작했다. 자시가 되면 이슬이 본격적으로 내린다. 보통 사람들은 이슬이 내리는 것을 느끼지 못하지만 해무삼은 달랐다. 그는 이슬이 내리는 것을 몸이 느낀다.

동해가 아직 자시가 되려면 멀었냐는 듯 돌아보았다.

"일각은 더 기다려야 한다."

서찰 말미에 절대 남궁천 쪽으로 움직임이 누설되거나 눈치를 채서는 안 된다고 신신당부했다. 그것은 남궁천 몰래 창송 독단적으로 어떤 일을 처리할 것이 있다는 뜻이다.

아무리 서로 손을 잡았다곤 하지만 알려야 할 것이 있고 드러내지 말아야 할 것이 있다. 어차피 기회가 되면 남궁천도 제거한다는 것이 창송의 생각이었다. 물론 아직은 아니다. 먼 훗날 때가 무르익었을 때의 일이다.

두웅!

멀리서 북소리가 들려왔다.

해무삼의 눈이 커졌다. 자신도 지금 막 자시가 되었다고 느졌는데 북소리까지 들려오는 것을 보면 확실했다.
 '내린다!'
 해무삼의 고개가 하늘로 올려졌다.
 부하들은 모르고 있는 것 같았는데 자신은 알 수 있었다. 그 전부터 이슬이 내리기 시작했지만 아주 약했고 조금 전부터 이슬 줄기가 조금 굵어졌다. 물론 굵어졌다고 해서 빗줄기처럼 사람 눈에 보이는 건 아니다.
 휙!
 해무삼의 고개가 좌측으로 돌아갔다.
 어둠에 깊게 덮인 옥사평에 발자국 소리가 들리기 시작했다. 아무리 안력을 돋우어도 너무 어두워 사람은 보이지 않고 발자국 소리만 들렸다.
 저벅저벅!
 느릿한 발자국 소리가 창송이다.
 그는 아주 느리게 걷는다. 들려오는 발자국 소리를 향해 모든 시선이 집중되었다.
 어둠 속에서 푸른 빛을 번뜩이는 신룡단 삼백 쌍의 눈길이 한곳으로 돌아갔다.
 마침내 한 사람이 다가오고 있었다.
 혼자라는 것만 알 수 있을 뿐 창송의 이목구비까지 보이지는 않았다. 하나 해무삼을 비롯한 모든 무사들의 허리가 숙여졌다.
 "주군을 뵈옵니다."

"뵈옵니다."
나직했지만 힘찬 목소리들이다.
"흐헉!"
고개를 쳐든 해무삼이 경악했고 뒤이어 부하들이 웅성거렸다.
"누구지?"
"주군이 아니다."
그들 앞에 나타난 흑의사내는 자신들이 믿고 따르는 창송이 아니었다.
노련한 해무삼의 눈빛이 흔들렸다. 직감적으로 뭔가 큰 실수를 저질렀음을 깨달은 것이다.
하지만 이내 눈살이 찌푸려졌다. 다른 건 다 속여도 서찰의 필체까지는 속이지 못한다. 서찰의 필체는 틀림없는 창송의 것인데 인물은 아니다.
"당신은?"
마음속으로 상대가 창송의 심부름을 왔다는 말을 해주길 간절히 바랐다.
하지만 해무삼의 기대는 허망하게 무너지고 말았다.
흑의사내가 입을 열었다.
"한 명도 빠지지 않았군."
어느새 흑의사내는 삼백 명이란 숫자를 확인하고 있었다.
흑의사내가 해무삼을 보았다.
"아깝군, 죽이기에는."

해무삼을 살피던 흑의사내가 입맛을 다셨다. 마음 같아서는 자신이 데려다 부하로 쓰고 싶은 얼굴이었다.

"어찌 된 일이오? 우리 주군은 어디 계시오?"

"너희 주군은 안 와."

"그게 무슨 말이오?"

"안 온다면 안 오는 줄 알아. 내가 그냥 너희들 모두 죽이려고 불러낸 거야."

흑의사내가 태연스럽게 말했다.

삼백 명을 죽이는데 아무런 일도 아니라는 식으로 말한다.

"단주님, 저기?"

동해가 놀라 소리쳤고 가리키는 방향으로 고개를 돌렸다. 어둠 속에 일단의 무리들이 옥사평을 에워싼 채 다가오고 있었다.

획!

홰액!

앞뒤로 고개를 돌리며 부하들이 소란을 피웠다.

그제야 해무삼은 함정에 완벽하게 빠졌다는 것을 깨달았다. 하지만 그의 머릿속에는 여전히 서찰이 들어 있었다. 절대 모방할 수도 위조할 수도 없는 필체.

"주군의 필체였소!"

"그러니까 중원이지."

해무삼이 흠칫했다.

동영에서는 불가능하겠지만 중원에서는 어떤 것도 위조가

가능하다는 의미였다.

 냇물과 바다는 다르다는 뜻으로도 들린다.

 포위망을 구축해 오던 흑의인들의 걸음이 멈췄다. 얼핏 보니 자신들보다 수적으로 열세이다. 포위망을 구축한 옆 사람과의 간격이 아주 넓었는데 부하들 얼굴이 굳어져 있었다.

 간간이 서 있다고 할 만큼 엉성한 포위망인데도 눈에는 절대 그렇게 보이지 않았기 때문이었다. 거대한 철벽이 자신들을 가두고 있는 듯한 강한 압박감이 숨을 삼키게 했다.

 "목와북천에서 오셨소?"

 해무삼이 물었다.

 목와북천이 아니면 자신들을 공격할 중원의 무리가 없다고 생각했다.

 흑의사내가 씨익 웃었다.

 "틀렸다."

 "그럼?"

 "이제 와서 그걸 알면 뭐 하겠느냐? 이래도 죽고 저래도 죽는데 질문할 힘 있으면 살아나기 위한 몸부림에 보태라."

 이쯤되면 완전한 비아냥이었다.

 아무리 승부에 임해서는 냉철한 해무삼이지만 더는 참을 수가 없었다.

 "고얀!"

 "건투를 빈다, 동영 친구."

 흑의사내가 뒤로 물러났다.

그런데 단 한 번도 땅을 밟지 않고 뒤로 물러나 사라졌다.
 발자국 하나 남기지 않았다. 눈은 없고 대신 모래이니 답사무흔이라고 해야 옳다.
 해무삼이 놀란 것은 답설무흔이라는 신법 때문이 아니다. 뒤로 날아갔다는 것 때문이다.
 아무리 강한 고수도 뒤로 날아가는 것과 앞으로 날아가는 것에는 큰 차이가 있다.
 앞으로 답설무흔을 펼친 사람도 뒤로 날아가면서 펼치라고 하면 못한다. 그 이유는 앞으로 날아갈 때와 뒤로 날아갈 때, 그것도 짧은 거리가 아닌 먼 거리를 이동할 때의 진기 운용에 큰 차이가 있기 때문이었다.
 조금 전까지 기세등등하던 부하들의 눈빛이 사그라든다.
 뒤로 날아가는 답설무흔에 주눅이 들었다.
 해무삼은 가만 내버려 뒀다가는 사기에 심각한 문제가 생길 것으로 판단하고 소리쳤다.
 "죽을 기세로 싸워라! 그럼 우린 이길 수 있다! 중원의 무사들은 혼이 없다! 그들은 절대 우리의 적수가 되지 않는다!"
 뒤로 도열한 부하들을 향해 큰 소리로 외쳤다.
 "나를 따르라! 위대한 동영 무사의 멋을 보이거라! 쳐랏!"
 해무삼이 앞장섰고 일제히 뒤를 따랐다.
 이어 포위망을 구축한 천룡구십구불을 향해 맞서갔다.

 한편 뒤로 물러난 동천몽은 옥사평 언덕 꼭대기에 서 있었다. 언덕 꼭대기라고 해봤자 싸우고 있는 지역보다 약간 높을 뿐이었지만 훤히 내려다보였다.

객관적으로는 분명 천룡구십구불이 불리해 보였다. 억지로 삼백 명을 포위하다 보니 일단 간격이 넓었다. 수적 열세인데다 간격까지 넓었으므로 누구도 천룡구십구불의 승산을 점치지 않을 것이었다. 그러나 동천몽의 얼굴에는 불안한 그림자라고는 눈을 씻고 찾아도 보이지 않는다.

이미 천룡구십구불의 손에 의해 신룡단 무사들의 비명이 울리고 있었다.

"크악!"

"아악!"

잠시 십여 초 팽팽하던 싸움은 금세 천룡구십구불에게 기울어져 갔다. 번쩍!

파아아!

이곳저곳에서 섬광이 터져 나왔다.

은빛 광채는 밀종대수인의 특징이자 오성 이상이 되어야 나타난다. 그것은 천룡구십구불의 무사들이 지난 반년 동안 밀종대수인을 오성 가까이 터득했다는 뜻이었다.

"으악!"

"컥!"

비명은 갈수록 많아졌고 피비린내가 동천몽의 콧구멍까지 파고든다.

화악!

동천몽의 눈이 커졌다.

북쪽 맞은편으로 한 사내가 달려가고 있었다. 동천몽의 눈이 이채를 발한 것은 도주하는 사내의 방법이었다. 마치 게가 옆으로 이동하듯 옆으로 가고 있었다.

사사사사!

동천몽의 눈살이 더욱 찌푸려졌다. 중원은 물론이고 동영의 신법 또한 앞으로 날아간다. 그런데 사내는 계속 옆으로 이동했는데 그 속도가 앞으로 날아가는 것 이상으로 빨랐다.

팟!

동천몽의 눈이 커졌다.

사내의 모습이 사라졌다.

화악!

눈을 크게 뜨고 사내가 사라졌던 근처를 뒤졌다.

'우웃!'

동천몽이 더욱 눈을 크게 떴다.

사내는 모래바닥에 죽은 척 엎드려 그렇게 움직이고 있었다. 모래바닥에 엎어져 옆으로 이동하다 주위에 천룡구십구불이 나타나면 죽은 척했다.

동천몽은 곧바로 몸을 날려 어둠 속으로 사라지는 사내를 쫓았다. 필시 해무삼의 밀령을 받고 지원을 요청하러 가거나 아니면 오늘의 일을 알리기 위한 밀사일 것이다.

스스슥!

사내는 여전히 엎드려 이동했다.

워낙 귀신같이 움직이고 있어 천룡구십구불의 눈에 띄지 않았다.
척!
동천몽이 모래밭에 날아내렸다. 사내는 동천몽의 존재를 알아차리지 못하고 빠르게 움직였는데 모래밭에 한 마리 두툼한 뱀이 지나간 것 같은 흔적을 남겼다.
"넌 자술이더냐?"
거의 옥사평을 벗어났다고 안심하고 있는데 동천몽의 목소리가 들리자 바닥을 기던 사내가 기겁했다.
동천몽이 앞을 가로막고 우뚝 서 있었다.
파아아!
사내가 누운 채 일어나더니 검을 휘둘렀다.
전광석화와 같았다. 동천몽이 뒤로 크게 한 걸음 물러나며 일검을 피하자 재차 찔러 들어왔다.
슉!
또다시 피하자 사내는 쉬지 않고 찔러왔는데 동영 검법답게 빨랐다. 십 초가 지나도록 동천몽의 옷자락도 베지 못하자 사내의 얼굴이 흑색으로 변했다.
"왜 공격을 않소?"
"너의 재주가 하도 기이해서 그런다. 어느 정도 수련을 하면 그렇게 할 수 있느냐?"
"미친놈."
콰콰콰콰!

쏟아지는 검기가 격렬했다. 어지간한 무사 같으면 커다란 실력 차이에 두려움을 느낄 법도 한데 사내는 전혀 흔들리지 않았다. 옷자락도 베지 못하는데 혼신을 다해 공격했다.

동천몽의 입이 벌어지고 감탄이 흘러나왔다.

진지하고도 최선을 다한 공격에 자못 숙연해지기까지 한다. 무려 삼십 초를 넘겼는데도 사내는 계속 휘둘렀고 입에서 거친 숨소리가 끊이지 않았다.

사십 초, 오십 초, 시간이 흘러가도 사내는 멈추지 않고 더욱 힘을 쏟아냈다.

멍청한 새끼라고 말하려다 입을 다물었다. 너무 열심히 검을 휘둘렀기 때문에 그런 말을 하면 지나친 모독일 것 같았다. 아무리 강자라고 해도 약자를 모욕할 권한은 없다.

"그만 하지?"

"흥! 살아 있는 한 멈추지 않을 것이다."

"날 이길 거라고 생각하느냐?"

"아니다."

"그런데도?"

"살아 있기에 휘두르는 것뿐이다. 그것이 무사 아니겠느냐?"

"아아!"

동천몽은 입을 벌려 감탄했다.

패배가 보이면 다른 방법으로 생존의 길을 즐겨 찾는 중원의 무사와 달라도 너무 다르다.

동천몽이 오른손을 뻗었다. 상대가 안 되지만 최선을 다해 죽이는 것이 산 자로서의 예의가 아닌가 한 것이었다.
뻑!
동천몽의 오른손이 사내의 검기를 쳐냈고 파고들며 앞가슴을 찍었다.
"크윽!"
비틀거리는 사내의 옆구리에 다시 일장이 쑤셔 박혔다.
"으웩!"
사내가 피를 토했는데 반짝이던 눈빛이 흐릿했다. 치명상을 입은 듯했다. 그러나 사내는 쉽게 포기하지 않았다. 재차 검을 찔러왔고 동천몽이 빠르게 우장을 날렸다.
콰앙!
사내의 검기가 허무하게 깨져 나가고 장력은 정통으로 복부를 찍었다. 비명도 지르지 못하고 모래밭에 쓰러진 사내는 일어나기 위해 안간힘을 다했다.
"하… 하학!"
사내는 헐떡이며 중얼거렸다.
"아… 아니었소. 중원은 우리가 올 곳… 이……."
사내가 조용히 얼굴을 모래밭에 묻었다.
동천몽은 우두커니 서서 죽은 사내를 내려다보았다. 가까이서 보니 스무 살 전후로 어려 보인다.
아주 어린 나이지만 중원을 넘어온 창송의 계획이 무모했음을 이미 느끼고 있는 것 같았다.

'중원은 다르지. 좁은 동영과는 크게.'

동천몽이 나직이 중얼거리며 돌아섰다.

싸움은 거의 막바지에 이르고 있었다. 천룡구십구불 중 가장 눈에 띄는 사람은 역시 덕배 선사와 일목이었다. 특히 일목의 활약은 대단했다.

동에 번쩍 서에 번쩍해 가며 닥치는 대로 검을 휘둘렀는데 신룡단 무사들이 맥을 추지 못했다.

"건방진 놈들, 조용히 섬 구석에 처박혀 살 일이지 뭐 하러 왔느냐? 아무리 중원이 개판이라고 해도 그렇지 너희들까지 건너오면 말이 안 되지."

동천몽이 몸을 날렸다.

동쪽으로 도망치는 또 한 명을 발견한 것이다. 단 두 번의 도약에 도망치는 사내의 앞을 가로막았고 일장에 사내가 고꾸라졌다.

싸움은 축시가 조금 지나서야 끝이 났다. 옥사평은 시산혈해라 하기에 부족하지 않을 만큼 참혹하게 변해 있었다. 채 목숨이 끊어지지 않고 신음을 흘리는 자들을 찾아 완전히 숨통을 끊었다.

동천몽 앞으로 일목이 해무삼의 시신을 가져왔다.

우두머리의 죽음을 확인하는 것이 전장의 예의 아니던가. 동천몽이 고개를 끄덕이자 일목이 시신을 한쪽으로 던졌다.

"우리 쪽은?"

덕배 선사가 말했다.

"아홉 명이 죽고 이십여 명이 크게 다쳤사옵니다."

"그게 정말이냐?"

동천몽의 눈이 커졌다. 아흔아홉 명이서 삼백 명을 죽이는 데 고작 아홉 명이 목숨을 잃었다는 것은 놀라운 승전이었다. 철저한 계획에 따라 움직였다고는 해도 막다른 골목에 몰린 쥐의 심정으로 달려드는 신룡단 무사들의 힘은 평소의 두 배이다. 그런데도 피해가 크지 않았다는 것은 그만큼 천룡구십구불의 무예가 성장했고 특히 지난 반년간 연마한 밀종대수인이 큰 역할을 했다는 의미였다.

그것을 반증이라도 하듯 시신들 대부분이 밀종대수인의 상흔을 갖고 있었다.

"묻어라. 해무삼의 검만 빼고."

동천몽이 명령을 내렸다.

천룡구십구불이 움직였다. 거센 장력을 날려 모래 구덩이를 만들고 시신들을 묻기 시작했다.

서류 마지막에 창송세가의 문장인 흑주(黑蛛)가 그려졌다. 창송은 자기 가문의 문장을 수결로 사용한다. 지금 호남제일상가인 단계산장(段溪山莊)의 주인이 바뀌는 순간이었다.

단계산장은 호남에서 가장 큰 상가였다. 무림맹과 손을 뻗고 있었는데 목와북천의 천하가 되면서 호된 타격을 입었다. 껍질밖에 남아 있지 않았고 장주와 식솔 대부분이 죽었으며 유일한 혈육인 단울식이 주인을 대신하여 창송과 거래를 성공

한 것이다. 그는 장주 단소산의 장자이자 유일한 혈육으로 장원을 넘기고 조용히 초야에 묻혀 일생을 마치겠다면서 곧바로 자리를 털고 일어나 사라졌다.

"축하드리오, 창 가주."

남궁천이 기쁜 표정으로 미소를 지었다. 이로써 중원에서 활동할 거점을 만들었다.

잠시 후 남궁천이 떠나고 창송은 흐뭇한 표정을 지으며 산장을 돌아보기 시작했다. 약간 부서진 곳이 있는데 수리하면 될 일이었다. 얼마 전까지 사람들이 북적대던 곳인만큼 장원은 생각보다 깨끗했고 특히 그를 가장 기쁘게 만드는 건 단계산장의 기존 거래선을 그대로 넘겨받았다는 것이었다.

"주군."

아오의 부름에 뒤로 돌아섰다.

아오가 한 백의사내를 데리고 서 있었다.

"이 년 전까지 단계산장의 총관을 맡았던 종규봉입니다."

아오를 시켜 단계산장에 일한 경험이 있는 사람을 수소문하도록 했다. 어디든 텃새라는 것이 있는데 자신이 직접 나서면 거부감이 심할 것이므로 우선 중원 사람을 내세우려는 것이었다.

"반갑소이다. 어서 오시오."

창송이 다가가 크게 허리를 구부렸다.

그러자 종규봉의 눈이 커지며 후다닥 자신도 허리를 숙였다. 중원 사람은 윗사람이 아랫사람에게 잘 허리를 구부리지 않는데 창송이 크게 절하자 종규봉은 황송했고 감동했다.

"아이고! 이러지 마소서, 주인님!"

멈칫!

펴지던 창송의 허리가 도중에 멈췄다.

종규봉이 분명 자신더러 주인님이라고 호칭했다. 아직 중원의 상계를 장악한 건 아니지만 중원 사람의 입에서 주인님이라는 호칭이 나오자 감개가 무량했고 가슴이 떨렸다.

"자자! 들어가십시다. 가서 차 준비하라 이르라."

"예, 주군."

아오가 사라졌고 창송이 종규봉을 데리고 천천히 거처로 걸어갔다.

방으로 들어서자 아오의 지시를 받은 듯 시녀가 곧바로 차를 꺼내왔다.

비록 차에 관해서는 중원이 한발 앞서 있지만 다도만을 따진다면 동영 또한 꿀릴 것이 없었다. 자신이 가장 아끼는 북해도산 용명차를 꺼내놓았는데 예상대로 종규봉이 감탄을 금치 못했다.

"중원에도 용정을 비롯해 철관음 등 내로라하는 차가 있지만 이것에 비하면 고개가 숙여집니다."

"천황께서 드시는 차이오. 아오, 이따 종 총관에게 돌아갈 때 용명을 조금 싸드리거라."

종규봉의 눈이 커졌다. 용명을 선물로 준다는 얘기도 놀랍지만 자신을 총관이라고 불렀다.

"지금 소인을 뭐라고?"

"총관이라고 했소이다. 종 총관, 마음에 안 드시오?"

종규봉이 찻잔을 내려놓고 그 자리에서 무릎을 꿇고 엎드렸다.

"주… 주인님, 목숨을 바치겠사옵니다."

창송의 입가에 미소가 넘쳤다.

완전히 굴복시켰다.

창송이 품에 손을 넣었다가 뺐는데 한 개의 자색 주머니가 들려 있었다.

탁!

탁자 위에 소리나게 올렸다.

"받으시오."

"이… 이게 무엇인지요?"

종규봉이 조심스럽게 주머니를 열어 안을 확인하더니 또다시 엎어졌다.

"주… 주인님."

"요즘 생활이 그다지 넉넉하지는 않은 것 같더구려. 단계산장의 총관이 돈 몇 푼에 허우적대어서야 쓰겠소이까?"

퍼억!

종규봉이 급기야 이마를 방바닥에 찧었다.

이마를 방바닥에 찧는 것과 허리만 숙이는 것은 질적으로 다르다.

그때 문이 열리더니 아오가 들어섰다. 그런데 아오의 표정이 조금 전과는 달랐다.

"왜 그러느냐?"

"신룡단주가 도착하지 않고 있사옵니다."

오늘 밤 중원 진출의 기념으로 휘하 단주들을 불러다 술을 한잔하기로 했다.

"조금 늦을 수 있겠지."

아오가 조용히 물러났다.

창송은 계속 차를 권했고 종규봉은 무려 열두 잔을 마셨다. 차로 배를 채운 것이다. 그리고 돌아갈 땐 용명차 세 봉지를 선물로 받았다.

너무 기분이 좋아 구름을 타듯 걸어가는 종규봉을 바라본 창송의 입가에 미소가 끊이지 않았다.

이 정도면 목숨을 바칠 것이다.

창송이 흐뭇한 표정을 거두고 방으로 돌아오자 아오가 기다리고 있었다. 다른 단주들은 모두 왔는데 여전히 신룡단주 해무삼만이 도착하지 않았다고 했다.

"다시 전서구를 보내보거라."

이곳에서 이백여 리밖에 떨어지지 않은 황학루에 있으니 지금이라도 금방 연락을 받으면 올 것이다.

전서구가 네 번째로 날아올랐지만 해무삼으로부터는 소식이 없었다. 다른 단주들을 불러놓았으므로 하는 수 없이 창송은 잔치를 열었다.

수하들이 건네는 술을 마시고 낮에 인근 도부를 불러와 잡은 돼지 다리를 뜯으며 창송은 대취했다.

다음날도 해무삼과는 연락이 닿지 않았다.

결국 창송은 분노하였고 아오를 앞장세우고 해무삼이 있는 황학루를 향했다. 때마침 황학루에 도착할 때는 석양이었다. 하지만 구름이 끼어 황홀한 석양을 볼 수는 없었다.

해무삼이 묵고 있는 조그만 목조 건물을 찾았지만 그의 흔적은 없었다. 방 안은 여전히 깨끗했고 옷가지들도 잘 정돈되어 벽에 걸려 있었다.

꿈틀!

창송의 눈썹이 오므라졌다.

분노에서 점차 불길함으로 마음이 옮겨가고 있었다. 그런데 신룡단 무사들을 찾아 나선 아오가 돌아와 놀라운 보고를 했다. 아무리 황학루 근처를 이 잡듯 뒤지고 다녔지만 단 한 명의 신룡단 무사들도 보이지 않는 다는 것이었다.

급기야 창송은 수하들을 불러 신룡단 행방 추적에 착수했다. 황학루를 비롯해 인근 이십 리를 이 잡듯 뒤졌지만 신룡단 무사들은 흔적도 없었다. 몇몇 눈썰미 좋은 상인들이 동영 무사 같은 복장의 사내들을 며칠 전까지 보았지만 요즘에는 거의 못 봤다고 했다.

"며칠 전이라고 했는데, 정확한 날짜를 말해보겠소?"

상인이 눈을 깜박거리더니 입을 열었다.

"닷새 전이오."

닷새 전이면 자신이 단계산장을 인수받기 하루 전날이었다.

재회 135

"찾아봐라. 반드시 어딘가 있을 것이다."

다시 부하들을 독려했다.

그러나 이레가 지나고 열흘이 지나도 해무삼은 물론이고 신룡단 무사들의 그림자는 발견되지 않았다.

처음 며칠은 단순히 자신의 명령에 충실하다 보니 너무 완벽하게 은신한 탓이라고 여겼다. 그러나 상인을 만난 이후 불길한 느낌이 들기 시작하더니 살해되었을지 모른다고 생각했다. 하지만 이내 고개를 저었다.

한두 명도 아닌 삼백 명이 연락 한 통 없이 죽었다는 것은 말이 되지 않는다. 더구나 죽었다면 시신이라도 발견되어야 하는데 어디서도 그런 얘기는 없었다.

급기야 남궁천까지 날아와 근심 가득한 표정을 지었다. 하지만 죽었을 리는 절대 없다고 호언했다. 창송을 위로하면서 큰일은 없을 것이라는 위로를 해주고 볼일을 위해 떠났다.

추적 보름째.

어찌나 샅샅이 뒤졌던지 이제 황학루는 물론이고 동정호 인근 지역의 지리를 훤히 꿰뚫고 있었다. 조사 지역을 먹라수까지 넓혀보았지만 여전히 단서 하나 잡히지 않았다.

포위망은 더욱 넓어져 추적 이십일째 되는 날 창송은 무릉까지 내려왔다.

동영에 살지만 중원에 대해서 아는 곳이 몇 있다. 그중 한곳이 바로 이곳 무릉이었다. 그렇다고 와본 것은 아니고 책과 소문을 통해서였다. 신선들이 살아 무릉도원으로 불린다는 유명한 무릉산이 있는 곳이다.

하루 종일 무릉을 뒤지고 다닌 탓에 창송은 지쳤다. 허기진 배를 채우기 위해 신시가 조금 지나 무릉에서 가장 큰 주루인 호광루에 들어섰다.

창송이 데리고 들어간 인원은 자신과 아오를 비롯해 친위대 열 명이었다. 들어오자마자 가장 고가인 해착(海錯) 요리를 시키자 주방은 바빠졌고 사람들은 쳐다보았다.

무려 황금 열 냥어치의 해착 요리를 먹어치우고 일행은 다시 신룡단의 흔적을 찾아 객점을 나섰다.

척!

저잣거리를 벗어나던 창송의 발걸음이 멈췄다.

창송이 멈춰 서자 아오의 시선이 곧바로 주시한다. 호위무사들은 이미 허공에 모습을 감춘 지 오래였다.

"도대체 이 검은 왜 그렇게 비싼 것이오?"

길가 한쪽에 검을 만들어 가지고 나온 장인 한 명이 눈에 띄었다. 옷차림은 비교적 허름했는데 이십여 자루의 검을 진열해 놓고 지나가는 사람들을 상대로 팔고 있었다.

"명검이기 때문이오."

검을 파는 장인이 한 자루 검신이 좁은 검을 든 행인에게 무뚝뚝하게 말했다.

검신이 좁은 검을 든 행인이 앞뒤로 살피며 눈살을 찌푸렸다.

"괜찮아 보이긴 하는데 은자 열 냥은 너무 비싸오. 여덟 냥에 안 되겠소?"

장인이 머뜩잖은 표정을 짓더니 선심을 쓰듯 고개를 끄덕였다.

"좋소, 특별히 여덟 냥에 넘길 테니 가져가시오."

"고맙소이다."

행인이 여덟 냥을 지불하고 검을 보따리에 쑤셔 넣을 때 차가운 목소리가 들렸다.

"잠깐, 기다리시오."

창송이 다가섰다.

등의 봇짐에 반쯤 검을 찔러 넣던 행인이 이마를 찡그렸다.

"왜 그러시오?"

"그 검 좀 봅시다."

창송이 다짜고짜 반쯤 봇짐에 감춰진 검을 검집째 뽑아 들었다.

"아니, 이 검은 해 단주의 애검 아닙니까?"

아오가 놀라 말했다.

굳은 표정으로 검을 살핀 창송의 시선이 이번에는 장사꾼에게 향했다.

"이 검, 어디서 났소?"

창송의 눈이 이글거렸다. 여차하면 목을 벨 기세였으므로 장인이 놀란 표정을 지었다.

"뭐가 잘못되었소?"

"묻는 말에 대답만 하시오. 어디서 구했소?"
"주… 주웠는데."
더 이상 말이 이어지지 못했다.
아오의 검이 장인의 턱밑에 바짝 들이대어져 있었다.
"다시 말하겠다. 이 검이 어디서 났는지 물었다. 사실대로 말하지 않으면 너의 목을 잘라 버리겠다."
창송이 표독스럽게 말했다.
장인의 얼굴에 두려움이 떠올랐다.
"사실은."
"그래."
"한 사람에게 샀습니다."
"그가 누구냐?"
"모… 모릅니다. 소주에서 왔는데 집에 갈 여비가 떨어졌다면서 갖고 있던 검을 저에게 은자 두 냥에 사라고 했습니다. 한눈에 괜찮아 보여 샀지요."
"정말이냐?"
"소… 소인이 왜 거짓말을 하겠습니까?"
"생김새는 어떻더냐? 기억나는 대로 말해보아라."
"머리는 스님처럼 짧았습니다. 스물둘셋쯤 되어 보였는데 아주 준수한 공자님이셨습니다. 말투도 점잖았고."
혹시나 했는데 아니었다.
해무삼은 준수하지 않았다. 나이 또한 마흔하나이다. 말투 또한 까마귀 소리를 낸다.

"네놈이 죽고 싶나 보구나. 감히 우리에게 거짓말을 하다니."

아오가 검을 들어 올렸다.

장인이 벌벌 떨며 빌었다.

"하… 하늘에 맹세하지만 사실입니다. 거짓이면 소인은 천벌을 받습니다."

"네놈이 끝까지!"

아오가 검을 내려치려 할 때 창송이 말렸다.

"참아라."

"주군, 이놈은 보나마나."

창송은 검을 만지며 살폈다.

검은 무사에게 제이의 생명이라고 한다. 그러나 해무삼에게는 제일의 생명이었다. 어찌나 검을 아끼는지 자신은 죽어도 검만큼은 품에서 떨어뜨려 놓지 않겠다고 말했다. 그런 그가 자신의 애검을 팔았을 리는 절대 없었다.

창송의 입술이 강하게 물렸다. 해무삼은 죽었다. 그를 죽인 자가 이 검을 팔아치운 것이다.

문제는 해무삼을 죽인 자였다.

검 한 자루 욕심이 나서 그를 죽였을 리 없었다. 해무삼 정도를 죽일 정도면 중원에서도 절정의 고수로 통한다. 그런 절정의 인물이 돈 몇 푼 만들기 위해 살인을 했다는 것은 도무지 말이 안 된다. 더구나 지금까지 흘러온 상황을 보면 흉수는 해무삼뿐만 아니라 신룡단 전체의 실종과 깊은 연관이 있었다.

'신룡단 모두 죽었다!'

창송의 안색이 싸늘하다 못해 잿빛이 되었다.

지금까지 신룡단의 죽음을 짐작은 했지만 혹시나 했다. 그런데 현실로 드러나자 숨이 막혔다. 자신에게 도움 요청이 전혀 없는 것을 보면 홍수는 신룡단을 불러내어 한 장소에서 몰살했음이 분명했다.

중원에서 신룡단 삼백 명을 흔적없이 죽일 수 있는 인물은 누굴까.

부르르!

창송이 벼락을 맞은 듯 몸을 떨었다.

강한 세력을 이끌고 있는 사람이라면 죽이지 못할 것도 없었다. 그러나 삼백 명을 죽일 만큼의 강한 힘을 갖고 있는 집단은 현재 없었다. 더구나 흔적도 없이, 지난 이십 일을 고생하게 만들 만큼 완벽한 살인을 구사할 인물은 더욱 없었다.

그런데 눈앞의 현실은 있는 것이다.

'무… 무서운!'

등에 식은땀이 흐른다.

한두 명도 아니고 무려 삼백 명을 감쪽같이 없애 버리다니 실로 공포스러운 일이었다.

아오 또한 믿을 수 없다는 듯 자신을 쳐다보았다.

단순한 그도 충격을 받은 듯 아무 소리 못했다. 지금까지 겪어온 자신의 경험과 상식에 비춰 도저히 있을 수 없는 일이었다.

삼백!
어마어마한 숫자이다. 더구나 하나같이 일류고수들이었다.
"아닐 수도 있지 않겠습니까?"
"아니다!"
창송이 단호히 고개를 저었다.
창송은 한참 동안 해무삼의 검을 바라보더니 조용히 돌아섰다.
돈을 지불하지도 않고 돌아서 가는데 행인이 크게 안도의 숨을 쉬었다.

第五章
절대중원

大 대法 법 왕 王

장인 또한 크게 한숨을 내쉬며 한쪽을 쳐다보았다.

창송이 사라진 반대쪽 저잣거리 위로부터 동천몽이 걸어왔다. 두 사람은 동천몽이 시키는 대로 했을 뿐이었다.

장인은 이곳에서 이십 년째 검을 파는 사람이었다. 그런데 조금 전 동천몽이 불쑥 나타나 해무삼의 검을 내밀고 창송이 밥을 먹었던 객점을 가리키며 말했다.

창송이 잠시 후 이곳을 지나가면 큰 소리로 이 검을 팔고 옆에서 가짜 고뿔 약을 팔던 상인에게는 행인처럼 복장을 하고 검을 구입하라는 것이었다. 그 대가로 은자 한 냥씩을 주겠다고 했다. 식은 밥 먹기였기에 흔쾌히 응했는데 하마터면 죽을 뻔했다. 아무 일 없을 것이라고 자신있게 동천몽이 말은 했지만 조금 전 겁이 더럭 났던 것은 사실이었다.

"고생했소."

이미 약속한 은자는 받았다.

동천몽이 어깨를 토닥여 주었고 창송이 사라진 곳을 웃음 띤 얼굴로 쳐다보았다.

흔적도 없이 사라지게 한 것까지는 성공했다.

남은 건 어떤 형태로 창송이 삼백 명의 죽음을 받아들이게 만드느냐는 것이었다.

해무삼의 검을 그냥 전해주어도 놀라긴 할 것이다. 하지만 그런 방법보다는 창송이 좀 더 두려움과 공포를 느낄 수 있는 방법을 동천몽은 찾았다. 그래서 생각해 낸 것이 길거리에서 해무삼의 검을 파는 것이었다. 자신의 왼팔이라고 할 만한 부하의 검이 싸구려 장사꾼들 속에 나뒹굴고 있는 모습은 단순한 죽음 이상의 소스라칠 충격일 것이기 때문이었다.

수하는 찾을 길 없는데 그가 생전에 목숨처럼 여겼던 검이 저잣거리에서 매매되는 광경을 목격한다면 창송의 마음을 강하게 압박하리라 생각한 것이었다.

창송이 사라졌다는 보고에 남궁천은 이마를 찡그렸다. 얼마 전까지 해무삼을 비롯한 신룡단을 찾아 나선 창송이었다. 자신도 하루 그와 같이 신룡단을 찾아 나선 적이 있었다. 하지만 모조리 죽었으리라고는 추호도 생각하지 않았다. 자신의 강호 경험에 비춰 삼백 명이란 절정의 고수가 먼지 한 올의 증거도 남기지 않고 죽는다는 것은 거의 불가능한 일이었기 때문이었다.

그런데 이제는 창송이 사라졌다는 보고가 들어왔다. 더욱 놀라운 일은 그가 거느린 일천오백 명이 넘는 수하들까지도 없어졌다는 것이었다.

단숨에 창송의 본거지인 단계산장으로 넘어갔지만 새로 끌어들인 총관 종규봉 말고는 단 한 명도 없었다.

남궁천의 거처는 장사에 있었다.

서로 본거지를 나눈 이유는 물론 적의 공격을 피하려는 계산이었다. 또한 자신이 거느린 중원의 무사들과 창송세가의 무사들의 잦은 다툼 때문이기도 했다.

남궁천에게는 적지 않은 수하들이 몰려들었다. 절강과 귀주, 호남을 장악하면서 일대에서 활동하던 토착무사들과 무림맹과 목와북천의 싸움에서 살아남은 군소 집단들이었는데, 이들이 걸핏하면 창송세가의 무사들과 언쟁을 했고 싸움을 벌였다.

섬놈들이라고 약을 올리고 무시하자 창송세가 무사들이 참지 못한 것이다. 그래서 겸사겸사 본거지를 따로 두기로 한 것이었다.

단계산장에서 돌아온 남궁천에게 희소식이 날아들었다. 창송과 수하들 모습이 발견되었다는 것이다. 한데 남궁천을 놀라게 한 건 그들이 동영으로 돌아가기 위해 항주 인근의 포구에 있는 자신들의 배에 있다는 것이었다.

남궁천은 곧바로 그들이 타고 왔던 배를 향해 날아갔다.

보고대로 두 척의 거대한 배는 돛을 올리기 직전이었다.

파파팡!

불어오는 바람에 돛이 팽팽하게 부풀어져 있었고 배꾼들이 부지런히 움직이고 있었다.

"창 가주, 이게 도대체 무슨 날벼락이오? 동영으로 돌아가다니요?"

선실로 찾아 들어간 남궁천이 눈을 부라렸다.

하지만 창송은 차를 마시며 꼼짝도 하지 않았다.

답답한 남궁천이 물었다.

"무슨 일이오? 내가 섭섭하게 한 것 있소이까? 섭섭한 것 있으면 말씀을 하시오. 당장 사과하고 고치겠소이다."

창송이 찻잔을 내리고 남궁천을 쳐다보았다.

그런데 그의 눈이 크게 미세한 떨림을 보이고 있었다. 그것은 거대한 두려움을 느꼈을 때 보이는 시선이었다.

"가주."

"아무 말도 하고 싶지 않소. 난 어서 빨리 중원을 떠나고 싶을 뿐이오."

"왜 그러느냔 말이오? 왜 떠나려 하는 것이오? 말 좀 해보시오?"

남궁천의 목소리가 커졌다.

창송이 말했다.

"중원은 내가 있을 곳이 아니오."

"무슨 일인지 속 시원하게 말해보란 말이오!"

창송이 차를 한 모금 떨리는 손으로 마시더니 이야기를 시작했다. 모든 얘기를 들은 남궁천의 표정이 굳어졌다.

"저… 정말이오, 신룡단의 삼백이 모조리 죽었다는 게?"

"그렇소, 죽었소."

그리고 뒤쪽 구석에 세워놓은 해무삼의 검을 꺼내 들었다.

"이것이 그 증거이오."

"흉수는 누구요?"

"모르오."

"흉수를 모르다니?"

"맹주께서는 천하에 신룡단 삼백을 흔적도 없이 죽일 수 있는 사람이 있다고 보시오?"

남궁천이 입을 닫았다.

아무리 생각해도 없었다.

팟!

하지만 잠시 후 눈을 빛냈다.

"왜 그러시오? 생각해 냈소?"

"가능성있는 사람이 있긴 하오만 흔적도 없이 죽인다는 것은 불가능하오."

"어쨌든 그가 누구요?"

"대법왕이오."

"대법왕이라면, 혹시 동천몽이라는 천상각의 후예를 말하는 것이오?"

"그렇소. 하지만 그는 아닐 것이오. 힘은 있으나."

"어떻게 생겼소?"

"흐음! 뭐랄까? 이런 표현하기 뭐하지만 잘생겼소. 적이지만 잘생긴 건 잘생겼다고 해야 하는 것 아니겠소?"

"또?"

"키가 크오. 내 말은 당당하다는 얘기요. 멀대처럼 하늘로 쑥 솟아오른 그런 키가 아니란 얘기요."

"눈빛은 어떻소? 사람은 눈빛이 그 사람의 전부를 말하오."

"가까이서는 딱 한 번밖에 보지 못했소. 물론 십여 세쯤 되었을 텐데 투명하리만치 깨끗했소. 하지만 이상하게 그의 눈을 오래 볼 수 없었소. 괜히 주눅이 든다고나 할까?"

"십여 세 소년에게 주눅이 들었단 말이오?"

창송이 놀란 표정으로 물었다.

남궁천이 고개를 끄덕였다.

무림맹주가 되고 나서 딱 한 번 천상각을 방문한 적이 있었다. 물론 동오룡의 정식 초대를 받았기 때문이었는데 그 화려한 초대는 지금도 잊을 수가 없었다.

당대제일부호라는 것을 알고는 있었지만 줄줄이 나오는 음식이라는 것이 고금을 통틀어 최고라 할 만한 것들이었다. 특히 전설로만 전해 듣던 음식이 눈앞에 나타나 있을 때는 자신의 허벅지까지 꼬집어 꿈이 아닌지 확인했었다.

황제도 먹어보지 못했음직한 초호화 음식과 최고의 미녀들로 선발된 무희들 아래서 보낸 두 시진여의 만찬은 꿈결이었다. 지금도 그때를 생각하면 가슴이 아릿해져 오고 심장이 두근거린다.

만찬이 끝나고 돌아올 때 한 대의 마차가 자신을 따랐다. 자신은 시위 무사 십여 명과 마차를 이용하지 않았기 때문에 무슨 마차냐고 물었다.

동오룡은 신임맹주에게 드리는 조그만 선물이라고 했고 궁금증을 참지 못하고 마차의 휘장을 연 남궁천은 하마터면 비명을 지를 뻔했다.

마차에는 금화가 들어 있었다. 은화와 금화는 전표나 여타 보물들과 달리 아무리 많이 갖고 있어도 뒤를 쫓길 위험이 없다. 그래서 황실의 관료들이 가장 즐겨 받는 뇌물 수단이다. 두 마리의 말이 헉헉거리며 끌 만큼의 금화는 대략 백만 냥쯤 되었고 그때 처음으로 동오룡을 다시 보았다. 장사꾼이지만 무척 대담하고 그릇이 크다는 것을 알았다.

하나 그가 천상각에서 가장 놀랐던 것은 화려한 음식도 마차 가득 실린 금화도 아니었다.

금화를 가득 실은 마차를 끌고 천상각 후문을 빠져나오는데 한 소년을 만났다. 정문을 피한 것은 주위 이목을 피하기 위한 동오룡의 배려였는데 소년은 물끄러미 마부석에 앉아 시위이자 마부로 변한 수하와 나란히 앉아 콧노래를 부르는 자신을 쳐다보았다.

어둠이 짙었는데도 눈빛은 별빛마냥 반짝거렸고 자신도 모르게 혼이 빨려 들어가는 느낌을 받았다.

절대중원 151

너무 놀라운 현상에 이름이 무어냐고 물어봤지만 소년은 가벼운 미소를 지을 뿐이었다.

미소(微笑)!

그것은 난생처음 보는 것이었다.

십여 세 소년이 자신을 쳐다보며 웃는 웃음은 취기를 단번에 몰아낼 만큼 오싹했다. 지금도 그때를 생각하면 등골에 식은땀이 흘렀고 훗날 그 아이가 말썽쟁이 천상각의 막내아들이고 오늘날 자신에게 검을 겨누고 있는 동천몽이라는 것을 알았다. 운명은 교묘히 얽혀 돌아갔다.

"그 말고는 가주를 두려움에 빠뜨릴 만한 인물은 강호에 없소. 그러나 그는 아닐 것이오. 그가 나와 가주의 사이를 알 리 없기 때문에."

"아무튼 미안하게 되었소. 우린 이만 돌아가겠소."

"가주, 정말 가시려오?"

"미안하오. 한 가지 이번 기회에 내가 깨달은 것이 있다면 그것은 대륙은 대륙 사람에 의해 다스려져야 한다는 것이오. 난 그저 섬에 갇혀 고기나 잡으며 한세상 보내겠소."

세상은 넓었다. 동영에서는 자신이 최고였고 원하는 것은 뭐든지 이룰 수가 있었다. 그런 절대적인 위엄은 중원에서도 변치 않을 것이라고 확신했고 처음 몇 달은 예외가 없었다.

그런데 이번에 천외천, 하늘 밖에 하늘이 있다는 것을 깨달았다.

삼백 명을 하루아침에 감쪽같이 없애 버리는 사람이 있는 곳에서 산다는 것은 악몽이었다. 그런 사람은 피하는 것이 가장 현명한 방법이었다.

남궁천의 안색이 흙빛으로 변했다.

지난 여섯 달 동안 창송세가의 힘으로 얻은 중원은 약 삼 할이다. 삼 할을 장악하며 밑으로 많은 인물들이 몰려들었다. 물론 자신의 명성 때문이기도 했지만 대부분이 창송세가의 막강한 힘이 작용했음을 부인할 수 없었다.

그런데 창송세가가 중원에서 떠난다면 자신의 힘은 보잘것없어진다.

팟!

남궁천의 눈이 광채를 발했다.

여태 그 생각을 못한 것이었다. 창송세가를 건드린 것은 자신을 고립시키기 위한 전략이 분명했다. 상대가 동천몽이든 백쾌섬이든, 물론 동천몽일 가능성이 높지만 어쨌든 적은 자신을 노리고 창송세가를 건드린 것이다. 그리고 그 계책은 완벽하게 맞아떨어졌다.

"가주!"

한 번 더 매달려 보았다. 자신에게 창송세가의 힘이 없다는 것은 몰락이었다.

"마음을 돌려주시오."

"없었던 일로 합시다. 난 중원에 온 적도 없고 맹주께서는 동영에 온 적도 없소. 그럼."

창송이 돌아앉았다.

나가달라는 노골적인 명령이었다.
 남궁천의 얼굴이 붉으락푸르락해졌다. 옛날 성질 같았으면 당장 쳐 죽였을 것이다. 자신의 무공이 더 높지만 범선에 있는 수많은 수하들을 물리칠 자신까지는 없었다.
 "개자식!"
 남궁천의 입에서 욕이 터져 나왔다.
 휙!
 창송이 돌아앉더니 놀란 눈으로 쏘아보았다.
 "지금 뭐라고 했소이까? 날더러 개자식이라고 했소?"
 "겁쟁이 섬놈. 그래, 잘 가라."
 "말 다 했소?"
 "오냐. 싸구려 인간."
 남궁천이 욕을 바가지로 뱉고 방을 나왔다.
 창송이 등 뒤에서 말했다.
 "매… 맹주의 그릇이 그 정도밖에 되지 않았단 말이오? 허어! 실망… 실망이오! 이런 젠장할!"
 창송 또한 화가 치솟은 듯 벌떡 일어나더니 한쪽에 있는 주전자의 냉수를 들이켰다.
 "막겠습니다."
 아오가 다가왔다.
 "명령을 주십시오. 주군을 모욕한 죄를 묻겠사옵니다."
 창송이 분노를 참지 못하고 씩씩거렸다.
 하지만 붙잡으라는 명령은 내리지 않았다. 남궁천을 사로잡으려면 자신 또한 상당한 피해를 각오해야 한다. 더구나 여긴 중원이었다. 초록은 동색이라고 자신과 남궁천이 싸움 붙으면 이곳 사람들 모두 그의 편을 들 것이었다.

"됐다!"

분하지만 참는 것이 이롭다.

창송은 터져 나오려는 화를 꾹 눌러 참고 밖으로 나갔다.

배는 막 부두를 떠나고 있었는데 갑판 위에서 찬바람을 쏘이자 기분이 조금 가라앉았다.

'그럴 만도 하지!'

창송은 나직한 실소를 터뜨렸다.

자신의 꿈이 하루아침에 무너지게 되었으니 누군들 흥분하지 않겠는가.

저벅저벅!

발자국 소리가 들렸다.

갑판 위에 있던 수하 몇이 자신이 나타나자 모두 자리를 피했다. 아오인 줄 알고 돌아보았는데 낯선 흑의사내 한 명이 다가오고 있었다. 더구나 복장이 동영 무사가 걸치는 욕의가 아니다.

창송의 안색이 굳어졌다.

다가오는 흑의사내는 외부인이다. 그런데 소란이 없었고 보고가 없었다는 것은 흑의사내의 잠입을 아무도 모르고 있다는 것이고, 그것은 무공이 수하들 능력으로는 어쩔 수 없을 만큼 고절하다고 봐야 했다.

사내는 다가오더니 자신과 일 장 정도의 거리를 두고 나란히 섰다. 창송은 사내에게서 눈을 떼지 않았다.
파파팡!
거센 바람에 돛이 찢어질 듯 커지며 배는 속도를 높였다.
"혹시!"
창송의 눈이 빛을 뿌렸다.
느껴지는 것이 있었다.
"내 수하 삼백 명을 흔적없이 삼켜 버린 분이시오?"
동천몽이 바다를 보며 말했다.
"가르쳐 주지도 않았는데 알아차리다니 제법이군."
"으헉! 다… 당신이 그럼 대법왕?"
동천몽이 돌아보며 웃었다.
"남궁 맹주가 말해주었나 보군?"
창송이 뻣뻣한 신색으로 동천몽을 살폈다.
아무리 눈을 씻고 다시 봐도 절정의 고수라는 기운은 느껴지지 않았다.
'육식귀원을 지나 반로환동의 경지란 말인가?'
반로환동이란 늙은이가 아이로 변하는 것을 말하지만 그 의미는 여러 가지로 해석된다. 그중 하나가 강함을 넘어 유를 지나 본래의 모습으로 돌아오는 것 또한 반로환동, 또는 육식귀원이라 할 수 있다.
"맞소. 내가 당신 수하 삼백을 소리없이 삼킨 장본인이오."
내가 흉수라고 선언했다.

그런데 이상하게도 분노나 복수심 따위는 전혀 일어나지 않았다. 오히려 호기심과 감동이 섞인 묘한 기분이 온몸을 싸고 돌 뿐이었다.

과감히 적진 속으로 들어와 자신의 실체를 밝혔다는 것은 오직 한 가지만의 해석이 가능했다.

자신있다는 것이었다.

마음만 먹으면 언제든지 배를 벗어날 수도 있고 자신들을 모조리 죽일 수도 있으며 자신이 원하는 대로 뭐든지 할 수 있다는 의미였다.

"세속의 존함이 동천몽이고 천상각을 사가로 두었다고 들었소이다."

"많이 아는구려."

"외람된 질문이지만 한 가지 물어도 되겠습니까?"

말을 해놓고 창송이 당황하는 표정을 지었다.

자신도 모르게 존칭이 흘러나왔다. 적이자 나이 어린 사람에게 완전히 제압당하지 않고서는 나타날 수 없는 행동이었다. 이것은 의지와는 상관없이 본능이 이미 무릎을 꿇었다고 봐야 했다.

"내 수하 삼백을 삼킨 이유가 무엇입니까?"

"뻔하지 않겠소?"

"남궁천 맹주를 고립시키려고?"

동천몽이 고개를 끄덕였다.

"내가 만약 동영으로 돌아가지 않고 남았다면 어쩌려고 했소이까?"

동천몽이 웃음을 지었다.

"하는 수 없지요."

"죽이겠다는 말씀이오?"

"사람들은 내가 중놈이 되었다고 마음까지 중놈이 된 줄 알고 있소. 거듭 말하지만 소주의 개고기는 영원히 내 가슴속에 담겨져 있소. 울컥하고 화가 폭발하면 나오지요. 아마 가주께서 가지 않았다면 소주의 개고기 성질에 비춰 동영의 본가까지 짓밟았을 것이오."

흠칫!

창송의 눈이 커졌다.

"가주는 아주 현명한 결단을 내린 것이오. 그런 지혜라면 향후 일백 년은 더 동영에서 큰소리치는 가문으로 살아가겠소."

칭찬인 듯 들리면서도 비아냥으로 느껴지는 것은 왜인가.

"주… 주군, 놈은 누굽니까?"

아오가 동천몽을 발견하고 놀라 다가왔다.

동천몽이 아오를 돌아보며 웃었다.

"충직하게 생겼군."

"네놈은 누구냐? 누군데 감히 본 가의 배에 올라 있느냐? 썩 정체를 밝혀라!"

동천몽의 눈이 가늘어졌다.

"한 번만 더 나에게 이놈 저놈 하면 혀를 뽑아주겠다, 아오."

"내… 내 이름을 어떻게?"

"너에게 홀어머니와 여동생이 한 명 있다는 것까지 알고 있느니라."

아오의 입은 더 이상 말할 수 없을 만큼 쩍 벌려져 있었다.

동천몽이 창송을 향해 말했다.

"당신의 현명한 판단이 창송세가의 팔백 년 역사를 잇게 했소."

"본 가의 역사까지 어느새?"

휘익!

동천몽이 바다로 뛰어들었다.

"엇!"

"무슨 짓!"

창송과 아오가 화들짝 놀라며 뱃전으로 다가가 아래를 내려다보았다.

동천몽이 물 위를 걸어가고 있었다.

"이… 일위도강."

"초상비?"

두 사람 모두 서로 다른 말을 했다.

"아니다!"

이번에는 같이 외쳤다.

일위도강과 초상비와 비슷하지만 두 개의 신법이 아니었다. 동천몽은 평지를 걷듯 천천히 멀어져 갔다. 입을 벌린 채 한참을 바라보던 창송이 조용히 숨을 죽이며 뱉었다.

"시… 신이다. 난 오늘 신을 보았다."

동천몽이 펼쳐 보인 신법은 자신으로서는 꿈도 꿀 수 없는 가공할 경지였고 모습만 사람이지 분명 신이었다.

물 위를 걸어가자 부둣가에서 잡은 고기를 말리고 그물을 손보던 어부들이 모두 벌 떼처럼 일어나 눈을 휘둥그레 떴다. 그들도 무림인들이 펼치는 신법을 적지 않게 보았지만 물 위를 평지 걷듯 하는 사람은 처음이었다.

부둣가에 올라서자 사람들이 경악의 시선을 던졌다.

동천몽은 빙그레 웃음을 짓고 부두를 벗어나 주위를 살폈다. 마치 뭔가 숨겨놓은 물건을 찾는 것 같았다.

멈칫!

동천몽의 시선이 한곳에 멈췄다.

관도가 시작되는 입구 소나무 한 그루가 부러져 있었다. 가까이 가보니 허연 속살이 드러나 있었고 송진이 흘러내리고 있는 것이 부러진 지 얼마 되지 않은 것이 분명했다.

동천몽이 부러진 소나무를 따라 산속으로 접어들었고 한참을 가자 이번에는 거대한 고목 세 그루가 서 있었는데 가장 아래 두툼한 가지가 일제히 부러져 있었다.

'임단호(林斷號).'

나뭇가지는 일목이 부러뜨려 놓은 것이었다. 그것은 배교 고유의 신호술이었다.

임단호는 나무와 바위, 숲으로 흔적을 남긴다고 해서 붙여진 이름이다.
 동천몽은 남궁천이 창송의 배를 가로막으리라는 것을 읽었다. 그래서 그가 돌아갈 때 뒤를 밟으라고 일목에게 명령을 내려놓았다. 물론 부두에서나 배에서 그를 잡을 수 있었지만 그의 본거지를 없애야 했기 때문이었다.
 동천몽은 신호를 따라가며 신법을 펼쳤다.
 중간중간 구분하기 쉽게 나뭇가지나 낫으로 벤 듯 방원 일 장 정도 넓이의 풀들이 쓰러져 있었다.

 장사는 소상강과 동정호를 끼고 있어 각지에서 몰려든 유람객들이 들끓는다. 임상(臨湘)이라고도 부르는 호남제일의 도시인데 부두를 떠난 지 이틀 만에 동천몽은 장사에 도착했다.
 무미 선사는 중간에서 천룡구십구불에게 동천몽의 명령을 전달하기 위해 떠났다.
 사람들이 북적이는 도심에 들어와서도 배교의 신호술 임단호는 곳곳에 남겨져 있었다. 담벼락에 낙서하듯 사람 이름을 써놓기도 했고 길바닥을 움푹 파놓아 신호하기도 했다.
 동천몽이 한참 신호를 따라 움직일 때 일목이 나타났다.
 "대법왕님."
 일목이 나타났다는 것은 남궁천의 도착지가 이 근처라는 의미였다. 예상대로 일목은 동천몽을 데리고 복잡한 도심을 벗어나 한적한 외곽으로 빠졌다.
 그리고 한 채의 장원이 세워져 있는 야트막한 언덕배기를 가리켰다.

"저곳으로 들어갔사옵니다. 소승이 알아본 바에 의하면 저 장원은 대화장원이라는 곳으로 장사 제일의 상인 막천풍의 집이더군요."

막천풍은 동천몽도 알고 있었다.

변화와 비단으로 입지를 굳힌 거상이다. 이따금 천상각을 방문하면 부친과 술잔을 나누는 것을 두어 번 목격했다. 물론 개인적인 친분이나 안면은 전혀 없었다.

"남궁천의 휘하에는 오백여 명의 무사들이 있사옵니다. 하지만 절정급은 몇 되지 않사옵니다."

이미 남궁천이 데리고 있는 무사들의 숫자와 무공의 면면까지 파악해 놓았다.

잠시 설명을 듣던 동천몽이 한쪽에 있는 바위에 주저앉았다.

일목이 눈썹을 보았다. 당장 쳐들어가야 정상인데 동천몽이 느긋하게 자리를 잡고 앉자 궁금했다.

하지만 나름대로 속뜻이 있기 때문일 것이라고 생각하며 기다렸다. 반 각이 지날 때쯤 갑자기 덕배 선사가 모습을 드러냈다. 덕배 선사가 이곳에 나타났다는 것은 멀지 않은 곳에 천룡구십구불이 있다고 봐야 했다.

"대법왕님을 뵈옵니다."
"저곳을 둘러싸거라."
"존명!"

덕배 선사가 신속히 사라졌다.

자리에서 일어난 동천몽이 물끄러미 장원을 쳐다보며 중얼거리듯 말했다.

"한 놈도 빠져나가서는 안 된다."

신룡단과 싸움으로 손실된 천룡구십구불은 다시 보충되었다.

두 사람은 천천히 대화장 앞으로 다가갔다. 예상대로 경계는 삼엄했다. 입구를 지키는 무사가 두 사람을 날카롭게 살피더니 물었다.

"신분과 방문 목적을 밝히시오."

동천몽이 말을 하려 들 때 일목이 나섰다.

"닭이 묻는데 어찌 소가 대답할 수 있겠사옵니까?"

멈칫!

동천몽의 눈이 커졌다.

소 잡는 칼로 어찌 닭을 잡으려느냐는 말은 들어보았지만 닭이 묻는데 소가 대답할 수 있느냐는 말은 처음이었다.

일목이 이해를 시키려는 듯 헛기침을 하며 말했다.

"놈들은 닭입니다. 엄밀히 말하면 닭은 남궁천이고 이놈들은 병아리죠. 그리고 대법왕님은 황소입니다. 황소의 체면이 있지 않겠습니까?"

피식!

동천몽이 웃음을 지었다.

갈수록 일목의 구담(口談)이 발전하고 있었다. 동천몽은 모른 체 뒤로 한발 물러났다.

"조… 조금 전 뭐라고 했느냐? 다시 말해보거라."

일목이 남궁천을 닭에 비유하고 자신들을 병아리에 비유한 말을 정확하지는 않지만 대략 들었던 듯싶었다. 확실하지 않기에 화를 내지는 못하고 확인하려 들고 있었다.

일목이 당당하게 말했다.

"다시 말할 테니 잘 듣거라. 너희는 병아리고 남궁천은 닭이라고 했느니라. 왜, 내 말이 불쾌하더냐?"

"이 새끼."

생긴 것만큼이나 두 무사의 성격도 급했다.

불같이 화를 내더니 차고 있던 검을 뽑아 들고 달려들었다.

사실 이곳에 남궁천이 묵고 있다는 사실은 극비였다. 적이 많고 아직은 힘이 약한 남궁천으로서는 자신의 본거지를 밝힐 수가 없었다.

그렇기 때문에 일목의 입에서 남궁천이란 말이 흘러나왔을 때 두 경비무사가 조금만 냉철했다면 정체를 의심했어야 했다. 하지만 그들은 지나치게 빨리 흥분했고 그것이 남궁천의 몰락을 더욱 빠르게 재촉했다.

콰아앙!

일목의 검과 두 사람의 검이 충돌하고 자욱한 먼지가 피어올랐다.

"컥!"

"흑!"

먼지 속에서 두 경비무사가 비틀거렸는데 안색이 창백했다. 내상을 입은 것이 분명해 보였다.

두 무사가 경악의 표정을 짓고 있을 때 일목의 검이 허공에 섬광을 뿌렸다.

촤악!

툭!

톡— 데구루루!

두 사람의 목이 몸에서 분리되었다.

두 사람은 문을 향해 다가갔다. 육중한 문은 닫혀 있었는데 일목이 일검을 내려치자 그대로 갈라졌다.

쿠쿵!

문이 쪼개지는 소리에 안쪽 초소의 문이 열리더니 다섯 명의 무사들이 뛰쳐나왔다. 그들이 적이라는 것을 간파하고 검을 뽑으려 들었을 때 이미 일목의 검은 살기를 뿌리고 검집에 들어갔다.

철컥!

잠시 살아 있는 사람처럼 놀라는 표정을 짓더니 일제히 목이 잘려졌다.

"난 일보러 가야겠다."

싸우는 소리에 남궁천이 도주를 할 수도 있었다. 그의 도주를 막기 위해 천룡구십구불을 밖에 세웠지만 조심할수록 좋았다. 이번에도 놓친다면 아마 두 번 다시 잡을 수 없을지도 몰랐다.

"소승은 걱정 마시고 볼일 보십시오."

일목이 신이 난 표정으로 말했다.

사실 동천몽이 지켜보고 있으면 마음대로 죽일 수가 없었다. 간단히 목을 베는 것도 죽이는 것이지만 여러 형태로 죽여 보고 싶었다.

"그럼 소승이 먼저."

일목이 먼저 안으로 들어가더니 가장 가까운 전각으로 뛰어들었다. 잠시 후 전각 쪽에서 비명과 굉음이 들려 나왔다.

"적이다!"

뎅뎅뎅!

순식간에 비상종이 울렸으며 수많은 사람들이 전각으로 몰려가고 있는 광경이 눈에 들어왔다.

자신을 좀 더 편히 가도록 해주기 위한 일목 나름대로의 방법이었다. 즉, 일목 자신이 적의 시선을 받는 틈을 이용해 편히 남궁천을 찾아가라는 뜻인 것이다. 구담에 이어 일목의 잔머리는 갈수록 빠르게 성장하고 있었다.

동천몽은 대로를 포기하고 화원 사이에 난 소로를 택했다.

"도대체 적이라니 무슨 소리지?"

"적이니까 적이라고 소리치는 것 아니겠나?"

"아니, 그러니까 내 말은 적이 누구냐는 얘기야? 적도 정체가 있을 것 아닌가?"

"가면 밝혀질 것을 자넨 뭐가 그리도 궁금한가."

맞은편에서 다투듯 큰 소리로 말하며 달려오던 두 사내가 동천몽을 발견했다.
 멈칫!
 얼른 알아보지 못했는데 불쑥 물었다.
 "자… 자넨 어디 소속인가? 적이 침입했다는데 어딜 가는가?"
 동천몽의 눈이 빛을 뿌렸다.
 어중이떠중이 긁어모을 때 생기는 폐단이 지금 발견되고 있었다. 독립적인 한 문파를 끌어들인 것이 아니라 여기저기서 긁어모으다 보니 이들 또한 서로의 얼굴을 모르고 있었다.
 "적 하나 침입했다는데 뭘 그렇게 소란들인가? 난 내 볼일이 있네."
 동천몽이 그냥 지나쳤다.
 두 사내가 잠시 서서 생각하는 눈치를 보이더니 자신들끼리 주고받았다.
 "한 놈 침입했는데 비상종까지 치며 이 난리란 말인가? 에이, 우리도 돌아가세."
 "하긴!"
 두 사내는 진짜로 걸음을 돌려 자신들 갈 곳으로 가고 있었다.
 동천몽은 조그만 호수를 지나쳐 송림이 우거진 곳을 관통했다. 대략 백 마장 이상 움직였고 십여 명의 사람을 만났는데 누구도 경계하거나 이상하게 보지 않았다.
 '훗훗!'

동천몽이 가벼운 미소를 지었다. 남궁천이 처한 처지를 잘 말해주고 있었다.

뚝!

송림을 벗어난 동천몽의 걸음이 세워졌다.

동천몽의 시선이 한 채의 전각을 주시하고 있었다. 지금까지 올라오며 아홉 채의 전각을 지나쳤다. 물론 그 안에 거주하는 인물들의 면면은 밖에서도 얼마든지 짐작할 수 있었고 남궁천으로 느껴지는 기세는 발견되지 않았다.

그러나 지금 왕각(王閣)이라는 현판이 걸린 전각은 달랐. 안으로부터 강렬한 열기가 피어났다. 그것은 고수가 안에 있다는 뜻이었다.

동천몽이 천천히 다가갔다.

예상대로 화원 속에서 두 명의 경비무사가 뛰어나왔다. 아홉 채의 전각을 지나쳤지만 어디에서도 경계무사들의 모습은 보이지 않았었다.

"누구시오? 신분을 밝히시오!"

"같은 식구들끼리 뭐 하는 것인가?"

동천몽이 워낙 근엄하게 나가자 멈칫거렸다.

그러자 처음과는 달리 조심스럽게 물었다.

"알다시피 이곳에는 맹주님이 계시오. 우리 식구라도 절차상 확인을 해야 하오."

동천몽이 고개를 끄덕였다.

"그런가? 난 동천몽이라고 하네. 대법왕이라고 더 잘 알려져 있지."

"도… 동천몽!"

"이런, 적 아냐!"

두 사람이 깜짝 놀라며 검을 뽑아 들었다. 하지만 동천몽이란 말에 두 사람은 얼어붙었다.

"이… 이놈!"

"죽엇!"

공격을 했지만 자신이 없다.

동천몽은 힐끔 전각을 쳐다보았다. 이미 자신의 존재를 느낀 듯 전각 안에서 뿜어 나온 기세가 강해졌기 때문이었다.

퍽!

동천몽이 일장을 뻗자 두 무사는 비명을 지르며 숲 속으로 사라져 버렸고 소란에 전각 주위에 숨어 있던 무사 일곱 명이 모두 달려와 앞을 막았다.

화아악!

동천몽이 손을 뻗자 강한 장력이 일곱 사내를 향해 뻗어갔다. 각자 기합을 지르며 검을 뻗어 대항했지만 역부족이다. 비명이 소낙비처럼 쏟아지며 모두가 화원 속으로 사라져 버렸다.

동천몽은 천천히 전각 안으로 들어갔다.

왕각이라는 이름답게 화려했다. 바닥은 발목까지 빠지는 고급 양탄자였고 복도의 좌우 벽에는 야광주 중 최고라는 취와석으로 만든 십이지신상이 빛을 뿌리고 있었다. 열두 가지의 동물이 붉은 광채를 뿜어내는 복도는 마치 선경에 들어서는 느낌을 주었다.

뎅뎅뎅!

잠시 끊겼던 종소리가 다시 들렸는데 처음보다 훨씬 급박했다. 사태가 훨씬 심각하게 돌아가고 있다는 반증이었다.

오동나무로 만들어진 나무에서 오동 특유의 향기가 뻗어 나왔다. 나무의 무늬 또한 파도가 치는 듯 사방으로 퍼졌는데 상당히 돈을 들인 문임을 알 수 있었다.

비록 지금은 남궁천의 거처이지만 그전까지는 막천풍이 묵었으리라.

삐걱!

문은 의외로 간단히 열렸다.

흠칫!

방 안으로 들어선 동천몽은 또 한 번 놀라고 말았다.

방 안은 눈을 뜰 수조차 없을 만큼 화려했다. 천장에는 산지인 운남에서도 귀하게 대접받는 제옥액을 칠했다. 제옥액은 제옥목이라는 희귀한 나무에서 뽑은 진액으로 은은한 향기를 뿜어내는데 오랫동안 마시면 불로장생한다고 전해온다. 사면 벽은 옥골지(玉骨紙)를 발랐다.

옥골지는 투명한 데다 방수 효과가 커 고관대작들이 그 안에 물고기를 많이 집어넣어 감상한다. 이곳 또한 분홍빛 연자어를 넣어 사면 벽 속을 유유히 떠다니고 있었다.

바닥은 복도에 깔린 것과는 비교가 안 되는 제왕금이고 남궁천이 앉아 있는 의자는 백호피가 깔려 있었다.

"……."

"……."

두 사람은 서로를 마주 보았다.

누구도 먼저 입을 열지 않았고 실내는 한동안 무거운 침묵만 흘렀다.

"헛헛! 어서 오게나."

남궁천이 일어나며 웃음을 지었다.

겉은 멀쩡하고 여유롭다. 하나 두 눈 깊숙한 곳의 흰자위는 파장을 일으킨다.

자신의 모습이 생각했던 것보다 훨씬 강한 느낌이 든다는 반응이다.

"반갑소, 맹주."

"맹주라. 핫핫핫! 본좌가 맹주였던가?"

자부심 담긴 웃음처럼 보인다. 그러나 동천몽은 자조라고 생각했다. 덜렁 혼자 앉아 있는데 무슨 얼어죽을 맹주냐는 자신에 대한 비아냥이 섞여 있다.

"컸군. 세월이 유수와 같다더니 그때 그 소년이 자네란 말인가?"

지금까지 많은 사람들이 대법왕이라고 하면 말을 가렸고 예의를 차렸다.

그러나 남궁천은 서슴없이 자네라고 부른다.

동천몽은 빙긋 웃었다. 천하의 효웅은 뭐가 달라도 다르다는 생각을 떠올렸다.

"참으로 인생사란 알 수 없는 거야. 따지고 보면 자네와 내가 이럴 처지까지는 아닌데 말일세."

동천몽이 눈을 크게 떴다.

남궁천의 말을 헤아리지 못했다. 이럴 처지가 아니라면 사돈지간이라도 된단 말인가. 동천몽이 열심히 말뜻을 헤아리기 위해 머리를 굴리고 있을 때 남궁천이 말했다.

"서로 칼을 맞대어야 할 만큼 피의 원한은 없다는 얘길세. 내 말이 틀렸는가?"

동천몽이 웃었다. 말뜻을 헤아린 것이다.

"맞소."

"고맙네. 자네도 순순히 인정해 주어서 말일세. 사실 무림에서 피의 원한도 없는데 싸운다는 것은 낭비야. 그렇게 생각하지 않는가?"

남궁천의 의도가 노골적으로 드러나고 있었다.

싸울 필요가 있느냐는 얘기였다.

"일단 좀 앉게."

남궁천이 맞은편 자리를 권했다.

동천몽은 앉지 않았다.

본격적인 명분과 논리 싸움을 전개해 보겠다는 의도였다. 실로 교활한 능구렁이다.

"맹주! 한마디 하겠소."

"말하게."

"조금 전 피의 원한이라고 했는데 원한이란 꼭 피로만 맺어지는 건 아니지요."

멈칫!

남궁천의 눈이 빛났다.

"무사의 원한은 한마디 말로도 차갑게 맺어지는 것 아니겠소?"

남궁천의 안색이 굳어졌다.

동천몽의 신분은 대법왕이다. 그리고 그는 천상각의 후예이니 상인이다. 그런데 동천몽은 분명히 무사의 원한이라는 표현을 썼다. 자신을 무사 말고는 일체 다른 신분으로 생각하지 말아달라는 것인데 그건 곧 무사로서 남궁천에게 빚을 받으러 왔다는 의미였다. 빠져나갈 남궁천의 길을 완벽하게 차단해 버린 것이었다.

"왜 말이 없소? 소생의 말이 틀렸소?"

본왕이란 표현이 아닌 소생이라고 했다. 무사라면 당연히 아랫사람이므로 소생이라고 하는 것이 옳았다.

남궁천의 얼굴이 딱딱해졌다.

동천몽은 무식했다고 들었다. 그런데 대법왕이 되면서 많은 공부를 한 탓일까 자신의 의도를 완전히 읽어내고 정면으로 치고 나온다.

"맞네. 그렇지. 하지만 나와 피가 아닌 무슨 원한이 맺어졌는지 궁금하군."

동천몽이 빙긋 웃었다.

"좋은 질문이오. 난 그런 질문이 나오지 않으면 어떡하나 했소. 그 이유는 힘있는 사람들은 잘못을 저질러 놓고도 그게 얼마만큼 큰 잘못인지 잘 모르는 경향이 있더이다."

"힘이 있는 사람 중에는 자네 부친도 들어가겠지?"

"물론이오. 우리 아버지야말로 전형적인 힘있는 사람 아니셨소. 하지만 우리 아버지 힘도 무력 앞에서는 조족지혈이더구려. 특히 당신 앞에서는 말이오."

"나 말인가? 좀 구체적으로 말해보겠는가?"

"조금 전 내가 힘있는 사람은 자신이 부린 횡포를 잘 모른다고 했는데 당신이 지금 그러는구려. 무림맹주라는 이유로, 천하제일고수에 가깝다는 이유로, 그리고 강호 평화를 지킨다는 이유로, 우리 아버지의 생업을 돕는다는 이유로 얼마나 많은 돈을 뜯어갔소. 기억할 것이오. 명절 때만 되면 우리 아버지가 얼마나 많은 돈을 당신을 비롯해 무림맹 관계자들에게 배달했는지."

남궁천의 표정이 흙빛으로 물들었다.

"당신들은 혹시 달라는 소리 하지도 않았는데 우리 아버지가 알아서 주었으므로 잘못이 없다고 할지 모르겠소. 하지만 눈 가리고 아웅 하는 격이지요. 당신들은 돈을 받을 때나 와서 가져갈 때마다 한 분야의 시장독점권을 선물 주듯 아버지에게 주었소. 이게 무슨 뜻이오? 아버지가 알아서 주는 게 아니라 당신들이 마음만 먹으면 언제든지 천상각의 숨통을 죌 수 있으니 돈을 잘 바치라는 의미 아니겠소?"

남궁천이 두 손을 만지작거렸다.

얼굴이 달아오른 것이 무척 분노한 표정이었다.

"그러던 어느 날부터 당신들은 부친이 돈을 끊자 아예 이번에는 찾아와 가져가지 않았소?"

"그래서 나와 원한이 깊다는 건가?"

동천몽이 또다시 빙긋 웃었다.

"아니오. 사내가 돈 몇 푼에 원한까지 산다는 것은 말이 안 되지요. 아까 말했듯 난 무공을 배운 무사로서 원한을 말할 것이오."

"말해보게."

무사의 원한은 절대 없다는 것을 자신하듯 말했다.

동천몽이 눈을 치켜떴다.

"당신은 패업을 꿈꾸었소."

"그게 잘못되었다는 말인가?"

"아니오. 난 그렇게 말하지 않았소. 중요한 것은 나 또한 패업을 꿈꾸고 있다는 얘기요."

"뭐… 뭣이?"

"어떻소? 서로가 패업을 꿈꾼다면 충분히 내가 당신을 죽일 명분이 생기는 것이지요? 서로가 죽여야 천하가 자기 차지가 될 테니까 말이오."

남궁천이 눈을 크게 떴다.

동천몽의 설명에 할 말이 없었다. 서로가 패업을 꿈꾸고 있다면 주인은 한 명뿐이니 당연히 싸워야 하고 어느 쪽이든 죽어야 한다.

명분에 살고 죽는 강호이다. 그래서 서로 죽이고 죽어야 할 명분이 없다는 이유를 강하게 내세워 위기를 빠져나가려고 했는데 완벽한 덫에 걸렸다.

동천몽은 천하패업을 꿈꾸고 있기 때문에 자신이 죽어야 한다고 치고 나왔다.

말은 그렇게 하지만 자신이 얼마만큼 천상각을 괴롭혔는지, 특히 이번 목와북천과의 싸움에서 천상각을 놓고 얼마만큼 치열한 다툼을 벌였는지 그가 모를 리 없다. 비록 자신의 검에 천상각 핏줄의 피 한 방울 묻지 않았지만 그동안 천상각에서 뜯어낸 돈과 심리적으로 동오룡을 괴롭힌 것이라면 피를 묻힌 것보다 더 원한이 깊을 것이었다.

하지만 명분을 목숨처럼 중요시하는 강호이다.

말로 잘 몰아붙이면 충분히 싸움은 피할 수 있다고 생각했다. 정 안 되면 팔 하나쯤 내주는 것으로 마무리하고 위기를 벗어난 후 내일을 기약하려 했다. 그런데 동천몽이 패업의 꿈을 갖고 있다는 예상치 못한 방법으로 치고 나온 것이었다.

'어떤 개자식이 저런 놈을 멍청하다고 소문냈지!'

엉뚱한 소문에 화풀이를 했다.

무공은 강할지 몰라도 머리에 들어 있는 게 없어서 간단하게 말싸움 몇 번이면 물리칠 줄 알았다. 앞서 언급했듯 말싸움으로 종결이 되지 않으면 사지 중 한두 개쯤 버릴 각오까지 세웠다.

그런데 직접 부딪쳐 설전을 벌인 결과 오히려 자신이 말려들고 있었다.

동천몽이 주위를 두리번거렸다.

느닷없는 행동에 남궁천이 날카롭게 살폈다. 한참을 두리번거리던 동천몽이 구석진 곳으로 다가가 화분을 놓는 기다란 탁자의 다리를 발로 툭 찼다.

와직!

화분이 떨어져 박살이 났고 탁자 다리가 부러졌는데 그것은 앞뒤로 깨끗하게 수도로 깎아 거머쥐었다.

"이쯤 되면 검으로 손색이 없겠군. 당신이 검에 일가를 이루었다고 들었으니 나 또한 나무토막일지언정 검 하나쯤 준비를 해야 예의 아니겠소?"

대결하자는 듯 검을 움켜쥐고 바라보았다.

'쳐 죽일 놈들, 저런 교활한 놈을 멍청하다고 소곤대다니!'

아무리 봐도 동천몽은 똑똑했다. 아니, 교활하다고 해야 옳을 만큼 자신의 모든 것을 넘겨짚어 버렸다.

"호호호! 그렇게 죽는 것이 소원이라면 죽여주겠다."

이쯤 되면 원래대로 나가야 한다.

남궁천의 두 눈에서 살기가 뿜어지기 시작했고 그런 모습을 보며 동천몽이 야릇한 표정을 지었다.

"진작 그렇게 나올 일이지 되지도 않을 잔머리를 굴리셨소?"

그까짓 명분도 명분이라고 떠벌렸느냐는 핀잔이었다.

"닥쳐라!"

이제는 조롱까지 노골적으로 당하자 남궁천은 더욱 흥분하고 말았다.

"네놈을 가급적이면 살려주려고 했는데 죽음을 원했으니 거절하지 않고 죽여주마."

"조심하시오. 검의 꼬라서니가 이러긴 해도 만만치 않을 것이오."

"네놈이나 조심하거라. 감히 그따위 썩은 나무 작대기로 날 죽이려 하다니 네가 미쳤구나."

스르릉!

남궁천이 벽에 걸린 검을 뽑아 들었다.

第六章
화무십일홍

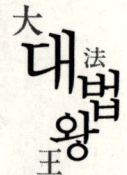

마치 용틀임 같은 소리가 흘러나왔다. 동천몽은 한눈에 상당한 보검이라는 것을 알아차렸다. 박빙의 싸움에서 병기가 차지하는 비율은 절대적이다. 그것은 아무리 무공이 강하고 높아도 변하지 않는다.
"이노옴!"
커다란 분노의 일성을 터뜨리며 남궁천이 찔러왔다.
딱!
동천몽이 쳐냈다.
싹!
다행히 찔러오는 검을 쳐내긴 했지만 그 대신 들고 있던 나무 막대기가 잘려 나갔다.

보검은 보검이다. 강력한 내력을 주입했는데도 매끈하게 잘 렸다.
스으!
남궁천의 검끝이 느릿하게 올려진다.
뚝!
검끝이 멈추고 겨눈 부위는 동천몽의 얼굴이었다.
일대종사.
지금 자신의 얼굴을 가리고 서 있는 남궁천의 몸에서는 유현한 기세가 풍겨 나왔다. 강하지도 않고 그렇다고 부드럽지도 않은, 강하면서도 넉넉해 보이는 기세는 그의 무공이 이미 입신에 이르렀다는 뜻이었다.
'과연!'
동천몽은 진심으로 감탄했다.
자신의 목검을 자르는 것은 보검의 힘으로만 돌릴 것은 아니었다. 힘도 강하지만 검법에 대해 정확히 깨우쳤다는 뜻이다. 검법을 안다는 것은 검의 성격과 검의 길을 훤히 안다는 것이다. 흔히 말하여 결이라 한다.
형태와 변화를 읽고 거기에 맞추는 것인데 검을 휘두르는 데는 몇 가지 규칙이 있다. 그것은 검날에 맞추고 바람의 흐름에 맞춰 휘두르면 베지 못할 것이 없다는 얘긴데, 어찌 보면 가장 초보적인 뜻일 수도 있다. 그러나 어떤 깨우침을 얻지 않고서는 그 안에 담긴 진정한 참뜻을 헤아리기란 쉽지 않다.
그래서 고수의 검은 간단하면서 쉽지만 하수의 검은 패도적이며 거칠다.

푸왁!

표적을 찾아 움직일 때는 조용하고 가볍더니 찔러오는 공세는 화약이다. 금방 폭발하듯 가공하게 돌변하여 동천몽의 목을 찔러왔는데 그 빠름과 힘이란 지금껏 누구의 검보다 월등했다.

딱!

동천몽의 목검이 다시 찔러오는 검기를 막았다.

투툭!

역시 또다시 나무토막은 잘렸다.

퍽!

나무토막에 가로막혀 비켜 나간 검기는 오른쪽 뒤 벽에 커다란 구멍을 냈다.

촤르르!

벽에 가두어진 물이 흐르고 물고기들이 바닥으로 쏟아져 나온 듯 여기저기서 퍼드득거리는 소리가 들렸다.

촤촤촤!

일초와 이초의 간격을 확실히 끊어 펼쳤다.

그런데 삼초부터는 연속 동작으로 찔러온다.

순식간에 세 개의 검이 눈앞을 파고들었다.

'우훗!'

동천몽은 자신도 모르게 신음을 흘렸다.

삼초의 공격이 마치 일초처럼 한 동작으로 펼쳐졌다. 눈으로 보기에는 한 동작이지만 분명 삼초와 사초, 오초 사이에 시간 차이는 있다. 다만 너무 빠르다 보니 그 간격이 없는 것으로 느껴질 뿐이었다.

파파팍!

상대가 세 번을 찔렀으니 이쪽도 세 번을 휘둘러 막아야 한다.

딱!

딱— 따닥!

들고 있던 몽둥이는 손잡이만 남았다.

오초 만에 완전히 검으로써의 기능은 상실되었다.

그러나 남궁천의 놀라움은 상상을 벗어나고 있었다. 자신의 검은 전설의 사대명검 간장이나 막사에 버금가는 설악(雪鰐)이라는 검이다. 설악이라는 바다에 사는 악어가 있고 그 악어의 송곳니로 만들어졌다. 설악은 일반 악어에 비해 덩치가 다섯 배에서 일곱 배까지 크고 송곳니 역시 그만큼 더 크다.

그런 검인만큼 강력한 내기가 주입된 설악에 맞으면 예리함과 힘에 의해 부러질 뿐만 아니라 주입된 힘이 고스란히 상대에게 전달되어 내장이 터지고 폭발해야 정상이었다.

하지만 동천몽에게는 들고 있던 나무토막이 잘리는 것 이하도 이상도 없었다.

"대단하구나."

그건 진심이었다. 진정으로 대단했고 소문보다 더 뛰어난 능력을 지녔음을 인정했다.

스으으!

기수식이 바뀌었다.

왼발이 오른발을 뒤로 밀어내고 앞으로 나왔는데 금방이라도 앞으로 달려나갈 것 같은 자세였다.

콰아아!

수평으로 쭉 뻗어온다.

툭!

동천몽의 오른손에 들린 나무토막이 바닥으로 떨어졌고 붉게 달아오른 손이 뻗어갔다.

지옥금이다.

"감히 맨손으로!"

말을 이어지지 않았다.

맨손으로 검과 부딪쳤는데 엄청난 타격이 밀려왔고 잘려졌으리라 여긴 동천몽의 오른손은 멀쩡했다.

촤촤촤촤!

충돌의 여파로 주춤 뒤로 밀려난 동천몽이 이번에는 좌우 양손을 번갈아가며 후려쳤다.

파파팍!

남궁천도 물러나지 않았다. 설악이라는 야심만만한 보검을 갖고서 물러난다는 것은 말이 되지 않았다. 더구나 천마검법 아니던가.

콰쾅!

두 사람의 공세가 부딪치면서 일어난 반탄지기에 집이 무너지기 시작했다.

쿠쿠르르!

대들보와 담벼락 기둥이 폭탄을 맞은 듯 무너졌지만 놀랍게도 두 사람 몸 주위 한 자 이상은 접근하지 못하고 튕겨 나갔다. 둘 모두 호신강기를 끌어내는 경지의 고수들이었다.

퍼퍼벅!

두 사람의 격전은 일진일퇴였다.

단지 설악의 뛰어난 예리함에 동천몽의 이마가 왕왕 찌푸려지기를 반복했다. 살기가 짙은 지옥금이지만 설악의 예리함을 막아내기에는 약간은 무리인 듯했다.

푸푹!

시간이 지날수록 동천몽이 뒤로 밀렸다.

그렇다고 눈에 띄게 불리해 보인다거나 위기를 맞은 것은 아니었지만 이마에 땀방울이 맺힌 것이 혼신을 다하고 있음을 볼 수 있었다.

퍽!

퍼퍼퍼벅!

조금 전까지 웅장하던 전각은 사라졌고 주위 기물들까지 산산조각이 되었다. 두 사람은 무너진 왕각의 잔해를 밟고 치열한 싸움을 벌였다. 사십 초가 지났지만 누구도 우세를 보이지는 않았다. 단지 동천몽의 소맷자락이 걸레 조각처럼 찢겨져 나풀거렸다. 강력한 지옥금과 내기에 감싸인 손은 그럭저럭 멀쩡했지만 소맷자락까지는 설악의 예리함을 견디지 못하고 잘려진 것이다.
 콰앙!
 검과 손이 부딪치며 뒤로 두 걸음씩 물러났다.
 쉬익!
 몸의 중심을 먼저 잡은 동천몽의 좌장이 남궁천의 왼쪽 하복부를 쑤시듯 파고들었다.
 슥!
 재빨리 검을 들어 하복부를 파고드는 동천몽의 좌수를 내려쳤다. 그러나 동천몽의 좌수는 공중에서 떨어지는 종이가 바람의 영향에 옆으로 이동하듯 가볍게 피하며 곧장 쑤셔갔다.
 "엇!"
 남궁천의 입에서 헛바람이 나왔다.
 사십 초는 무인들의 싸움에서 결코 길지 않은 공방이었다. 그러나 싸움의 질이 문제였다. 두 사람은 혼신의 힘을 다 쏟았기 때문에 어지간한 고수들은 흘러나온 기파에 맞아도 즉사를 면치 못할 정도였다. 비록 처음보다 절반으로 뚝 떨어진 힘이었지만 동천몽이 너무 쉽게 피해 버린 것이다.
 처음으로 어쩌면 동천몽의 내공은 자신처럼 절반 이하로 떨어지지 않았을지 모른다는 두려움이 떠올랐다. 하나 이내 고개를 흔들어 그럴 리 없다고 무시를 하며 다시 왼손을 내려 베었다.
 핑글!
 그런데 또 이번에도 검은 허탕을 쳤다.

세 번째 방어식을 펼쳐 막기에는 동천몽의 좌장이 너무 복부 가까이에 붙어 있었다.

파아앙!

왼손으로 마주쳤다.

손바닥과 손바닥이 부딪쳤는데 상상을 초월하는 고통이 밀려왔다. 특히 손목이 시큰거림을 넘어 통증이 느껴졌는데 조금만 동천몽이 세게 힘을 주었다면 부러졌을 것이다. 어쨌든 기혈까지 들끓었으므로 남궁천은 표정이 굳었다.

슬쩍 동천몽을 쳐다보았다. 자신과 별반 차이가 없을 것이라고 생각했는데 표정이 없었다. 그렇다고 상처가 큰데 일부러 속이는 것 같지는 않았다. 강호에서 쓴맛 단맛 다 본 자신이기에 속임수와 정말로 괜찮아 아무런 반응이 없는 것은 구분된다.

'놈! 예상보다 더욱 강하구나!'

촤촤촤!

동천몽이 이번에는 쌍장으로 양손을 뻗었다.

눈앞으로 붉은 손 그림자가 가득했고 남궁천은 미친 듯이 이 손 저 손 가리지 않고 눈에 뵈는 대로 후려쳤다.

땅— 따다다당!

번번이 검에 차단당했지만 동천몽은 쉬지 않고 소나기 공격을 퍼부었다.

허공에 동천몽의 손바닥이 가득 떠올랐다.

손바닥이 많이 떠오를수록 남궁천의 검도 많아졌고 손이 빨라질수록 빨라졌다.

 남궁천은 악착같이 막았다. 그럴 수밖에 없는 것이 손바닥이 하나라도 격중되면 치명상이다.

 촤촤촤악!

 동천몽의 손이 느려졌다. 물론 보통 사람의 눈에는 전혀 변화가 없는 것으로 보이겠지만 남궁천의 눈은 속일 수가 없었다. 처음 두 개를 뻗어냈을 때보다 이제는 하나씩 나오고 있었다. 동작이 느려졌다는 것은 내력이 그만큼 떨어졌다는 의미로 해석된다.

 남궁천의 두 눈이 신광을 뿜었다.

 자신의 힘도 바닥이다. 물론 동천몽의 힘도 바닥인지는 모르지만 분명히 떨어진 것은 확실했다.

 '지금이다!'

 콰아아!

 밋밋하게 움직이던 남궁천의 검이 강렬한 광채를 내뿜었다. 검은 사라지고 강렬한 묵광이 터져 나왔다.

 화악!

 동천몽의 눈이 부릅떠졌다.

 그러더니 입술이 달싹거렸고 한순간 오른손을 앞으로 뻗었다.

 탁!

 눈앞으로 붉은 광채가 너풀거리더니 동천몽이 거머쥐었다.

 촤아아아!

거머쥔 붉은 광채가 날아오는 남궁천의 묵광을 곧바로 베어 갔다. 남궁천의 입술이 뒤틀렸다.
 자신의 승산을 믿어 의심치 않았기에 입가에 미소가 떠올라 있었다. 그런데 이번엔 붉은 광채가 자신의 천마검법을 베어 왔다. 남궁천이 가소롭다는 듯 콧방귀를 뀌었다.
 이미 겪어본 시옥금 정도로 자신의 천마검법을 상대한다는 것은 불가능했다. 그래서 더욱 어이없다는 미소를 지으며 검을 후려쳤다.
 꾸우욱!
 묵광과 홍광이 맞부딪치자 강력한 파괴력이 전해져 왔다. 그것은 전혀 예상하지 못했던 강한 충격이었다. 어찌나 강하던지 도저히 검을 쥐고 있을 수가 없었지만 이를 악물었다. 그러는 바람에 몸으로 받아들이는 충격은 더 컸다.
 잠시 붙었다 떨어진 두 개의 광채는 다시 달려들었다.
 싸아악!
 홍광이 면상으로 떨어진다.
 남궁천은 공격도 중요했지만 홍광의 정체를 알고 싶었다. 그래서 온 힘을 눈에 집중했고 강렬한 광채에 휩싸인 홍광의 정체를 알아보았다.
 '맙소사!'
 그것은 놀랍게도 검이었다. 동천몽의 손에 있던 목검은 이미 자신의 손에 의해 잘려져 기능을 상실했다. 그런데 자신의 머리를 향해 떨어지는 것은 틀림없는 검이었다.

'설마!'

심검에는 두 가지가 있다. 직접 손에 검을 들지 않았지만 검을 들고 싸우는 것처럼 상대를 압박하고 물체를 베는 것이고 또 하나의 방법은 몸속의 내기를 검처럼 만들어 꺼내 쓰는 것이다. 용의 내단과 비슷하다.

남궁천은 고개를 저었다.

자신을 베어오는 것은 심검의 경지에 올랐을 때 보여줄 수 있는 현상은 아니었다.

틀림없는 검이었다.

커컥!

묵광과 홍광이 또다시 엉켰다. 그러나 이번에는 떨어지지 않았는데 서로가 위기에 봉착하자 왼손을 뻗었고 충돌하지 않은 왼손들이 묘하게도 서로 멱살을 잡았다.

주위는 평평했다. 왕각이 무너지면서 쌓인 기왓장과 벽돌과 여러 실내장식들은 두 사람이 대결을 벌이며 뿜어 나온 반탄 기운에 흔적없이 사라졌다.

마치 빗자루로 바닥을 쓸어놓은 듯 깨끗한 왕각 터 위에 두 사람이 멱살을 잡고 서 있었다.

남궁천의 시선이 아래로 향했다.

동천몽의 오른손에 한 개의 검이 쥐어져 있었는데 놀랍게도 핏물이 검신을 타고 지면으로 흘러내리고 있었다.

자신의 피는 아니었기에 옆으로 고개를 돌렸다.

전각이 있었을 때 출입구가 되는 곳에 외눈박이 인물이 서 있었다. 보지는 않았지만 동천몽을 시위하는 일목이란 자임을 알아보았고 모든 것의 앞뒤가 이해된다.

자신이 천마검법으로 동천몽을 공격했다.

그때 눈앞에 나타난 홍광은 바로 피 묻은 검이 뿜어낸 광채였다. 즉, 일목이 때맞춰 나타났고 동천몽의 전음을 받아 곧바로 검을 던져 준 것이다.

그리고 대법왕의 최고 기예인 만마생사혈을 펼친 것이다.

툭툭!

누가 먼저랄 것도 없이 두 사람의 오른손에 들린 검이 떨어졌다. 멱살을 잡고 있는 상태에서 검은 더 이상 무용지물이기 때문이었다.

화악!

기다렸다는 듯 검을 놓은 오른 주먹이 서로의 왼쪽 관자놀이를 향해 뻗어갔다.

하나 주먹은 서로를 때리기보다는 서로의 팔목을 잡았다.

콰콱!

왼손은 멱살을 잡고 오른손은 꼬이듯 서로 손목을 쥐고 있었다.

히죽!

동천몽이 웃었다. 의도한 바는 아니지만 자신에게 무척 이롭게 만들어진 상황이었다.

씨익!

남궁천도 웃었다.

그 또한 의도한 바는 아니었지만 자신에게 아주 이로운 상황이었기 때문이었다.

남궁천.

지금의 그는 화려했지만 한때의 그는 어두웠다. 그에게는 세 형제가 있었는데 그중 막내였다. 위의 두 형제는 어려서부터 강한 승부사적 기질로 가문의 비기를 중심으로 연마하며 야망을 키웠다. 하지만 부친을 따라 서장을 다녀오던 중 불의의 사고로 죽고 말았다. 그래서 본의 아니게 후계자가 된 남궁천은 말 그대로 지옥의 수업을 받았다. 너무 힘이 들어 부친을 피했고 행방을 감춰 버렸다.

집을 나온 그는 뒷골목에서 자리를 잡았다.

하오문.

처음으로 세상에는 자신과 아주 다른 삶이 존재한다는 것을 깨우쳤고 이상하게 그들과 잘 어울렸다. 그때 하오문 무사들과 어울리며 배운 것이 박투술이었다.

박투술도 두 가지가 있다.

하나는 주먹과 발로 근접거리에서 싸우는 것과 아이들처럼 바닥을 뒹굴며 엉켜 물어뜯고 치고 싸우는 것이다.

하오문도들은 후자를 박투로 불렀다.

왼손으로는 멱살을 잡고 오른손은 서로의 손목을 잡았는데 언뜻 무도의 기본동작 같다는 생각을 떠올리며 힘껏 잡아당겼다.

와락!

예상대로 동천몽은 힘없이 끌려온다. 경험에 의하면 이 상태에서 끌어당겨 끌려오지 않은 사람 없다.

자신에게 끌려오는 동천몽의 머리를 향해 사정없이 머리로 박았다. 동천몽 또한 본능적으로 고개를 숙여 머리를 들이댄다.

빠악!

번쩍!

남궁천의 눈에서 별빛이 솟았다.

예상 밖으로 엄청난 고통이 밀려왔다. 하지만 이내 표정을 누그러뜨렸다. 박은 사람이 이 정도로 아프다면 당하는 사람이 겪는 고통은 말할 필요가 없었다.

휘익!

남궁천은 또다시 잡아당겨졌다.

여전히 힘없이 끌려온다.

끌려오는 동천몽의 면상을 향해 다시 머리를 들이박았고 동천몽 또한 고개를 숙여 이마를 댔다.

빠아악!

"음!"

자신도 모르게 신음을 흘렸다.

앞선 공격보다 훨씬 세게 박긴 했지만 머리가 깨질 것 같았다.

그러나 맞는 사람은 때리는 사람보다 다섯 배 이상 고통스럽다는 것을 상기하자 참을 만하다.

"흐흐흐! 이놈, 하늘 밖에 하늘이 있다는 것을 깨닫게 해주마."

남궁천은 양손을 힘주어 당겼고 끌려오는 동천몽을 향해 저돌적으로 머리를 박았다.

쿠우웅!

눈앞이 순간적으로 흐릿해진다. 현기증이 일어났고 몇 개의 별이 둥둥 떠다녔다.

'크으!'

터져 나오는 신음을 억지로 삼키며 이마를 찡그렸다. 통증이 머리에만 머문 것이 아니라 목을 지나 가슴까지 줄달음쳤다. 슬며시 동천몽의 얼굴을 보았는데 그는 여전히 웃고 있었다.

꿈틀!

남궁천의 인상이 찡그려졌다.

속임수가 틀림없었다. 자신이 이 정도로 아픈데 상대는 말할 것도 없을 것이었다. 그런데 웃음을 짓고 있다는 것은 자신에게 나약함을 보이지 않기 위한 위장이다. 필시 지금쯤 머릿속은 허옇게 떴을 것이고 눈앞이 빙빙 돌 것이다.

"흐흐! 또 간닷!"

빠져나갈 수가 없었다.

멱살을 움켜쥐고 오른 손목을 갈고리처럼 쥐었다.

퍼벅!

퍽!

뻐어억!

연거푸 세 번을 받았더니 심하게 어지럽다. 눈앞에 뜬 별들도 아까보다 세 배는 많아졌고 구역질까지 솟는다. 현기증이 일어나면 구역질을 동반한다.

넘어오려는 것을 참고 다시 잡아당겼다.

"끝내주마!"

빠악!

온 힘을 다해 박았다.

"끄윽!"

도저히 속으로 삼킬 수가 없었다.

"으웩!"

급기야 구역질까지 했고 당장 주저앉고 싶을 만큼 심한 현기증이 전신을 지배했다. 하지만 이를 악물고 고개를 들어 동천몽을 살폈다.

흠칫!

그런데 동천몽은 여전히 웃고 있었다.

처음에는 그저 자신의 기세를 누그러뜨리기 위한 위장 웃음인 줄 알았지만 지금 보니 꼭 그렇지만은 않았다. 그 정도 박았으면 다른 사람들 같으면 머리가 깨지거나 숨을 거두었어야 했다. 그런데 동천몽의 머리는 그 흔한 부기 하나 없었다.

"후훗!"

동천몽이 소리 내어 웃었다.

그런데 동천몽의 시선이 자신의 머리를 바라보고 있었다.

사실 지금 남궁천의 머리는 호박만큼 부풀어 있었는데 본인만 전혀 모르고 있었다.

흐흡!

남궁천은 숨을 가다듬고 다시 잡아당기며 박았다.

당기고 박고 당기고 박고를 이십여 차례 했을쯤 뜨거운 물기가 이마를 적셨다. 마침내 동천몽의 머리가 깨졌음을 느끼며 좋아 살폈는데 피는커녕 매끈할 뿐이다.

"이런!"

뒤늦게야 자신의 머리가 깨졌다는 것을 느낀 남궁천은 기겁했다. 어디가 깨졌는지 확인해 보고 싶었지만 양손 모두가 사용 중이어서 불가능했다.

단지 눈앞의 어지러움이 이제는 잦아들지 않고 지속되고 있으며 별들도 계속 떠 있다는 것이 사태가 심상치 않음을 말해주고 있었다.

어지러움과 별이 사라지지 않는다는 것은 심각한 일이었다. 눈살을 찌푸리며 원인 분석에 접어들었을 때 동천몽이 입을 열었다.

"어서 박으시오."

"……."

"뭘 그렇게 쳐다보고만 있는 거요? 어서 박아달라는 말이오?"

남궁천은 이를 깨물었다.

이 또한 속임수였다. 박아달라고 할수록 상대가 박지 않는다는 것을 이용하려는 고도의 심리전이다.
"어린놈!"
남궁천은 다시 박았다.
이번에는 좀 더 많은 피가 흘러내리고 있었고 눈앞으로도 보인다.
"그렇게 가뭄에 콩 나듯 띄엄띄엄 박지 말고 마구 정신없이 박아주시오. 파파팍 하고 말이오."
입으로는 소리를 내고 머리로는 마구 박는 시늉을 해 보인다.
이쯤 되면 거짓말이라고 볼 수가 없었다.
"혹시 너?"
뭔가 물어보려는데 동천몽이 입을 열었다.
"다 박았소? 그럼 이제 내가 박겠소."
그러더니 사정없이 잡아당겼다.
자신 역시 힘없이 끌려갔고 동천몽의 머리가 면상을 냅다 박았다. 본능적으로 머리를 숙였는데 이미 부어오른 머리인지라 상상을 초월하는 고통이 밀려온다.
"끄어어!"
비명을 흘렸고 동천몽이 다시 잡아당겨졌다.
확!
빡!
"크허허!"
동천몽은 자신과 방법을 달리했다. 자신은 천천히 박았는데 동천몽은 멱살을 잡고 흔들 듯 미친 듯이 당겼고 머리를 마구 찍듯이 박아댔다.
빡!
빠— 가가각!
머리가 너무 아파 잠시 고개를 들었는데 그 틈에 면상을 열 한 번 박혔다.
정신이 몽롱했고 코를 비롯해 칠공이 박살났다.
동천몽이 자신보다 막투에 한 수 위라는 사실을 깨달았지만 이미 늦었다.
꽈아앙!
"으아악!"
쓰러지고 싶어도 쓰러질 수가 없었다.
오른손을 빼내려고 했지만 동천몽이 악착같이 쥐고 늘어졌다.
얼굴이 피 반죽이 된 남궁천을 보며 동천몽이 입을 열었다.
"한마디만 하겠소. 나, 소주의 개고기요."
"개… 개고기?"
동천몽이 일목을 바라보았다.
네가 와서 설명 좀 해주라는 의미였다. 일목이 다가와 말을 했다.
"소주의 개고기의 특징은 막싸움의 달인이라는 것이오. 특히 일두사 하면 완전한 공포였다고 하오. 물론 나는 한 번도 보지 못했지만 당한 사람들은 절대 개고기를 먹지 않는다 합니다, 맹주님."

얼마나 거친 싸움꾼이었으면 개고기라는 그런 무시무시한 별명을 얻었을까를 생각하자 후회가 물밀듯 밀려온다.

"다행이오."

뭐가 다행이냐고 묻고 싶었지만 혀가 찢어졌다. 움직일 수 없는 건 아니지만 슬쩍 힘을 주어도 벼락을 맞은 것 같은 통증이 밀려와 입을 다물었다.

"한 가지 배운 무공이 있었는데 그동안 마땅히 써먹을 데가 없었소. 그렇다고 대법왕을 위해 특별히 창안된 것인데 피라미를 상대로 펼쳐 보일 수는 더욱 없었고."

그것은 자신을 상대로 제대로 한 번 써보겠다는 것이었다.

무엇일까 잔뜩 궁금했지만 혓바닥이 아파 물을 수가 없었다.

"기도살법이라는 건데."

슈욱!

말이 끝나자마자 동천풍이 잡아당겨졌다. 본능적으로 끌려가지 않으려고 버텼지만 갑자기 당기니 뾰족한 수는 없었다.

그런데 앞서 했던 동작과 달리 입을 맞출 듯 얼굴을 반듯이 들이민다.

그대로 잡아당기면 입을 맞출 가능성이 완벽했다.

순간적으로 변태라는 두 마디 단어가 떠오른다. 사도의 무공 중 구밀흡추라는 무공이 있다. 혀를 상대의 입 안에 넣고 빨아 당기는 것인데 그 흡인력이 워낙 강해 혀가 통째로 뽑힌다고 들었다.

　아무리 그래도 그렇지 무림맹의 맹주가 강제로 입맞춤을 당해 죽을 수는 없었다.

　그래서 안간힘을 다해 고개를 뒤로 젖히고 반항했다.

　"아… 앙 돼(안 돼). 시… 저(싫어)."

　찢어진 혀로 인해 발음이 엉망으로 나왔다. 그러나 살길은 그것뿐이었으므로 악착같이 외쳤다.

　"젱방(제발)… 싱타니깡(싫다니까)."

　하지만 상체는 끌려갔고 동천몽의 입이 휘파람을 불 듯 가볍게 오므려졌다.

　"껵!"

　벌레에 물린 듯 입술 근처가 따가웠다.

　동천몽이 웃었는데 어떠냐는 질문 같았다.

　쉭!

　다시 입술을 오므리더니 입을 앞으로 빠르게 내밀었다.

　푹!

　"커어억!"

　이번에는 자신의 피부가 관통되는 소리가 들렸다. 그것은 분명 검이 살 속을 파고들 때 흘러나오는 소리와 똑같았다.

　'입에서 검이!'

　하나 이내 고개를 저었다.

　입 안에 침 따위를 감췄다가 박투 중 사용하는 기예는 있다. 하지만 조그만 입에 검을 숨긴다는 것은 현실적으로 불가능하다. 사천당문의 구검침술이라는 기예가 있는데 이 또한 말이 검이지 사실은 침을 숨겨 공격하는 것이었다.

푸욱!

"끄악!"

갈수록 고통이 커지고 뼈까지 뚫는 듯 으드득 소리가 들린다. 검이 아니고서는 일어날 수 없는 현상들이었다.

"거… 경이(검이)?"

동천몽이 웃었다.

"내기를 검으로 만들어 상대를 공격하는 포달랍궁의 절기이오. 어떻소?"

"그… 그망(그만)."

동천몽의 입이 다시 다가왔기 때문이었다.

쿠욱!

엄청난 통증이 밀려왔다. 지금까지는 입 안 근처까지만 뚫고 들어왔는데 뒷덜미까지 아픈 것이 관통된 듯했다.

동천몽이 손을 놓았다.

휘청!

남궁천은 쓰러질 듯 비틀거렸다. 하지만 안간힘을 다해 몸을 세웠는데 발아래로 핏물이 흥건했다.

주위는 쥐 죽은 듯 고요했다. 단 한 명의 부하도 찾아오지 않은 것이 일목이란 인물에게 완전히 도륙당했음이 분명했다.

얼굴은 완전히 피다.

그 아래 가슴에는 얼굴에서 흘러내린 피가 적셔져 붉은 옷을 입은 것 같았다.

"허… 허허헝(헛헛헛), 이… 이렁켕 강는강(이렇게 가는가)!"

쓰러질 듯 뒤로 두 걸음 비틀거리며 물러나더니 다시 중얼거렸다.

"후… 후행능 없당(후회는 없다). 낭앙의 상이라는 겅이 이렁는 겅 아닝가(남아의 삶이라는 게 이러는 것 아닌가). 성공잉등 실팽등 후회하지 않응 것잉당(성공이든 실패든 후회하지 않을 것이다). 낭 최성을 다행당(난 최선을 다했다)."

쿵!

거목이 마침내 쓰러졌다.

욱일승천의 기세로 일어났던 것에 비해 마지막은 너무도 초라했다.

동천몽은 한참을 주시했다.

많은 사람을 죽였지만 남궁천의 죽음은 묘한 감정을 불러일으켰다. 이상하게도 알 수 없는 안타까움이 피어난다. 동천몽은 그 이유가 뭘까 잠시 생각하다 길게 한숨을 내쉬었다. 아마 악연이 너무 질긴 때문이 아닐까 생각했다.

"제때에 잘 와주었다!"

동천몽이 땅바닥에 떨어진 일목의 검을 주워 건네며 말했다.

강한 자에게는 행운도 따른다. 만약 그때 일목이 나타나지 않았다면 상당히 고전했을 것이었다.

사천의 북쪽으로 가면 하늘을 찌를 듯 한 개의 산이 앞을 막고 있다. 주위 산세가 험해서 그렇지, 평지에 가져다 놓으면 능히 태산을 압도하고도 남을 위엄을 갖추었다고 이백은 평했다. 이 산이 바로 사천과 청해의 경계를 짓는 검문산이다.

"저곳이 제하궁입니다."

제하궁이 내려다보이는 봉우리에 동천비가 우뚝 서 있었는데 옆으로 한 사내가 달라붙듯 서 있었다.

음처식이었다.

천랑사신에게 거두어져 그들의 진전을 이어받았다. 그러나 타고난 지혜와 야망이 하늘을 가둘 만큼 컸기에 사부들을 향한 동천비의 제의를 자신이 앞장서서 받아들였다.

그리고 지난 몇 개월 동천비가 지켜본 음처식은 대단했다.

무공은 사부들을 능가했고 전략과 지모는 하늘을 덮고도 남았다. 백만대군을 얻었다고 스스로 평할 만큼 음처식의 두뇌는 뛰어났다.

"지금 저 안에 백쾌섬의 측근들이랄 수 있는 인물들은 모두 모였습니다."

"그래 봤자 무덤 들어갈 날만 기다리는 늙은이들 아니냐?"

"늙은 생강이 맵습니다. 특히 저들의 목숨은 젊은 목숨과는 다릅니다."

"무슨 뜻이냐?"

"목와북천의 산 중인들이자 백쾌섬의 정신적 지주이지요.

그중 일부는 친부모처럼 백쾌섬을 아끼고 사랑했습니다. 그런데 그들을 죽여보십시오. 백쾌섬의 표정이 어떻겠습니까?"

단순히 몇 명 죽이는 것 이상의 심리적인 타격이 크다는 얘기였다. 외형을 보지 않고 속을 꿰뚫어 보는 안목까지 지녔다.

"그런데 아까부터 한 가지 궁금한 것이 있느니라. 왜 공격을 하지 않는 것이냐? 일부에서는 공격 명령을 내려달라고 난리구나."

"전쟁이란 편히 해야 하옵니다."

"……."

"몰살을 하기 위한 가장 좋은 방법은 한자리에 모였을 때이지요. 지금은 흩어져 있지만 잠시 후 술시가 되면 저녁을 먹기 위해 각자 처소 근처에서 무예를 수련하던 무사들이 몰려들 것입니다. 그때 치면 힘들이지 않고 몰살시킬 수 있죠."

"그래서 저녁 먹을 때까지 기다리자는 것이냐?"

"기다리는 김에 조금만 더 기다리시지요. 뭣들 하느냐? 맹주님께 차 한잔 대접하거라."

뒤를 돌아보고 소리치자 기다렸다는 듯 두 명의 여자가 나타나 간단히 이동식 탁자를 놓고 다기를 차렸다.

"지금 날더러 맹주라고 했느냐?"

"머잖아 무림을 지배하실 것입니다. 그러니 당연이 맹주님이지요."

"아직은 아니다."

"조금 일찍 끌어다 쓸 수도 있지요. 장사꾼에게 선금이라는 게 있다더군요. 미리 돈을 주는 것 말이죠. 그와 같은 것이라고 생각해 주십시오."

볼수록 마음에 쏙 든다.

음처식이 곁에 있는 한 천하패업은 어려울 것 없다고 생각했다.

"드소서, 맹주님."

어느새 김이 피어오르는 용정을 끓여놓고 두 명의 시녀가 부른다.

오늘따라 맹주라는 호칭이 너무 마음에 든다.

"왜 잔이 하나뿐이냐? 당장 음 군사 것도 준비하거라."

음처식이 손을 내저었다.

"아… 아니옵니다. 속하는 괜찮사옵니다."

"아니다. 당장 준비해라."

동천비의 단호한 명령에 두 시녀가 황급히 끓는 물에 용정 가루를 넣고 우린다.

의자 또한 근처 바위를 통째로 옮겨다 놓았다.

두 사람은 찻잔을 놓고 마주 앉았다. 때맞춰 해는 서편으로 붉은 그림자를 만들며 떨어지고 있었고 검문산의 아름다운 골짜기로부터 서늘한 바람이 불어온다.

"허허!"

동천비가 웃었다.

차 맛이 좋아 웃었고 기분이 좋아 웃었다.

이제야말로 걱정거리가 없다. 얼마 전까지 무림인의 눈치를 보며 전전긍긍했던 삶이었다. 그러나 이제는 누구도 우러러볼 필요가 없어졌고 두려워할 필요는 더욱 없어졌다. 이제 자신이 마음만 먹으면 뭐든지 이루고 펼칠 수가 있었다.

삶이란 이런 맛에 사는가. 이런 기쁨을 얻고자 그토록 목숨을 걸고 천하 평정을 노리는가.

해가 서서히 검문산 제일봉 검천봉 너머로 떨어진다.

음처식이 손을 쳐들자 독두포가 날아왔다.

"사부님, 당장 공격 준비를 해주십시오."

"알겠네, 군사."

제자이지만 군사의 직책을 감안해 말투를 고치기로 했다.

독두포가 사라지고 두 사람은 남은 차를 마저 마셨다. 석양을 바라본 두 사람의 얼굴이 붉게 타올랐다.

이윽고 석양은 순식간에 검천봉 너머로 자취를 감추었고 봉우리 아래 제하궁은 금세 땅거미가 몰려들고 있었다.

해가 떨어지자마자 기다렸다는 듯 검천봉 상공으로 한 개의 별이 떠올랐다.

은빛의 별을 보며 시간을 헤아리기 시작했다.

주위는 빠르게 어두워졌고 잠시 후 음처식이 벌떡 일어나 전음을 날렸다.

"동쪽 사부님, 공격하십시오."

"서쪽 사부님도, 남쪽 사부님도, 북쪽 사부님, 모두 공격하십시오."

천랑사신이 네 패로 나뉘어 무리를 이끌고 있었다.

음처식의 명령이 떨어지자 잠시 후 제하궁을 향해 수백의 무사들이 몸을 날렸다. 지난 시간 천랑사신이 천하를 정복하며 거두어들인 무사들이다. 강호이든 황실이든 인심은 강한 자로 기울어진다. 끌어들일 필요도 없이 제 발로 찾아와 수하되기를 자청한 인물들이다. 그렇기 때문에 더욱 목숨 아까워할 필요가 없다고 음처식은 생각했다.
"으악!"
"크아악! 적이다!"
산 아래로부터 처절한 비명이 들려왔고 거대한 불기둥이 솟구쳐 올랐다.
"저건 뭐냐?"
동천비가 불기둥을 보며 말했다.
음처식이 씨익 웃었다.
"속하가 특별히 불에 조예가 깊은 아이들 백 명을 불러 장원 곳곳에 불을 지르라고 했사옵니다. 불은 단순히 태우는 효과도 있지만 사람을 두려움과 패배 의식 속으로 몰아넣는 효과가 있사옵니다. 단순히 죽이고 죽는 싸움보다는 불을 지르면 적은 훨씬 더 당황하게 되어 있지요."
불을 지르자 더욱 제하궁 무사들은 당황했고 흩어졌다. 잘 훈련된 무사일수록 위기에 처하면 단결하고 냉철해진다. 그러나 불은 제하궁 무사들을 순식간에 혼란 속으로 빠뜨렸고 한 번 흐트러지기 시작한 질서는 걷잡을 수 없이 무너졌다.
'놈, 천재다!'

음처식을 바라보는 동천비의 눈이 활활 타오르고 있었다.

 지진이 일어난 듯 땅이 흔들거렸다. 풀을 뜯던 야생짐승들도 놀라 꽁지가 빠져라 도망쳤고 나뭇가지에 앉아 있던 새들도 날갯짓을 했다.
 쿠쿠쿠쿵!
 산은 갈수록 심하게 흔들렸다.
 나무들은 태풍을 맞은 듯 흔들거렸고 땅의 진동을 견디지 못한 일부에서는 산사태가 났다.
 쩌어억!
 거대한 절벽이 갈라지고 있었다.
 정확히 표현하면 절벽이 열리고 있다고 해야 옳았다. 오십 장 높이의 거대한 절벽이 좌우로 열리더니 거대한 동굴 입구가 드러났다.
 저벅저벅!
 암흑의 무저갱 같은 동굴 속으로부터 발자국 소리가 들려왔다. 발자국 소리는 규칙적이었고 일정했다. 발자국 소리가 점차 가까워지더니 한 사내가 동굴 입구에 나타났다.
 "오오! 대종사이시여!"
 지켜보던 삼천목이 오체복지를 했다.
 "대종사이시여!"
 뒤따라 대장로 백치성을 비롯한 세 노인이 무릎을 꿇었다.
 잠시 저 아래 땅바닥에 엎드린 네 사람을 내려다보던 백쾌섬이 천천히 몸을 날렸다.
 <u>스스스!</u>
 계단을 밟듯 느리게 내려갔다.
 잠시 후 땅에 내려선 백쾌섬의 이마가 찌푸려졌다.
 엎드린 네 사람 모두 피투성이가 되어 있었다. 의복은 갈기갈기 찢어져 있었고 상처가 채 아물지 않아 아직도 피를 흘리는 모습에 다그치듯 물었다.
 "말해보아라."
 삼천목이 더욱 머리를 조아렸다.
 "소… 송구하옵니다. 속하가 무능하여 적에게 궁을 빼앗겼사옵니다."
 "적?"
 "동천비가 기습을 해와 그만……."
 "동천비?"
 슈욱!
 백쾌섬의 눈에서 한줄기 광채가 쏟아져 나왔다.
 파파팟!
 삼천목이 엎드린 지면 바위에 주먹만 한 구멍 두 개가 만들어졌다. 실로 놀라운 일이었다. 일찍이 눈빛으로 사람을 죽인다는 말은 있었지만 이건 그보다 한술 더 떴다.
 네 사람은 감격했다. 백쾌섬이 마침내 혹도 사상 누구도 이루지 못했다는 만사강체를 이루었음이 분명했다. 만사강체는 만사강기라는 가공할 무공을 터득하면 얻어지는데 전신이 돌덩이며 어지간한 검으로는 훼손되지 않는다. 만사강체가 되면 눈으로 사람을 죽인다고 흑도실록에 내려온다.

"대공을 축하드립니다."

"축하드리옵니다."

네 사람은 다시 크게 절하며 외쳐 말했다.

"동천비가 제하궁을 유린했단 말인가?"

제하궁은 안방은 아니다. 멀리 북방에 있는 본거지가 너무 멀어 임시로 세운 곳일 뿐이었다. 그러므로 무너졌다고 해서 크게 놀라거나 아쉬워할 것까지는 없었지만 어쨌든 임시지만 안방을 짓밟히자 기분이 좋지 않다. 더구나 대공을 완성하고 나오자마자 날벼락 같은 소식을 들으니 더욱 심사가 뒤틀린다.

"음!"

백쾌섬이 이를 물었다.

흥분하면 안 된다. 예전의 백쾌섬이 아니라는 것을 보여줄 필요가 있었다. 일희일비할수록 가벼워 보이는 것이니 무겁게 움직여야 한다.

"모두 일어서거라."

"대종사의 은혜에 감사드리옵니다."

네 사람은 일어섰다. 백쾌섬은 네 사람의 몸을 보았는데 상처들이 얕지 않았다. 한눈에 얼마만큼 처참한 싸움을 벌였는지를 알 수 있었다.

"어차피 놈도 피라미들만 이끌고 있다."

그것은 제하궁에 있던 수하들 역시 피라미들이라는 의미였다. 즉, 아까워할 것 없다는 뜻이다.

듣기에 따라서는 수하를 거느리는 수장으로서 너무 차갑고 냉정한 말 같지만 잃어버린 상태에서는 과거를 빨리 잊게 하는 데 도움이 되는 말이기도 했다.

"잘 듣거라. 전쟁은 숫자로 하는 게 아니다. 피라미들이 아무리 많아봤자 고래 한 마리를 당할 수는 없느니라."

"지… 지당한 말씀이옵니다."

"옳습니다."

"그러나 동천비가 본좌의 수하들을 죽인 것은 잊어서는 안 되겠지."

백쾌섬의 눈이 싸늘해졌다.

"삼천목!"

"하명하소서, 대종사이시여!"

"보고하도록."

"여기서 말입니까?"

"장소가 중요한 건 아니다. 요는 내용이지."

삼천목이 가볍게 목례를 하고 말했다.

"가장 큰 소식은 남궁천이 사망했다는 것입니다."

백쾌섬이 크게 놀랐다.

"남궁천이 죽었단 말이냐?"

"호남의 장사에서 시신으로 발견되었사옵니다. 물론 목격자까지 확보했사옵니다."

"흉수는 누군가? 동천몽이겠지? 동천비 따위에 죽을 위인이 아니지."

"그러하옵니다. 그를 따르는 수하들도 모두 도륙당했사옵니다."

"훗훗! 남궁천이 죽었단 말이지."

백쾌섬의 얼굴에 아쉬운 표정이 떠올랐다. 어쩌면 자신과 더불어 가장 큰 대립각을 세운 인물이었다.

타도 남궁천이 한때 자신의 목표였다.

억압받은 흑도무림의 대종사로서 정도무림의 수장인 그는 원수 이상이었다. 그래서 그를 어떻게 죽이고 흑도를 부활시킬 것인가에 시달리기도 했다.

비록 중간에 동천비와 동천몽이라는 가공할 변수들이 생기긴 했지만 아무튼 대공을 완성한 후 가장 먼저 남궁천을 찾겠다고 다짐했는데 한발 늦었다. 비록 남의 손이지만 그가 죽었다는 것이 언뜻 실감나지 않는다.

"그에 앞서 남궁천은 고토 회복 차원이라는 미명하에 동영의 창송세가를 끌어들였사옵니다."

"동영을?"

백쾌섬의 눈이 빛났다.

닌자술이라는 특이한 기예를 지녔고 심성들이 표독하며 싸움에 임하면 결코 후퇴를 모르는 전사들로 알고 있다. 그러나 가장 중요한 것은 그들의 대륙 진출 야망이었다. 실패가 반복되는데도 그들은 틈만 나면 중원을 노렸다.

"나쁜 놈, 아무리 야망이 중요하기로서니 외세를 끌어들여 내 백성과 내 땅을 유린하겠다는 것인가."

백쾌섬의 얼굴이 싸늘해졌다.

"남궁천, 남궁천이라. 훗훗!"

백쾌섬이 돌연 야릇한 웃음을 지었다.

속이 후련하면서도 한편으로는 아쉬움이 남는다.

"계속하라."

"다음은 세력 판도인데 현재 중원은 동천비와 정체를 알 수 없는 무리가 양분하고 있다고 봐야 합니다."

"정체를 알 수 없는 무리?"

"다각도로 그들의 정체와 목적을 알아보려고 했지만 도무지 파악이 불가능하옵니다."

"수뇌는 누구냐?"

"수뇌 역시 안개 속에 가려져 있사옵니다."

백쾌섬이 눈을 가늘게 좁혔다.

삼천목이 계속 말을 이었다.

"모든 정보를 동원해 정체불명의 집단과 수뇌를 추적 중에 있사옵니다. 아마 며칠 안으로 가시적인 결과를 얻을 것으로 생각되옵니다."

"포달랍궁은 어떠하느냐?"

"요지부동입니다. 돌아간 이후 일체 문밖출입을 하지 않고 있습니다."

백쾌섬이 고개를 갸웃거렸다.

그러자 삼천목이 물었다.

"왜 그러시옵니까?"

"이상하구나. 내가 아는 동천몽은 가만히 있을 친구가 아니다."

"무슨?"

"바보가 아니란 뜻이지. 중원은 지금 확고하게 장악하고 힘을 구사하는 주인이 없다. 동천비가 상당 부분 거머쥐고 있다고 해도 조금만 건드리면 쉽게 흔들릴 정도로 나약하다. 내가 동천몽이라면 이 좋은 기회를 절대 놓치지 않겠다."

"하지만 포달랍궁은 세속의 욕망과 일정한 거리를 두고 있는 불가이옵니다. 설마."

"그렇긴 하지. 하지만 이것 한 가지는 알거라. 동천몽은 천상각의 후예이다. 작금의 싸움 그 중심부에는 천상각이 있었다. 피바람과 직접 연결이 된 그가 어찌 이 기회를 뒷짐만 지고 보고 있겠느냐?"

"하면 혹시 정체불명의 집단이 포달랍궁의 또 다른 모습이란 말씀이온지요?"

"내가 겪은 동천몽은 무척 사납다. 물론 남이 자신을 건드렸을 때 사납지. 우리는 물론이고 무림맹은 분명히 천상각을 삼키려 했고 어쨌든 무너뜨리고야 말았다. 다시 말해 무림은 그를 자극한 것이다. 절대 가만있을 친구가 아니다. 잘 살펴보거라. 어떤 식으로든 움직일 것이다."

"존명!"

잠시 장내에 침묵이 감돌았다.
팟!
백쾌섬의 눈이 빛을 발했다.
"혹시 그 여인에 대한 소식을 알고 있느냐? 자정경 낭자."
삼천목이 흠칫했고 한쪽에 서 있던 백치성이 눈을 빛냈다.
"자정경 낭자라고 하면 흑수당의 후예로 무림쌍미 중 한 사람 아니옵니까?"
"소식은 들었느냐?"
"자세한 건 알지 못하옵니다. 다만 흑수당에 칩거한 채 두문불출한다는 얘길 얼핏……."
"가자."
"어딜?"
"흑수당에 가보겠다."
"네엣?"
일행이 모두 놀란 표정을 지었다.
삼천목의 세 눈이 광채를 뿜었다.
제하궁이 괴멸되었고 수많은 수하들이 죽었다는 비극을 제일보로 전했다. 필시 소식을 전하면 대공을 완성한 백쾌섬의 성격상 절대 가만있지 않을 것이라고 여겼다. 곧바로 동천비를 찾아 그의 목을 베어 제하궁 형제들의 죽음을 어루만져 줄 것이라고 믿었다.
그런데 가장 먼저 할 줄 알았던 복수 얘기는 없고 자정경을 찾아가겠다는 말에 당황했다. 그리고 인생의 경험이 풍부한 노회한 인물들답게 네 사람은 한 가지 사실을 알아차렸다.

 대공을 마치고 나오자마자 찾아간다는 것은 대공을 연마하는 도중에도 무척 많은 생각을 했을 것이라는 사실이었다. 마음에 두지 않으면 절대 몸은 반응하지 않는다. 자신들의 예상과는 전혀 다르게 움직이는 백쾌섬을 불안한 얼굴로 따랐다.

 특히 자정경은 자신들이 알기로 동천몽과 사제지간이었다. 백쾌섬의 성격상 동천몽을 잡기 위해 자정경을 찾아가는 것은 절대 아닐 것이다.

 인질 따위로 승부를 띄우려는 하찮은 생각을 할 인물이 아니었다.

 네 사람은 굳은 표정으로 백쾌섬의 뒤를 따랐다. 안 된다고 앞을 가로막고 싶었지만 용기가 나지 않았다. 남녀 관계의 오묘한 감정을 잘 알기에 차마 안 된다고 앞을 가로막지 못한 채 네 사람은 그 뒤를 졸졸 따랐다.

 흑수당은 과거의 성세를 되찾았다. 중원의 천상각이 궤멸되면서 본의 아니게 천하제일상가라는 위치를 차지하게 되었다. 과거에는 서장 일부 상인들까지도 중원의 천상각과 거래했는데 요즘은 거꾸로 운남, 사천, 귀주, 호남, 섬서 일부까지 흑수당으로 몰려들고 있었다.

 상인이란 가장 단단한 자본력과 신용도를 갖고 있는 상가와 거래하기를 주저하지 않는다.

 "아얍!"

검풍이 바위 한 귀퉁이를 자르며 사라진다.

"차앗!"

뾰족한 기합이 연신 터져 나왔고 푸른 청강검이 선과 원을 그릴 때마다 정원석들은 비명을 지르며 모양을 바꾸었다. 성한 정원석이라고는 한 개도 보이지 않는 것으로 보아 여인은 오랫동안 검법을 연마했음을 알 수 있었다.

슈우욱!

돌연 여인의 검이 우측을 향해 뻗어갔다.

우측에는 조그만 소롯길이 전각 뒤로 뻗어져 있었는데 외부로 통하는 길이었다.

"으헙!"

전각 뒤에서 소롯길을 따라 모습을 나타내던 자추동이 기겁했다. 여인의 검이 목젖에 바짝 들이대어져 있었기 때문이었다.

"네… 네 이놈, 이게 무슨 짓이냐? 이제 아비 목까지 베어버릴 셈이냐?"

"난 또 누구라고."

자정경이 쌀쌀 맞은 표정으로 돌아섰다.

자추동이 뒤를 따라가며 말했다.

"쯧쯧! 아예 홰를 쳐놨구만. 얼마나 비싸게 구입해 설치한 돌들인데."

박살을 내놓은 화원 곳곳의 정원석을 보며 혀를 찼다.

자정경이 방 안으로 들어서더니 검을 한쪽 탁자에 올려놓으며 말했다.
"웬일이세요, 연락도 없이."
자정경이 묶은 머리를 풀어헤쳤다.
"물 데워놨느냐?"
한쪽에 서 있던 시녀가 대답했다.
"네, 아가씨."
자정경이 목욕을 하려는 듯 거침없이 옷을 벗었다. 삽시간에 하체와 가슴을 가린 천만 남기고 완전한 알몸이 되었다.
"으음!"
자추동이 가벼운 신음을 흘렸다.
자정경의 아랫배가 눈에 띄게 불러져 있었기 때문이었다.
"정경아."
시녀가 수건과 갈아입을 새 옷을 들고 앞장을 섰고 뒤를 따르던 자정경이 돌아섰다.
자추동이 말했다.
"네가 한 번 찾아가 보는 게 어떻겠느냐?"
"일 없어요."
쾅!
방 안이 울릴 정도로 욕실 문을 세차게 닫고 사라졌다.
자추동이 길게 한숨을 쉬며 의자에 털썩 주저앉았다.
지금 자정경은 잔뜩 화가 나 있었다. 동천몽과 헤어진 지 반년이 넘었는데도 단 한 번도 찾아오지 않았다. 찾아오기는커녕 서신 한 통 없었다. 그래서 지금 자정경은 무척 화가 나 있었고 화풀이로 집 안에 있는 정원수와 정원석들을 닥치는 대로 베고 있었다.

눈을 뜨면서부터 부은 얼굴은 하루 해가 떨어지고 잠자리에 들 때까지 부어 있었다. 결국 부어 있는 자정경의 얼굴을 보다 못해 동천몽을 직접 찾아가 보라는 권유를 하기 위해 찾아온 것이다.

"아버님!"

자청단이 들어섰다.

한때 백쾌섬의 꼬임에 넘어가 부친의 자리를 넘봤다가 혼이 났다. 그 일로 멀리 원국으로 보내졌다. 안면이 있는 원국의 친구에게 보내졌는데 낯선 곳에서 적지 않은 고생을 한 탓인지 세상을 냉철하게 보았기에 이쯤 하면 됐다 싶어 데려온 것이었다.

"무슨 일로 그러느냐?"

"손님이 찾아왔는데, 글쎄 골치가 아프게 됐습니다."

자청단이 이마를 찡그렸다.

"백쾌섬이."

"백쾌섬?"

"핫핫핫! 오랜만에 당주의 목소리를 듣는구려?"

백쾌섬이 불쑥 들어서자 자추동이 놀란 표정을 지었다.

"오… 오랜만이구려?"

"들어오면서 보니 천하의 모든 상인들은 전부 흑수당에 몰려 있더군요. 이제야말로 천상천하 유아독존의 시대입니다."

자추동이 굳은 표정으로 말했다.
"일단 나가십시다."
앞장서서 밖으로 나왔고 돌아서던 백쾌섬이 욕실 문을 힐끔 쳐다보았다. 안으로부터 물방울 튕기는 소리가 들려왔기 때문이었다.

두 개의 찻잔을 놓고 마주 앉았다. 자추동은 시종 긴장의 표정을 감추지 못했다. 백쾌섬이 자신을 찾아오리라고는 꿈에도 생각하지 못했다.
자신과 동천몽의 관계를 생각한다면 백쾌섬은 적이다. 휘하에 적지 않은 무사들이 있다. 또한 동천몽이 보내준 포달랍궁의 무사 십여 명도 있다. 하지만 백쾌섬이 마음만 먹는다면 그들은 식은 죽 먹기로 해치워 버릴 것이다.
"차 맛이 좋습니다."
백쾌섬이 진정으로 흡족해하는 표정을 지었다.
"감사하오."
평소 그토록 줄줄 나오던 말이 오늘따라 먹통이었다. 왠지 할 말이 없었다.
"어떻게 오셨소?"
급기야 정곡을 찔렀다.

第七章
방문객

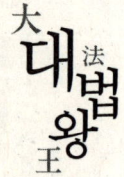

질문 속에는 자신의 방문이 하나도 반갑지 않다는 것이 적나라하게 묻어 있음을 알아차린 백쾌섬이 야릇한 미소를 지었다.
"내가 무슨 용건으로 당주를 찾아왔다고 보시오?"
"그야 돈 아니겠소?"
어차피 뻔한 목적이기 때문에 굳이 모른 체하고 싶지 않았다.
"훗훗!"
"왜 그러시오?"
"돈이라는 게 쓸 곳이 있어야 필요한 것 아니겠소?"
돈 때문에 온 것이 아니라는 말을 되새기는 순간 자추동의 눈이 커졌다.
파!
한 가지 생각이 떠오른 것이다.
자추동이 막 뭐라고 말을 열려 할 때 밖으로부터 자정경이 들어섰다.
"백 공자님께서 오셨다구요?"
목욕을 끝낸 자정경이 환한 백의에 물기 젖은 머리를 늘어뜨리며 웃음을 지었다.
"자 낭자."
"반가워요. 백 공자님께서 본 가를 찾아주실 줄은 몰랐어요."
자정경은 아주 자연스럽게 부친 옆으로 앉았다.
"나도 차 한 잔 다오."
문 입구에 선 시녀를 향해 말했다.
"네, 아가씨."
시녀가 돌아나가고 자정경이 백쾌섬을 바라보다 흠칫했다.
여자에게는 직감이라는 게 있다. 지금 백쾌섬은 자신을 깊숙한 시선으로 쳐다보았는데 평범하지 않았다.
"억!"
갑자기 자정경이 아랫배를 감싸 쥐며 이마를 찡그렸다.
좌측으로 앉은 자추동이 놀란 표정을 지으며 물었다.
"경아야, 왜 그러느냐?"
"배… 배가."

그러면서 백의를 쓰다듬듯 만지자 볼록한 아랫배가 드러났다. 자정경의 시선이 빠르게 백쾌섬을 쫓았다. 그런데 백쾌섬의 눈빛은 미동도 하지 않았다.

"많이 아프냐? 의원을 불러야겠느냐?"

"아… 아니에요, 아버지."

정말로 아파서 아프다고 한 것이 아니었다.

백쾌섬이 자신을 바라보는 눈빛에서 심상치 않음을 느끼고 이미 자신은 아이를 가진 몸이라는 걸 보여줌으로 그의 마음을 떨쳐 내려는 계산이었다.

그런데 기대와 달리 백쾌섬의 시선은 흔들리지 않았다. 그것은 아이를 가졌든 가지지 않았든 상관하지 않는다는 단호한 태도이기도 했기 때문에 자정경의 표정이 굳어졌다.

"정말로 괜찮겠느냐?"

자추동은 속도 모르고 자꾸 염려스런 눈길을 던졌다.

오래전 백쾌섬을 포달랍궁에서 처음 만났을 때 이미 그의 눈길 속에 담긴 감정을 읽었다. 그러나 자신의 마음은 이미 그때부터 동천몽에게 빠져 있었다.

그런데 이렇게 당당하게 찾아왔다는 것은, 더구나 작금의 목와북천 상황을 볼 때 이렇게 여인을 찾아올 만큼 넉넉하지 않은데 급한 일을 제쳐 두고 왔다는 것은 섬뜩하기까지 했다.

시녀가 차를 내왔고 뜨거운 차를 자정경은 벌컥벌컥 마셨다.

"그동안 어떻게 지내셨나요?"

어느새 자정경의 표정은 밝아져 있었다.
"잘 지냈소, 낭자 덕분에."
백쾌섬의 시선은 떠나지 않는다.
한 잔을 모두 비웠다.
"한 잔 더 줘요."
차를 즐겨 하지 않았고 마셔봤자 한 잔이었는데 오늘 처음으로 두 잔을 마시려 한다.
"내가 갈 테니 좋아하지도 않는 차는 그만 마시구려."
흠칫!
자정경이 깜짝 놀랐다.
자신의 마음을 들켰기 때문에 더욱 얼굴까지 빨개졌다.
백쾌섬이 자리에서 일어나 말했다.
"다음에 또 오겠소. 그때는 지금처럼 이렇게 하지 않을 것이오."
알 듯 모를 듯한 말이었다.
"무슨 말씀이죠?"
"그 아이의 아버지가 대법왕이오?"
자정경은 깜짝 놀랐다. 그러나 부인하지 않고 대답했다.
"맞아요."
"그렇구려."
백쾌섬의 표정이 딱딱해졌다. 짐작은 한 듯했지만 정작 본인의 입을 통해 듣자 약간은 충격을 받은 것 같았다.
"오래 걸리지는 않을 것이오."

곧 다시 오겠다는 말이다.

그것은 자신이 자정경을 차지하기 위해 동천몽을 죽이겠다는 의미이기도 했다. 동천몽을 죽이고 자정경을 데려가기 위해 다시 오겠다는 말이었다.

"안 되겠어요. 내가 가봐야겠어요."

백쾌섬이 떠나고 반 각도 되지 않아 자정경이 말했다.

자추동이 물었다.

"어딜 간다는 말이냐?"

"그이, 사부님에게요."

"어디 있는 줄 알아서 간단 말이냐? 위험하지 않겠느냐?"

조금 전까지는 동천몽을 만나러 가보라고 권했다. 그러나 갑자기 마음이 다급해졌다.

이미 백쾌섬을 한 번 겪었다. 비록 지금은 모양새 좋게 돌아갔지만 나중에 어떤 흉악한 모습으로 돌아올지 모른다. 만사를 제쳐 두고 찾아올 정도면 이미 마음을 굳혔을 것이다. 차라리 자정경의 말처럼 이쪽에서 찾아 나서는 것이 좋을지도 몰랐다.

"그게 좋겠다. 그렇게 하거라."

자청단까지 합세하여 사태의 심각성을 깨닫고 자정경이 타고 갈 마차를 준비하겠다고 했다. 그런데 자정경이 가로막았다. 마차를 이용하면 오히려 주위 이목을 끌 뿐이다. 차라리 홀가분하게 조용히 떠나는 것이 좋을 듯했다.

자추동이 따라나섰다. 한사코 가로막았지만 자청단에게 가내의 일을 맡기고 자정경과 나란히 흑수당을 출발했다.

한편 흑수당을 떠나는 두 부녀의 모습을 바라보는 눈이 있었다. 흑수당이 내려다보이는 조그만 근처 산봉우리에 있던 백쾌섬이 나직이 침음성을 흘렸다.

자정경이 부랴부랴 집을 떠난다는 것은 자신을 피하고 있는 것이다. 결코 그녀를 얻는 길이 쉽지 않으리라 여겼지만 자신을 피해 떠나는 모습을 실제로 보자 기분이 썩 좋지 않다.

"차라리 지금 데리고 가는 것이 어떻겠습니까?"

삼천목이 말했다.

여자에 대해서는 잘 모른다. 하지만 힘으로 일단 데려다 놓고 보면 마음이 바뀔지도 모른다고 생각했다.

"그렇게 한다고 해서 마음을 얻을 수 있는 여자는 아니다."

누구보다도 자정경에 대해 잘 알고 있었다.

자정경처럼 자신감이 넘치고 자존심이 강한 여인은 결코 힘으로 마음을 얻는다는 것은 불가능했다. 강하게 이쪽에서 접근하면 오히려 멀어지고 도망가 버린다.

다른 건 몰라도 최소한 어느 정도 자신의 의지를 확인할 시간을 주는 것이 필요했다. 이쪽에서도 할 만큼 했다는 것을 보여줄 시간이 필요한 것이다.

자정경의 모습이 시야에서 사라졌다.

한참 동안 서 있던 백쾌섬이 등을 돌렸다. 그런데 백쾌섬이 가는 길은 올 때의 길이 아니었다. 처음 오십여 리 정도는 왔던 길로 가더니 갑자기 다른 길로 접어들었다.

"대종사!"

백치성이 놀란 눈으로 돌아보았다.

지금 백쾌섬이 가는 길은 포달랍궁이 있는 홍산이었다.

"설마?"

"난 지금 전쟁을 하려는 것이다."

단 한 마디로 모든 것을 설명한다.

전쟁은 무조건 적을 죽이는 것이고 조금이라도 적에게 많은 피해를 입힐수록 좋다. 그러므로 동천몽의 근거지이자 중심부인 포달랍궁을 없애 버리겠다는 뜻이었고 그렇게 천천히 숨통을 끊어가면 자정경의 마음이 더 빠르게 돌아설지도 모른다고 생각했다. 무인의 아낙은 강한 남자를 좋아한다.

"위험하옵니다."

포달랍궁은 크다.

누천 년 도도한 역사를 갖고 흘러오면서 단 한 번도 무너지거나 궤멸된 적이 없었다.

소림은 현재 무너졌지만 포달랍궁은 건재했다. 더구나 수를 헤아릴 수 없는 많은 고수들이 구름처럼 몰려 있다. 스스로도 얼마나 강한 고수가 있는지 알지 못한다는 말은 그 강함을 여실히 보여주고 있는 것이었다. 하지만 백쾌섬은 아무 말 하지 않았다.

포달랍궁은 예상대로 침입자를 가로막기 위해 강한 진법의 보호를 받고 있었다.

백치성을 비롯한 꾀주머니라는 삼천목도 진법의 종류를 알아내지 못했다. 그러나 백쾌섬은 무려 하루라는 시간을 들여 포달랍궁 주위를 살피더니 고개를 끄덕였다.
 진법의 종류와 뚫을 방법을 알았다는 의미였다.
 "내 발자국만 따르거라."
 삼천목은 마지막으로 다시 한 번 막으려다 그만두었다. 백쾌섬의 얼굴에 자신감이 넘쳤기 때문이다. 자신감과 오만은 다르다. 백쾌섬은 결코 오만한 사람은 아니었다.
 진으로 뛰어들자 갑자기 앞의 광경이 바뀌었다.
 돌변한 변화에 모두들 당황했고 진법이라는 것을 스스로 외치며 정신을 차리려 했지만 쉽지 않았다. 네 사람은 온몸에 극한의 내공을 끌어올려 흩어지려는 마음을 다잡으며 백쾌섬의 뒤를 따랐다.
 진법을 통과하는 데 무려 한 시진이 소요되었다.
 백쾌섬을 제외한 네 사람은 땀에 범벅이 되었고 장삼을 벗어 쥐어짜자 물이 줄줄 흘러내렸다. 환영이라고 아무리 마음을 다잡아도 진법의 사기가 워낙 강해 자꾸 마음이 흔들렸다. 그런 강한 유혹을 버티고 한 시진을 지나다 보니 완전히 녹초가 된 것이었다.
 "과연!"
 "우웃!"
 포달랍궁의 정문에 도착한 일행은 웅장한 모습에 숨을 들이켰다. 숭산의 소림사와는 또 다른 분위기였다. 소림사가 근엄하다면 포달랍궁은 고풍스러웠다.
"어디서 오셨소이까?"
일행이 산문을 향해 다가서자 지키고 있던 두 승려의 얼굴에 긴장의 빛이 떠올랐다.
왜냐하면 진법을 뚫고 들어왔다는 것은 이미 자신들로서는 적수가 아니라는 것을 간파했기 때문이었다.
삼천목이 앞으로 나섰다.
"우린 목와북천에서 왔소."
목와북천이란 말에 두 승려가 기겁했다.
이미 동천몽과 목와북천의 대종사 사이에 벌어진 일을 모르는 사람은 없었다. 둘은 공존할 수 없는 관계라는 것을 알고 있는 만큼 백쾌섬 일행의 방문이 무엇을 뜻하는지 물을 필요조차도 없었다.
"아미타불! 어서 오시오. 포달랍궁은 백 시주의 방문을 진심으로 환영하오이다."
당황했지만 가급적 표정을 차분하게 만들어 말했다.
그걸 바라본 백쾌섬의 눈이 깜빡거렸다.
명문은 이래서 다른 것이다. 범문들 같았다면 난리를 쳤을 것이다. 아니, 어쩌면 되지도 않은 검부터 뽑아 공격을 하고 보았을 것이었다.
"자넨 자리를 지키게. 내가 이분들을 법왕님께 안내하겠네."
동천몽이 자리에 있을 것이라고는 생각하지 않았다.

그런데 법명을 하월이라고 밝힌 승려를 따라 걸어가던 백쾌섬의 안색이 어두워졌다.
 소문에 듣기로는, 아니, 몇 년 전 자신이 왔을 때에는 길거리에 채이는 것이 승려들이었다. 당시 말로는 정확하지 않지만 일만 이천 명을 헤아린다고 했다. 그런데 지금은 포달랍궁의 승려들이 별반 보이지 않았다. 이따금 한두 명씩 지나가긴 했지만 대부분이 선승들이었다.
 이윽고 일행은 한 채의 전각으로 안내되었다.
 목와북천에서 손님이 왔다는 보고에 대법왕 대리인으로 있던 천지철왕이 안색이 가볍게 변했다.
 진법을 뚫고 들어왔다는 것이 무엇을 뜻하는지 이해가 되었다.
 "모시거라."
 잠시 후 백쾌섬이 방 안으로 들어섰다.
 "아미타불! 어서 오십시오, 백 시주."
 백쾌섬이 마주 합장했다.
 사대법왕 중 세 사람은 중원에 나가 있고 현재 포달랍궁의 최고 책임자는 천지철왕이었다.
 "안면 있는 분들이 도통 안 보이는구려?"
 사람이 별로 없는데 어디 갔느냐는 질문이었다.
 천지철왕은 숨기지 않았다.
 "중원에 나가 있지요. 현재 본 궁에 남아 있는 제자들은 일천을 채 넘지 않사옵니다."

"중원을 점령하고 있다는 정체불명의 집단이 그럼?"

"아마 모르긴 해도 본 궁의 제자들일 것입니다."

모든 사정이 밝혀졌다.

삼천목이 말했던 동천비와 쌍벽을 이루며 중원을 점령하고 있다는 정체불명의 집단은 포달랍궁이었다.

"머잖아 본 궁의 이름으로 천하는 하나가 될 것입니다. 대법왕님께서는 부처의 나라를 꿈꾸고 계시옵니다."

"부처의 나라."

백쾌섬의 두 눈이 경악으로 부릅떠졌다.

패업이라고 해서 모두가 다 똑같을 수는 없었다. 어떤 이름의 패천하이느냐가 중요하다. 그래서 하나같이 패업을 꿈꾸는 사람들은 자신이 추구하는 세계를 설파한다.

그런데 동천몽이 추구하는 부처의 나라.

얼마나 아름답고 고요하며 평화로운 이름인가. 과연 이 이름 앞에 어느 누가 반대를 하고 싶어할 것인가. 동천몽은 이미 민심을 어떻게 해야 잡는 것인지 알고서 시작하고 있었다.

이름하여 불국정토(佛國淨土).

그것은 어떤 명분보다도 완벽하고 민심을 얻을 수 있는 이상적인 방법이었다.

백쾌섬은 한동안 말을 잇지 못했다.

'아미타불! 아미타불!'

천지철왕의 가슴속은 급박하게 뛰고 있었다. 자칫하면 오늘 자신을 비롯해 이곳에 있는 일천의 생명은 도륙될 수도 있었다. 아니, 선승들까지도 모조리 죽일지도 모른다.

　물론 죽음 따위가 두렵거나 공포스러운 건 아니었다. 단지 자신이 그들의 생명을 지켜주지 못할까 봐 두려운 것이다. 임시지만 제대로 된 책임자라면 아래 제자들에게 닥쳐오는 위험과 불길함을 막아주어야 한다.

"천지철왕이라고 했소?"

"아미타불!"

백쾌섬이 빤히 바라보았다.

　가슴으로 찬바람이 인다. 단지 쳐다보기만 할 뿐인데 숨을 제대로 쉴 수조차 없었다. 천지철왕은 완전히 죽어버린 투쟁심을 이끌어내기 위해 부지런히 아미타불을 외웠다.

　그리고 먼저 일어섰다.

　천지철왕이 자리에서 일어나 밖으로 나가자 잠시 앉아 있던 백쾌섬이 중얼거렸다.

"현명하군."

백쾌섬이 일어나 뒤를 따랐다.

　전각 밖으로 나오자 앞서 나간 천지철왕이 앞마당에 우뚝 서 있었다. 한쪽에는 백치성을 비롯한 삼천목 등 일행이 있다.

　백쾌섬이 적당한 거리를 두고 섰다.

"부탁이 있소이다."

"말해보시오."

"노납 한 사람으로 끝내면 안 되겠소이까?"

자기 한 사람만 죽이고 나머지 제자들은 살려달라는 얘기였다.
"모든 것을 짊어지고 지옥에 들어가겠다는 건가? 좋소이다. 원하니 받아들이겠소."
"감사하오이다. 과연 대법왕님께서 가슴에 항상 담고 있는 분다우시오."
멈칫!
백쾌섬의 눈이 빛났다.
"동천몽이 나에 대해 말했소?"
과연 제자들에게 어떤 평가를 내렸는지 궁금했다.
천지철왕이 조용히 말했다.
"보기 힘든 분이라고 하셨소. 악연이기에 공존이 불가능하겠지만 친구임은 분명하다고 했소."
"날보고 친구라고 했단 말인가?"
"그렇소이다. 대법왕님께서는 대종사를 항상 그리워했소이다. 대종사 말씀을 할 때면 빙긋 웃고 계셨지요. 아마 기분이 무척 좋은 듯했소이다."
"그 사건 이전까지 그랬겠지?"
그 사건이란 동천몽을 죽이기 위해 존불사에서 펼쳤던 사건을 말했다. 혈부림을 승려들로 위장해 동천몽을 불러들여 암습했다. 비록 실패로 끝났지만 아직까지도 백쾌섬은 자신의 계획에 문제가 있어 실패했다고는 생각하지 않았다. 실패의 이유는 동천몽이 너무 뛰어났기 때문이었다.
"아니옵니다. 대법왕님께서는 이후로도 대종사의 얘기가

나올 때마다 대단한 분이라고 하셨습니다."

백쾌섬의 눈이 예리하게 빛났다.

출가한 노승이 살고자 자신의 비위를 맞추기 위해 하지도 않은 거짓말을 할 리는 없었다. 설혹 거짓말을 한다고 해도 자신은 얼마든지 알 수 있었다. 지금 천지철왕은 있는 그대로를 얘기하고 있었다.

"으음!"

백쾌섬은 조용히 어금니를 물었다.

자신은 해치려고 했다. 아니, 동천몽이 뛰어난 능력으로 살아났을 뿐이지 자신은 분명히 그를 죽였다. 그리고 확인 사살까지 하지 않았던가. 그쯤 되면 천하의 누구라도 앙심을 품고 이를 갈며 증오를 태울 것이다.

그런데 동천몽은 자신을 높이 평가했다.

촤악!

천지철왕을 향해 거센 일장을 날렸다. 천지철왕이 부탁도 한 데다 동천몽의 자신에 대한 배려를 생각하자 서둘러 일을 끝내고 돌아가고 싶었다. 물론 천지철왕 한 사람만이 표적이다.

이번에 새로 터득한 만사강기다. 무형의 기류가 천지철왕을 향해 뿜어갔다.

"흡!"

천지철왕이 다급성을 터뜨리며 쌍장을 내밀었다.

꽈앙!

강력한 굉음과 더불어 천지철왕이 뒤로 물러났다.

주르르!

일 장 가까이 밀려난 현실을 보며 천지철왕의 표정이 더욱 굳어졌다. 예상보다 훨씬 높은 곳에 있었다. 자신은 전력을 다했는데 백쾌섬은 절반의 힘도 사용하지 않은 눈치였다.

"아— 미— 타— 불!"

불리할 땐 선공이 낫다.

천지철왕의 신형이 빠르게 날아가며 쌍장이 뻗어 나왔는데 장력에서 은은한 서기가 뻗어 나온다.

대법천불공이었다. 바다를 가른다는 위맹한 장법을 보며 백쾌섬이 다시 오른손을 뻗었다.

추울렁!

그것은 장력이라기보다는 거대한 봇물이었다. 보에 갇혀 있던 물이 터지며 쏟아져 나올 때의 웅장함과 파괴적인 기세가 실려 있었다.

꽈가가강!

"으학!"

천지철왕의 신형이 줄 끊어진 연처럼 날아갔고 팍 하며 땅을 박차고 날아오는 백쾌섬이 연이어 오른손을 뻗었다.

슈우욱!

날아가는 천지철왕을 향해 긴 꼬리를 물며 가는 한 줄기 무채색의 장강이 있었다.

퍼어억!

"으웩!"

천지철왕이 핏물을 토하며 건너편 노송에 세차게 부딪치며 바닥으로 떨어졌다. 아직 숨이 끊어지지 않은 듯 반쯤 상체를 일으켰고 법왕님, 하며 달려온 두 명의 노승을 향해 말했다.

"저… 절대 맞서서는 아니 되느니라. 모든 은원은 노납이 끌어안고 가겠느니라… 알겠느냐."

호법승인 범악이승 중 한득 선사가 말했다.

"그… 그럴 수는 없사옵니다. 소승들은 당장 저자에게!"

"이… 노오옴… 으웩!"

흥분한 탓에 다시 피를 흘렸다.

"며… 명심해라. 나 한 사람이면 족하다. 대종사를 자극하지 말고 산 아래까지 정중히 배웅해 드리… 거… 라."

마지막 말을 힘겹게 끝내고 고개를 떨궜다.

"버… 법왕님!"

범악이승이 소리쳐 불렀지만 천지철왕은 반응이 없었다. 죽었지만 표정은 어둡지 않다. 그것은 어쩌면 자신 한 사람의 죽음으로 사문에 불어닥친 피의 바람을 막았다는 것에서 큰 위안을 얻은 때문인지도 몰랐다.

두 사람은 어느새 몰려들어 있는 제자들을 향해 말했다.

"법왕님을 일단 거처로 옮겨라."

두 명의 제자가 달려와 천지철왕의 시신을 모셔갔다.

한득 선사가 백쾌섬을 바라보았다.

얼굴에 분노와 살기가 범벅이 되어 있었다. 금방이라도 살

수를 펼칠 듯 오른손을 미세하게 떨었지만 직접 행동으로는 나서지 않았다.
"소승들을 따르시오."
백쾌섬이 말했다.
"나올 것 없소. 올 때도 마중한 사람 없이 왔으니 갈 때도 조용히 떠나겠소."
"아무튼 우린 법왕님의 유지를 따를 뿐이오."
그러면서 두 사람은 앞장을 서서 걸어갔다.
잠시 앞서 가는 두 사람을 바라보던 백쾌섬이 조용히 숨을 들이마시며 걸음을 옮겼다.
범악이승의 뒤를 다르는 백쾌섬의 표정은 밝지 않았다.
계속 한 가지 사실이 마음을 무겁게 누르고 있었다. 그것은 다름 아닌 자신에 대한 동천몽의 호의였다. 그는 자신을 친구로 여긴다고 했다.

원래는 하나의 산이었다. 하지만 황하의 신이 손으로 밀고 발로 차서 두 산으로 쪼개어 물이 통하게 하였다. 지금도 그때의 손자국과 발길질이 두 산에 남아 있다고 했는데 좌측 산을 화산으로 부르고 오른쪽 산을 수양산이라 했다.
수양산 가장 깊숙한 곳에 응독문이라는 한 집단이 있었다. 비록 좌측 산인 화산에 있는 화산파의 위세에 밀려 그 이름을 크게 떨치지 못하고 있지만 나름대로는 수백 년의 역사를 지닌 문파였다.

섬서의 당문이라고 할 만큼 독에 일가견을 갖고 있다. 어쩌면 독 하나로 오늘날까지 화산이란 거대 문파 틈 사이에서도 섬서성에서 나름대로 위치를 차지하고 있는지도 몰랐다.

그런데 지금 거대한 대청에 응독문의 문주 고산소를 비롯한 오대호법이 빙 둘러앉아 심각한 회의를 하고 있었다.

고산소는 회의를 싫어했다. 워낙 성격이 불같아서 한곳에 오래 앉아 뭔가 토론을 벌인다는 것이 너무 귀찮고 따분할 뿐이었다. 아무리 중대한 일이 벌어져도 즉석에서 결정을 해버린다. 그런 관계로 왕왕 손해를 보거나 곤란한 처지에 빠지기도 했다.

보다 못해 수하들이 중요한 정책 같은 것은 간부들을 불러 모아 생각들을 듣고 의견을 나눌 것을 종용했지만 소용이 없었다. 그런데 지금 대청에서는 회의가 벌어지고 있었다.

의자에 일각 이상을 앉아 있지 못하는 고산소가 무거운 얼굴로 앉아 있었다.

"언제까지 이렇게 입만 다물고 있을 것이오? 그냥 뭐라도 좋으니 한마디쯤 해보시오?"

칠십이 넘은 오대호법에게 인상을 썼지만 누구도 입을 열지 않았다.

"왜들 그러시오? 어서 말들 좀 해보라니까요?"

답답해 죽겠다는 듯 탁자까지 주먹으로 내려쳤다. 그러나 여전히 오대호법은 침묵했다.

"허허, 나 참. 대호법."

"귀를 여옵니다."

맞은편에 앉은 대호법 소차룡이 고개를 조아렸다.

"말해보시오. 어떡하면 좋겠는지 내 눈치 볼 것 없이 허심탄회하게 말이오."

"아… 알겠사옵니다."

소차룡이 마른침을 삼켰다.

"소… 속하의 생각은."

"그래, 생각은?"

"소… 송구하옵니다. 속하는 그저 문주님의 뜻을 따를 뿐이옵니다."

"무슨 말인지 알았으니까 일단 생각을 말해보란 말이오? 나와 같다면 무엇이 같은지 말해보라니까?"

"그냥 문주님과 같습니다."

"그냥."

금방이라도 한 대 갈길 듯 노려보더니 좌측으로 시선을 옮겼다.

"그럼 이호법이 말해보시오. 이호법은 놈들의 제의를 어찌 생각하시오?"

이호법 동각호가 입을 덜썩거렸다.

"소… 속하 역시 대호법님과 뜻을 같이하옵니다."

"대호법과? 그럼 뭔가? 내 뜻에 따르겠다는 것 아닌가? 그것 말고 당신 생각을 말해보라니까?"

고산소의 얼굴이 험악해졌다.

"그러니까 내 생각이라는 게 무엇이냔 말이오? 어서 말해봐요?"

"문주님께서 하는 대로 무조건 따르겠나이다."

고산소가 매섭게 노려보자 얼른 시선을 피했다.

"끄음! 삼호법?"

"속하 또한 문주님과 같습니다."

"이… 이런."

밖으로 튀어나오려는 욕을 가까스로 눌러 참았다.

나이들이 많다 보니 는 것은 그저 눈치뿐이었다. 젊음은 왕왕 패기라는 것을 주어 틀리더라도 소신껏 의견 개진을 하게 만드는데 이들은 오로지 자리보전에 연연하여 주장을 펼치지 않는다.

그때 대청 밖으로부터 음성이 흘러들어 왔다.

"문주님, 신시가 얼마 남지 않았사옵니다."

신시라는 말에 고개를 떨구고 있던 다섯 명의 호법이 일제히 입구를 쳐다보았다.

상대는 신시까지 말미를 주겠다고 했다. 만약 그때까지 가타부타 말이 없으면 일제히 공격을 가하겠다고 했다.

"사호법, 오호법도 같소?"

앞사람들처럼 자신의 뜻을 따르겠냐는 말이었다.

그러자 기다렸다는 듯 힘차게 고개를 끄덕였다.

"네!"

"그러하옵니다, 문주님."

마음 같아서는 모조리 패대기를 치고 싶지만 지금 화를 낼 시기는 아니었다.
"좋소. 그러하다면 내 생각은 이렇소."
일제히 긴장한 얼굴로 쳐다보았다.
고산소가 말했다.
"나 고산소는 생각이 있는 사람이오. 정면으로 그들에게 맞서봤자 계란으로 바위 치기이오. 싸움이란 대저 이길 승산이 일 할이라도 있을 때 감행하는 거지, 지금처럼 패배가 눈에 훤히 보일 때는 싸우는 것이 아니오."
비장한 표정을 지으며 말을 이었다.
"물론 여러분들은 죽을 때 죽더라도 투항은 안 된다고 할지도 모르겠소. 그러나 아무리 기를 써봤자 적을 이길 확률은 없소. 무모한 싸움이라는 얘기요."
단호히 주먹을 쥐어 보였다.
그런데 오대호법의 얼굴 표정이 밝아졌다. 무척 자신의 방식이 마음에 드는 얼굴이다.
"왜들 그러시오? 내 뜻이 아주 마음에 드시오?"
"으… 으음!"
"으음!"
"으음!"
"으음!"
"으음!"
숨기고 있지만 언뜻 즐거운 표정들이다.

"정말 내 뜻에 따르겠다는 것이오?"

대장로 소차룡이 말했다.

"그게 문주님의 뜻이라면."

"설혹 문주님께서 투항하느니 우리 모두 자결로 의지를 보이자고 하셔도 우린 그 길을 따를 것입니다."

나머지 사람들 모두 고개를 끄덕였다.

죽어도 자결하지는 않는다. 개똥밭에 굴러도 이승이 낫다는 것이 자신의 철학이라는 것을 늙은 너구리들은 알고 있다.

사실 적의 요구대로 투항을 하려고 일찍이 마음먹었다. 단지 이런 회의라는 모양새를 갖춘 것은 과연 적 앞에 얼마나 굳건하고 강력히 맞서는 충성심을 갖고 있는지 시험해 보고 싶은 마음 때문이었다.

누군가 빈말일지라도 분연히 맞서 싸우자고 할 줄 알았다. 아무리 좋은 조건을 내걸었다고 해도 투항을 하면 패배인 것이다. 그런데 단 한 명도 싸우자는 의견을 내놓지 않자 무척 섭섭했다.

살 만큼 살았으면서 그렇게 목숨이 아깝느냐고 면박을 주려다 겨우 눌러 참았다.

"신시이옵니다!"

또다시 밖으로부터 시간을 알리는 외침이 들려왔다.

바로 그 순간 아미타불 하는 불호가 들리더니 대청으로 일단의 무사들이 들어왔다.

놀랍게도 맨 선두에 선 사람은 천장금왕이었다.

"아미타불! 고 시주, 대답을 들으러 왔소."

지금 포달랍궁은 천하를 차근차근 점령하고 있는 중이었다. 그들은 최대한 피를 자제했다. 포달랍궁과 뜻을 같이하는 문파는 그대로 내버려 두었고 웅독문 또한 시간을 주어 선택을 하도록 한 것이다. 자신들 뜻에 따르기만 하면 일체 문을 운영하는 데 관여하거나 간섭 따위는 하지 않겠다는 것이었다.

물론 따르지 않겠다고 하여 모조리 죽이는 건 아니었다. 삶이란 서로 다른 사람들이 양보하고 타협하며 사는 것이라는 동천몽의 말에 따라 충분히 설득하고 정 안 되면 시간을 주었다. 단, 악인 집단만큼은 절대 가만두지 않았고 마땅한 응징과 처벌을 가했다.

특히 포달랍궁이 움직이면서 그동안 궤멸되다시피 했던 구대문파가 재기에 들어갔다는 것이다. 생존해 있는 제자들이 각 파로 몰려들어 체제를 정비하고 목와북천에 의해 불타 사라진 건물들을 축조하며 강호는 크게 복원되고 있었다.

고산소가 일어났다.

"금왕님의 제의를 받아들입니다."

"아미타불! 그럼 이로써 웅독문은 우리 편이 되었음을 선언하오이다. 향후 어떤 위험이나 곤란한 난관에 부딪치면 서슴지 말고 본 궁에 도움을 요청해 주시오."

"금왕의 자비에 감사드리옵니다."

"내가 아닌 대법왕님께 감사를 드리시오. 이 모든 것은 그분의 뜻이오니. 또한 지역 주민들과 좋은 화합을 이루어 지내길 바라오이다."

"물론입니다. 바쁘지 않다면 차 한 잔 대접하고 싶습니다."

점령군이 되어서는 안 된다고 했다.

하지만 이런 것까지 거절하면 오히려 상대의 마음을 상하게 할 우려가 있다.

곧바로 고산소의 안내를 받아 그의 거처로 들어갔다.

닥지를 발라 옻칠을 한 방바닥이 무척 고상하다. 두 사람이 마주 앉고 잠시 후 시녀가 뜨거운 물주전자와 다기를 들고 들어와 차를 우려냈다. 시녀가 나가고 두 사람은 찻잔을 들어 한 모금씩 마셨다.

두 사람은 마주 앉아 얘기를 주고받았다. 주로 포달랍궁의 천하일통에 관한 고산소의 질문이 이어졌고 천장금왕은 동천몽이 말했던 그대로를 옮기는 형식으로 대답했다. 두 사람은 즐겁게 차를 마시며 이따금 대소를 터뜨리기도 했다.

웅독문 문제를 해결함으로 섬서성에서의 모든 것은 끝났다. 잠시 떨어지는 해를 바라보던 천장금왕은 수하들을 이끌고 호북을 향해 출발했다.

호북의 무창으로 들어가는 댁계령에 도착했을 때는 다음날 오시였다.

어제저녁 이후 한 끼도 해결하지 못했다. 일행은 곧바로 탁발에 나섰고 반 시진 후 댁계령에 연기가 피어올랐다. 절대 힘을 이용한 무전취식은 용납 안 된다는 동천몽의 강한 명령에 충실히 따르고 있었다. 일부 제자들은 슬쩍 무전취식의 의도를 밝히기도 했지만 천장금왕이 말렸다.

수행하는 승려들답게 손수 직접 조달하여 해결한다는 것이었고 철저히 그렇게 했다. 그 덕분에 민심은 포달랍궁을 향해 전폭적으로 호의를 보였다.

일행이 반찬도 없는 밥을 씹어 삼키고 있을 때 천장금왕이 벌떡 자리에서 일어났다.

댁계령 정상에 동천몽과 일목이 나타났기 때문이었다.

"대법왕이시여!"

밥을 먹던 제자들이 일제히 자리를 박차고 일어나 예를 갖추었다.

"어떻게 이곳을?"

천장금왕이 물었다.

동천몽이 이곳에 나타났다는 것은 이 근처 어딘가에 백쾌섬 아니면 동천비가 있거나 그들의 주축이 있다고 봐야 했기 때문에 긴장의 표정을 지었다.

"맞소. 이 근처에 동천비가 나타났다는 정보를 들었소."

자기 친형님이다.

그런데 동천비라고 이제 거침없이 하대를 했다.

천장금왕은 속으로 한숨을 내쉬었다. 아무리 그를 죽이기로 했다고 하지만 어찌 사람인데 마음이 편할까. 비록 어머니를 죽게 만들고 부친을 살해한 짐승 같은 인간이지만 핏줄이라는 건 결코 부정할 수 없는 현실이었다.

"나도 함께합시다."

"대법왕님께서도 아직 식사를 하지 않으셨단 말이옵니까?"

"질문이 이상하구려? 난 마치 주머니에 돈을 푸짐하게 넣고 다니며 좋은 밥에 좋은 반찬 사먹는 줄 아는 모양인데 나 또한 가급적이면 길거리에서 해결하고 있다는 것을 아시오."

천장금왕이 펄쩍 뛰었다.

"아… 아니옵니다. 소승의 말뜻은."

"훗훗!"

동천몽이 가벼운 미소를 지어 보이고 품에 휴대하고 다니는 목기로 된 밥 그릇을 꺼내 밥을 퍼담고 한쪽 양지에 앉아 식사를 하기 시작했다.

식사가 끝나자 천장금왕은 기다렸다는 듯 지금까지의 상황을 보고했다. 이미 무미 선사를 통해 삼대법왕이 주축이 되어 천하를 정벌해 가는 상황을 보고받았지만 동천몽은 고개를 끄덕였다.

"누구냐?"

식사를 끝내고 잠시 휴식 중이던 제자들이 노성을 질렀.

두 명의 인물이 날아오다 제지를 받고 땅에 떨어졌는데 정체를 확인한 제자들이 놀랐다.

"사형……"

"아니, 자네들은!"

천장금왕이 범악이승을 보며 놀랐다.

범악이승은 궁에 남아 천지철왕을 보위하는데 이곳에 나타났다는 것은 뭔가 불길한 징조를 암시했다.
 천장금왕이 표정을 굳히며 물었다.
 "무슨 일 있는가?"
 범악이승은 말을 잇지 못했다.
 그때까지 유유자적 주위 경관을 구경하듯 바라보던 동천몽이 고개를 돌렸다.
 한득 선사가 말했다.
 "그가 왔사옵니다."
 "그라니?"
 "백쾌섬."
 휙!
 동천몽이 다가왔다.
 "말하라. 자세히."
 한득 선사가 상세히 말했다.
 한득 선사의 말을 듣고 있던 동천몽이 입술을 지그시 깨물었다.
 "철왕이 겁난을 막았구나."
 백쾌섬은 지나칠 만큼 자신을 의식한다. 치열한 경쟁의식을 갖고 있는 것이었다. 천지철왕은 바로 그 부분을 교묘히 자극하여 자기 한목숨으로 모든 것을 정리한 것이었다.
 잠시 후 천장금왕은 동천몽이 이곳에 나타난 이유를 제자들에게 설명했다.
 "절대 뒤를 밟는다거나 공격해서는 안 된다. 흔적을 발견하면 곧바로 돌아오도록 하여라."
 동천비는 최강의 고수라 할 수 있었다. 누구도 그의 상대가 되지 않는 만큼 섣부른 동작은 죽음뿐이었다.
 제자들이 사방으로 흩어졌고 동천몽은 천장금왕을 데리고 무창으로 들어섰다.
 "차 한 잔 하겠느냐?"
 평생을 무공과 싸웠다.
 이따금 세상 물정을 알기 위해 며칠씩 출문을 했을 뿐 대부분 궁 내에 묻혀 살았다. 차 또한 자신이 손수 봄에 따 마시는 잎차가 전부일 뿐 밖에서 돈을 주고 마신 기억이 없다.
 다원으로 들어선 천장금왕이 눈을 크게 떴다. 다원에는 남자들뿐 아니라 아름다운 여인들도 적지 않았기 때문이다. 여인들이 버젓이 차를 마시는 모습이 산속 생활에 젖은 그의 호기심을 충분히 자극했고 연신 그들을 살피느라 눈이 바쁘다.
 "들거라."
 동천몽이 시킨 것은 용정이다.
 용정은 고가의 차로 일반인들은 꿈에서나 마실 수 있는 것이다. 비록 출가한 대법왕이지만 천상각이란 사가는 그의 손을 크게 만들고 말았다.
 과거를 잊고 가급적 청빈한 삶을 알아가고자 나름대로 노력하지만 아직 습관까지 사라지지는 않아 서슴없이 용정을 시켰다.
 "아미타불!"

한 모금 마신 천장금왕의 눈이 커졌다.
쓰디쓴 잎차만 마시다 잘 덖어진 용정을 마시자 소위 혓바닥에 착착 감겼다.
다시 한 모금 마시며 두 눈을 지그시 감았다.
혀로는 달짝지근한 맛이 돌고 콧구멍으로 희미한 숭늉 내음이 폐부 깊숙이 파고든다.
"어떻느냐?"
동천몽이 물었다.
어린아이처럼 눈을 감고 향을 맡고 맛을 음미하던 천장금왕이 눈을 뜨고 더듬거렸다.
"가… 가히 천하일품이라 할 만하옵니다."
"차 좋아하느냐?"
"중놈이 차 싫어하옵니까?"
"차란 확실히 좋더구나. 이상하게 차를 마시면 마음이 안정되고 괴로움이 씻겨지며 마음이 즐거워진다. 이건 내 경험인데 진짜다."
"그렇습니다. 그래서 차를 마시면 육정을 초월한다고 하지 않았겠사옵니까?"
바로 그때였다. 뾰족한 음성이 실내를 울렸다.
"이런 미친놈이 지금 날 희롱하는 거냐?"
깜짝 놀라며 두 사람이 소리난 곳으로 고개를 돌렸다.
화악!
두 사람의 눈동자가 기다렸다는 듯 커졌다.

창가에 자정경이 눈을 부릅뜨며 한 흑의사내와 드잡이질을 벌이고 있었다.

"아니오. 소생은 진심으로 낭자와 합석을 하고 싶소이다."

"됐어. 난 생각없으니 저리 꺼져."

"낭자, 첫눈에 반했소이다. 잠시 합석할 기회를 주시지 않겠소이까?"

대략의 상황이 눈에 그려진다.

혼자 차를 마시는 자정경의 단아하고 빼어난 용모에 흑의사내가 반해 지금 수작을 걸고 있는 것이었다.

처음에는 점잖게 나가던 흑의사내가 점점 거칠고 노골적으로 나왔다. 등에 한 자루 검을 맨 것이 무림인인 듯 보였는데 동천몽은 미소를 지으며 재미있는 구경거리 보듯 했다. 반면 천장금왕은 당장이라도 흑의사내를 쳐 죽일 듯 노려보았.

동천몽이 절대 끼어들지 말라는 눈치를 주었다.

"흐흐! 충분히 알아듣게 얘기를 했는데도 낭자께서 자꾸 소생의 성의를 짓밟으니 무례할 수밖에 없겠소이다."

"그래서 어쩔 건데? 내 허락 없이 그냥 앉기라도 하겠다는 것이냐?"

"못할 것도 없지요."

흑의사내는 맞은편 의자에 털썩 주저앉았다.

순간 자정경의 눈이 커졌다.

"이런 재수없는 자식을 봤나. 여기가 어디라고 엉덩이 디밀고 앉는 거야. 당장 안 꺼져!"

"이해하시오. 오늘 무슨 수를 써서라도 낭자와 차 한 잔을 꼭 해야겠소."

흑의사내의 눈이 자정경을 살폈다.

가히 꿈에서조차도 볼 수 없는 절색이었다. 이런 아름다운 여인이 어디 갔다 이제 나타났는지 운명이 미울 지경이었다.

"통성명이나 합시다. 소생은 종박기라 하오."

문득 한참 인상을 쓰고 있던 자정경이 갑자기 상냥한 표정을 지었다.

그냥 내버려 두기로 했다. 혼자 차를 마시는 동안 약간은 심심하기도 했고.

자정경이 웃자 종박기의 눈이 튀어나올 듯 커졌다. 선녀가 눈앞에서 자신을 향해 환한 미소를 짓고 있었다.

"나… 낭자, 진정 아름답소이다. 오오! 정녕 선녀이오!"

"종 대협님이라고 했나요?"

"종 대협이라니, 당치 않소이다. 그냥 이름을 부르시오."

"보아하니 무림인 같은데 꽤 명성이 자자한 분 같군요?"

"명성까지는 몰라도 이 근처에서는 제법 통한다오. 종박기라고 하면 무당 또한 한 걸음 물러서지요."

이곳은 무창이고 멀지 않은 곳에 구대문파 중 한곳인 무당이 있다.

무당까지 자신의 이름 석 자 앞에서 한 걸음 물러선다는 말에 자정경의 눈이 커졌다.

"정말인가요? 무당의 고수들까지도 한 걸음 물러서 예의를 갖춘다니 대단하군요."
"대단할 것까진……."
"반가워요. 소녀는 자정경이라고 해요."
여자가 자신의 이름을 밝혔다는 것은 마음을 열었다고 봐야 한다. 종박기의 얼굴에 음흉한 기색이 떠올랐다.
"용모만큼이나 이름도 아름답군요. 집이 이 근처이오? 이 근처라면 소생이 모를 리가 없는데?"
"여긴 아니에요. 아는 분이 이 근처에 있다고 해서 왔어요."
"누구요?"
"별 사람 아니에요. 오라버니 되세요."
"이름이 뭐요?"
"동천몽이라고."
동천몽의 눈이 커졌다.
자신이 사부에서 졸지에 자정경의 오라버니가 되고 있었다.
"동천몽?"
"아시나요? 아주 잘생겼어요."
"오라버니라는 분은 뭐 하는 분이시오?"
"무림인이에요."
"나처럼 무림인이란 말이오?"
무림인이란 말에 종박기의 안색이 가볍게 변했다.
"이 근처에서 활동하는 무림인이라면 소생이 알 텐데 전혀 처음 듣는 이름이로군요."
"제가 말씀드렸잖아요. 이 지역에 볼일이 있어 와 계실 뿐,

이곳 사람이 아니라고."

"어쩐지."

종박기의 얼굴에 안도의 표정이 나타났다.

그때 점소이가 주둥이가 기다란 찻주전자를 들고 나타났다.

"뭐죠?"

자신은 시키지 않았기에 묻는 것이다.

종박기가 기다렸다는 듯 말했다.

"소생이 낭자에게 용정 한 잔 권해 드리는 것이오. 보아하니 철관음을 마시는 것 같은데 용정이 훨씬 나을 것이오."

용정은 고급이다. 철관음에 비해 세 배 정도 비싸다. 자신도 용정을 마셨지만 지금은 뱃속에 아이가 들어 있다. 용정은 덖고 비비는 복잡한 여러 단계를 거칠 뿐 아니라 다른 조미료가 들어간다. 그래서 맛과 향이 좋긴 하지만 첨가물로 인해 태아에 이상을 끼칠지도 모른다는 생각에 자연 그대로 익혀 마시는 철관음을 마시고 있는 것이다.

그런데 종박기는 자신이 돈이 없어 철관음을 마시는 줄로 착각하고 고급 용정을 접대하려는 것이다.

아무리 성의라지만 아이의 건강이 더욱 중요하다.

정중하게 사양하자 자정경이 차에 대해 모르고 그러는 줄 알고 용정이 철관음에 비해 훨씬 비쌀 뿐 아니라 강호에서 행세깨나 하는 사람은 모두가 용정을 마신다고 떠든다.

종박기의 그릇과 됨됨이가 속속 드러나고 있었다.

전형적인 파락호의 모습이다. 그의 접대 방식이 다른 여자들에게는 통했는지 몰라도 어려서부터 돈 궁함 없이 성장한 자정경에게는 짜증스런 일이다.

더구나 자정경이 그가 권하는 용정을 더욱 기피한 것은 차 속에 뭔가 담겨 있을지 모른다는 것 때문이었다. 종박기 같은 인간들의 전형이 음식에 미약 따위를 넣어 여인을 쓰러뜨리는 것이다. 그래서 아무리 고급으로 포장을 하여 접대한다고 해서 덜컥 받아먹었다가는 신세 망친다.

"괜찮아요. 전 이것이 좋아요. 마시고 싶은 마음 없어요."

예상대로 거듭된 거절에 종박기의 안색이 굳어졌다. 그것은 성의를 묵살당한 것에 대한 분노라기보다는 자신의 계략이 빗나간 것에 대한 짜증이었다.

"그렇다면 하는 수 없지요. 그만 차를 가져가게."

점소이가 물러났다.

종박기는 이것저것 자꾸 관심을 보이며 물었고 자정경은 건성으로 대답해 주었다.

그녀가 차를 모두 마시고 일어섰다. 흑수당이 입수한 정보에 의하면 동천몽이 무창으로 들어섰다고 했다. 그래서 무창에 나타난 것인데 종박기가 쪼르르 달려가더니 차 값을 계산했다.

"이러면 안 되는데."

"아니오. 낭자처럼 아름다운 분과 차를 마셨다는 것은 내 생애 최고의 영광이오. 차 값 정도는 당연히 지불해야 예의 아니겠소."

그러면서 졸졸졸 밖으로 따라 나왔다.

"낭자, 어딜 가시오? 바쁘지 않다면 소생이 저녁을 대접하고 싶소만."

자정경이 웃으며 말했다.

"죄송해서 어떡하죠? 난 오라버니와 약속이 있어서 바빠 가봐야 해요. 그럼 인연이 닿으면 다음에 또 봐요."

자정경이 돌아서다 말고 흠칫했다.

뒤에 있던 종박기가 어느새 앞길을 막고 서 있었다.

"이게 무슨 짓이죠?"

종박기가 음산한 미소를 지었다.

"흐흐흐! 그냥 가면 안 되지."

"그게 무슨 말씀이죠?"

"나와 무조건 같이 가야 한다는 것이다. 좋게 말할 때 따라오겠느냐, 아니면 한 대 맞고 업혀갈래?"

노골적으로 나온다.

자정경이 어이가 없다는 듯 피식 웃었다.

종박기 또한 따라 웃는다.

"따라오너라."

손을 낚아챘다.

휭!

하지만 허당이다.

"이년이!"

눈을 부라리며 다시 낚아챘지만 역시도 허당이다. 종박기가 눈살을 찌푸렸고 자정경의 얼굴에는 살기가 떠올랐다.

"개새끼, 귀찮아서 그냥 내버려 뒀더니. 당장 안 꺼져?"

욕설을 뱉자 종박기가 당황한 표정을 지었다. 하나 금세 표정을 고치더니 소리 내어 웃었다.

"개새끼라고 했느냐? 이런 개잡년을 봤나. 내가 오늘 네년을 가만 놔두면 종박기가 아니라 개박기다. 따라와, 이년."

이번에는 앞선 두 번과 달리 아주 거칠고도 표독하게 자정경의 완맥을 낚아채려 했다.

탁!

그런데 반대로 종박기의 손이 자정경의 손에 잡혔다.

"엇!"

종박기가 그제야 뭔가 잘못되었다는 것을 느끼고 놀란 표정을 지었다.

"개자식, 오늘 혼 좀 나봐라."

화악!

자정경이 사정없이 팔을 비틀었다.

"크억!"

종박기가 신음을 흘리며 몸을 틀었다. 하지만 자정경이 더욱 비틀었기에 더 이상 고통을 줄일 수 없게 되자 왼손으로 장력을 뻗어냈다.

"흥!"

자정경이 가소롭다는 듯 코웃음을 치고 같은 수법으로 장력을 마주 뻗었다.

따악!

"크악!"

종박기가 왼손을 늘어뜨렸는데 손목이 부러진 듯했다.

자정경은 그것으로도 분이 풀리지 않은 듯 쥐고 있는 오른손을 더욱 비틀었고 이어 우드득 소리가 났다. 아마도 어깨에서 탈골이 일어난 것이 분명했다.

"크어어어!"

졸지에 양손을 모두 부상 입은 종박기의 안색이 파랗게 변했다.

"너 같은 놈은 아예 이걸 없애 버려야 돼."

오른발로 사타구니를 걷어찼다.

종박기가 본능적으로 몸을 틀었다.

뻐억!

발이 무릎을 찍었다.

"개자식, 피했단 말이지? 어디 또 피해봐라!"

이번에는 다리에 공력을 주입해 걷어찼다. 조금 전과는 비교가 안 되는 위력이고 빠름이었다.

"정경아, 아무리 사내가 미워도 그곳만큼은 부수는 게 아니니라."

뚝!

귀에 익은 목소리였다.

속으로 설마하는 생각을 가지면서 고개를 돌렸다.

확!

자정경의 눈이 커졌다.

등 뒤 다방의 계단 입구에 동천몽이 천장금왕과 나란히 서 있었다.

침을 삼키고 눈에 힘을 주며 보았지만 틀림없는 동천몽이다.

"사… 사부님!"

그 자리에서 붕 떠오르더니 동천몽의 목을 끌어안는다.

와락!

자정경이 목을 끌어안고 동천몽의 입과 볼에 미친 듯이 입을 맞췄다.

"아미타불!"

천장금왕이 민망한 듯 고개를 옆으로 돌리더니 중얼거렸다.

"사제, 이 사형은 안 뵈느냐?"

그제야 자정경이 동천몽에게서 떨어지더니 천장금왕을 보며 발그레 웃는다.

휙!

하지만 곧바로 천장금왕에게 달려들어 그의 볼에도 입을 맞춘다.

"이제 되셨어요, 사형?"

천장금왕의 눈이 찢어질 듯 커졌고 벼락을 맞은 사람처럼 불호를 중얼거렸다.

"아… 미타불! 아미타불!"

천장금왕의 놀란 표정이 재미있다는 듯 자정경이 고개를 돌리고 킥킥거린다.
 "사형, 어디 아프세요?"
 자신이 입을 맞춘 볼을 닦으며 안절부절못하는 천장금왕을 보며 자정경이 물었다.

第八章
천지창조

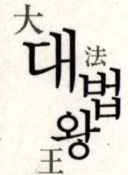

천장금왕이 더욱 어쩔 줄 몰라 했다.
"네가 여긴 어쩐 일이냐?"
"사부님께서 이쪽으로 오셨다는 얘길 전해 듣고 왔어요."
"어느 곳이라는 것도 모른 채 무작정 왔단 말이냐?"
"네, 호호호! 하지만 이렇게 만났잖아요."
팟!
동천몽이 갑자기 놀란 표정을 지었다.
고개를 젖히며 웃는 자정경의 배에 시선이 멎었다. 비록 경장에 가려 크게 티가 나지는 않지만 예전과 달랐다.
동천몽의 시선이 자신의 배에 멎은 것을 본 자정경이 허리를 뒤로 젖혀 더 드러나게 했다. 천장금왕 또한 자정경의 배가 심상치 않다는 것을 느끼고 눈을 크게 떴다.
"사… 사제, 배가?"
"느껴지는 게 없으세요, 사형?"
이미 사대법왕은 모두 알고 있다. 그러므로 감추고 자시고 할 것도 없었다.
"설마."
자정경이 고개를 끄덕이며 말했다.
"네, 맞아요. 아이가 이만큼 자랐어요."
천장금왕이 동천몽을 돌아보았다.
"허험!"
동천몽이 헛기침을 했다.
천장금왕이 합장하며 말했다.
"축하드리옵니다, 대법왕이시여."
"추… 축하?"
"예전에 미처 경황이 없어 불손한 생각을 했음을 부인 않겠나이다. 그러나 사제의 목숨이 경각에 달해 어쩔 수 없었음을 우린 알고 있나이다. 또한 본 궁의 역사를 철저히 훑어본 결과 혼인을 율법으로 금지하지는 않았더군요."
자정경이 전광석화와 같이 다가가 물었다.
"정말이에요, 사형?"
천장금왕이 고개를 끄덕였다.
"그래, 틀림없는 사실이었다. 선대의 법왕 중 두 분께서 아이를 가지셨다는 사실을 알아냈느니라. 물론 그분들 또한 중생 구제를 위해 어쩔 수 없이 취한 행동이었느니라."

와락!

또다시 천장금왕을 끌어안고 볼에 입을 맞추었다.

쪽쪽!

이번에는 한 번으로 끝내지 않고 여기저기 마주 맞추자 천장금왕이 고개를 돌리며 피했다.

"이놈, 당장 그만두지 못하겠느냐? 이러면 못쓰느니라."

"누가 못쓴대요? 사제 맘이에요."

자정경이 좌우 볼에 두 번을 더 맞추고 내려왔고 천장금왕은 얼굴이 벌게져 어쩔 줄 몰라 했다.

동천몽이 희색이 만면해 물었다.

"그래, 의원은 뭐라고 하더냐? 별일 없다더냐?"

"네, 다행히 건강하다고 했어요."

자정경이 배를 툭 내밀었다.

"뭐 해요? 아이가 아버지보고 만져 달라고 하잖아요."

"저… 정말 말을 했단 말이냐?"

"뱃속에 있는 아이가 말을 어떻게 해요? 하지만 엄마는 그냥 알 수 있어요. 지금 아버지 손으로 쓰다듬어 달래요. 빨리 만져 주세요."

동천몽이 헛기침을 하며 민망한 표정을 짓더니 자정경의 배를 손으로 쓰다듬었다.

"어엇!"

기겁하며 동천몽이 손을 떼며 비명을 질렀다.

자정경이 놀라 물었다.
"왜 그러세요."
"아… 아이가 반응을 했구나. 움직였느니라."
"호호! 뭘 그렇게 놀라세요."
"넌 놀랍지 않느냐?"
"전 자주 겪는 일인데요. 그런데 핏줄은 어쩔 수 없나 보군요. 할아버지가 만질 때는 꼼짝도 않는데 어떻게 아버지의 손은 기억을 하고 반응을 하다니."
"할아버지?"
동천몽의 눈이 커졌다.
한순간 머릿속으로 자추동을 떠올렸다.
"아무튼 해도 너무해요. 어떻게 그동안 연락 한 번을 안 할수 있어요?"
"그래서 날 찾아 나왔단 말이냐?"
갑자기 자정경의 표정이 굳어졌다.
"그가 왔어요."
"……."
"백쾌섬."
동천몽의 눈이 커졌다.
자정경이 다시 말했다.
"다시 온다고 했어요."
동천몽의 표정이 굳어졌다
다시 온다는 말의 의미가 뭔지 알 수 있었다. 백쾌섬이 연모의 감정을 노골적으로 드러내고 있는 것이다.

 자신의 여자를 다른 남자가 사랑한다는 것은 그만큼 매력이 있다는 뜻이므로 즐거울 일이었다. 그러나 다른 한편으로는 질투가 날 일이기도 했다.

 바로 그때였다. 옷자락 펄럭이는 소리가 들리더니 한 개의 그림자가 날아내렸다. 조금 전 맥계령에서 헤어졌던 천장금왕이 이끌고 있는 무사 중 한 명이었다.

 "무슨 일이냐? 뭘 찾았느냐?"

 천장금왕이 물었다.

 "동천비 대공자의 흔적은 찾지 못했사옵니다. 하지만."

 "뭐냐?"

 "백쾌섬을 발견했사옵니다."

 "백쾌섬."

 동천몽이 놀라며 돌아섰다.

 승려가 빠르게 말을 이었다.

 "이곳에서 북쪽으로 이십 리 정도 떨어진 흑갈평에서 백쾌섬을 발견했사옵니다."

 동천몽의 안색이 굳어졌다. 필시 동천비가 이곳 무창에 나타났다는 말을 듣고 그를 쫓아왔음이 분명했다.

 "안내하거라."

 "알겠사옵니다, 대법왕이시여."

 동천몽이 승려를 따라 등을 돌리려 할 때 갑자기 등 뒤에서 자정경이 끌어안았다.

동천몽은 우두커니 섰다.

자정경이 뒤에서 끌어안은 이유가 뭔지 말은 하지 않아도 알고 있었다. 그것은 전쟁터로 나가는 남편을 배웅하는 여인의 마음과 하나도 다르지 않을 것이다.

백쾌섬은 당대제일의 무사 중 한 명이다. 아무리 자신감이 있다고 해도 사람 일이란 장담을 할 수 없다. 두 사람의 싸움 결과에 따라 자신의 운명까지도 달려 있다.

동천몽이 천천히 돌아섰다.

흠칫!

올려다보는 자정경의 눈에 눈물이 흐른다.

"울지 마라."

"사부님."

자정경이 다시 힘차게 가슴을 파고들었다.

자정경이 적신 눈물이 옷 속으로 스며든다. 한참 자정경의 머리를 쓰다듬던 동천몽이 슬며시 그녀를 떼어냈다.

"아이와 엄마는 한 몸이라고 했다. 네가 울면 아이도 슬플 것 아니냐?"

자정경이 배시시 웃는다.

"울지 않을게요, 사부님."

"염려 마라. 금방 돌아올 것이다."

"믿어요, 사부님을."

자정경이 동천몽의 입에 입을 맞추었다. 그러자 천장금왕이 또다시 고개를 돌려 외면했고 승려는 반쯤 넋을 놓았다.

"사부님, 이겨야 해요."

자정경이 이를 물었다. 자꾸 눈물을 흘리지 않겠다고 마음을 먹지만 가슴이 달궈진다.

"천장은 여기 있거라."

"예?"

"정경이와 같이 있으라는 말이다. 정경아, 모처럼 얻은 기회인데 네 사형 무창 구경 좀 시켜주는 게 어떻겠느냐?"

"네, 사부님. 제자는 환영이에요."

"아, 아니옵니다. 소승은 대법왕님을 모시고……."

동천몽이 말을 잘랐다.

"그럼 그렇게 알고 가보겠다. 금방 올 테니 사형에게 맛있는 것도 사주고 하거라."

"사부님, 늦으면 안 돼요? 그리고 이거."

자정경이 잽싸게 검을 풀어주었다.

동천몽은 거절하지 않았다.

"고맙구나."

동천몽이 검을 옆구리에 둘러차고 미소를 짓고 돌아섰다.

천장금왕이 따라가려 하자 자정경이 사정없이 손을 잡아끌었다.

"어디 가는 거예요?"

"사, 사제, 난 가봐야 해."

"난 사부님을 믿어요. 그러니 걱정 말고 사형은 소녀를 따라오세요. 세상이 얼마나 멋진 곳인지 오늘 실컷 보여 드릴

게요."

 천장금왕은 강제로 자정경에 의해 끌려갔고 동천몽은 승려의 안내를 받아 몸을 날렸다.

 휘이이!

 승려는 자신의 법명을 가룡이라고 했다.

 동천몽이 묻는 말에 극도의 공손한 표정으로 대답을 했는데 그는 신법에 상당한 조예가 깊었다.

 십 리쯤 날아가던 동천몽이 땅으로 내려서자 가룡이 의혹의 표정으로 따라 내렸다.

 "별것 아니다. 그냥 천천히 걷고 싶구나."

 동천몽은 산길을 천천히 걸었고 뒤를 가룡이 따랐다.

 해는 중천에서 조금 벗어나 쨍쨍하다.

 산새들이 기척을 느끼고 날갯짓을 했고 한 마리 사슴이 풀을 뜯다 말고 꽁지가 빠져라 도망을 친다.

 동천몽은 마침내 희로애락의 종착지가 다가오고 있다는 것을 느꼈다. 자신의 희로애락은 모두 강호에 있다. 어찌 보면 무림인도 아니면서 강호사와 이토록 치열하게 얽혀 돌아가는 운명을 지닌 사람도 드물 것이란 생각을 해보았다.

 자신뿐만이 아니라 아버지를 비롯한 형제들 모두가 강호와 끝없는 충돌을 했다.

 그건 돈 때문이었다.

 돈은 삶의 운명을 거칠게 바꿔 버리는 속성을 갖고 있다는 것을 이번에 깨달았다. 조용히 침묵 속에 살고 싶어도 돈이라는 강력한 유혹덩이가 수많은 화를 불러들였다. 관부에서조차 돈 냄새를 맡고 천상각을 기웃거렸다. 드러내 놓지는 않았지만 상당한 돈이 황실로도 들어갔다.

돈을 지닌 이상 원하든 원하지 않든 세상과 치열한 은원을 맺을 수밖에 없다는 것을 이번에 깨달았다.

돈은 삶에 무서운 화근이었다.

"너는 소속이 어디냐?"

"포감원이옵니다."

포감원은 감찰의 임무를 지닌 집단이다. 궁내에서 혹시라도 있을지 모를 부정과 부패를 감시하고 살피는 일이다. 엄격하리만치 개인의 소유를 인정하지 않는 포달랍궁이기 때문에 부패란 있을 수 없지만 뜯어놓고 보면 그렇지 않다. 사람 사는 곳은 어디든 적지 않은 독버섯이 자란다.

"가족은 있느냐?"

"어머니께서는 작년에 떠나셨고 아버지 혼자 계십니다."

"형제는 없느냐?"

"예."

동천몽이 고개를 끄덕였다.

놀라운 불심이었다. 단 하나뿐인 자식을 입산시킬 정도면 결코 평범한 사람은 아니었다.

"저깁니다."

가룡이 산등성이 두 개를 넘어서자 맞은편을 가리켰다.

"우웃!"

동천몽이 가벼운 탄성을 흘렸다. 그것은 거대한 검은 바다였다. 산 아래로 시커먼 갈대가 바다처럼 펼쳐져 있었는데 바람이 불자 파도가 일렁이듯 몸서리를 치며 쓰러졌다가 일어섰다.

쏴아아아!

갑자기 거센 바람이 불자 일제히 갈대들이 허리를 구부렸다. 마치 거대한 해일이 밀려오는 듯 갈대들이 숨을 죽이여 허리를 구부렸다가 바람이 지나자 일어났는데 이 또한 터진 봇물을 연상케 했다.

동천몽은 넋을 놓고 바라보았다.

일대 기경이자 실로 장관이라 할 만했다.

그런데 갈대밭 사이로 조그만 소롯길이 나 있었다. 사람들이 지나가며 만들어낸 길인 듯했는데 동천몽은 천천히 산을 내려갔다.

길은 갈대밭 한가운데를 뚫고 있었다.

쏴아아!

위로는 바람이 세차게 불었지만 밑으로는 들어오지 않아 고요하다.

동천몽은 천천히 걸어갔다. 백쾌섬이 이곳에 있다면 동천비 또한 멀지 않은 곳에 있을 것이다.

바람이 세차게 불고 갈대가 서로의 몸을 부딪치며 서걱거리는 소리를 냈지만 동천몽의 이목은 날카롭게 곤추세워져 있었다. 근처에서 느껴지는 인기척은 없었다.

뒤따라오는 가룡의 발자국 소리가 천둥처럼 들렸다. 물론 가룡은 적의 이목을 속여보겠다는 생각으로 기척을 죽였지만 동천몽의 귀에는 커다랗게 들린다.

문득 갈대 숲 중간쯤 들어갔을 때 길이 나눠졌다.

동천몽은 망설였다. 워낙 흑갈평이 크기 때문에 잘못 길을 선택하면 백쾌섬을 만나지 못할 수도 있었다.

잠시 좌우를 쳐다보던 동천몽은 좌측을 택했다.

좌측 길을 따라 이백여 장쯤 걸었을까, 앞서 가던 동천몽이 걸음을 세웠다.

'있다!'

희미하지만 기척이 느껴졌다.

놀랍게도 상대는 이쪽으로 걸어오고 있었다.

'다섯이로군!'

의외로 끌고 오는 숫자가 많았다.

동천몽은 천천히 다시 걸음을 옮겼다. 오십여 장쯤 나아갔을 때 가룡의 눈이 커졌다.

홱!

긴장한 표정으로 동천몽을 돌아보았는데 기척이 있다는 것을 신호하고 있었다. 동천몽은 오래전부터 알고 있었지만 가볍게 고개를 끄덕여 주었다.

휘이잉!

바람은 더욱 거칠어졌다.

일 장 가까이 되는 갈대의 머리가 땅바닥에 닿을 만큼 숙여졌다가 일제히 일어나는 광경은 절경이었다.
 슈와아아!
 저벅! 저벅!
 마침내 맞은편 발자국 소리가 이쪽 귀에 들렸다. 발자국 소리가 커서 들리는 것이 아니라 바람에 실려 오기 때문이었다. 이쪽은 바람을 맞으며 가는 것이었다.
 꿈틀!
 동천몽의 눈썹이 파장을 일으켰다.
 길을 걸으면서도 그의 감각은 맞은편에 집중되어 있었는데 지금 다섯 사람의 걸음에 변화가 보였다. 그것은 멈칫 놀랄 때 사람의 발걸음이 잠시 더뎌지는 것과 같았다. 그쪽에서도 이쪽의 존재를 느꼈다는 것이다.
 동천몽의 입가에 웃음이 떠올랐다.
 오랜 친구였기 때문인가. 사람을 만난다는 생각을 떠올리자 가벼운 흥분이 일어났다.
 동천몽의 걸음이 조금 빨라졌다.
 그걸 본 가룡의 눈이 커졌다. 어쩌면 천하제일고수인지도 모르는 인물을 만나러 가는데 마치 소풍 가는 사람마냥 동천몽의 발걸음이 가벼워졌기 때문이었다. 자신의 의식으로는 도무지 이해가 되지 않는 모습이었다.
 흠칫!
 가룡이 고개를 번쩍 쳐들었다.
 계속 한 마리 뱀이 모래밭을 기어가듯 구불구불하게 나 있던 길이 처음으로 반듯해졌고 맞은편에서 일단의 사람들이 나타났다.

전혀 알지 못하는 사람들처럼 서로를 향해 걸어갔다.

흠칫!

가룡이 놀란 표정을 지었다.

상대 발자국 소리가 이쪽과 한 치의 오차도 없이 보조를 맞추고 있었다. 이쪽이 한 걸음을 떼면 그들도 맞춰 한 걸음을 떼었다. 더 빠르지도 않고 느리지도 않는 완벽한 보조를 맞춘 걸음걸이에 당황해할 때 귓가로 동천몽의 전음이 들렸다.

"보중감응(步中感應)이라는 것이니라. 우리의 걸음과 보조를 맞춤으로 기습을 막으려는 것이지. 우리 쪽에 자신들의 호흡과 기세를 맞추면 이쪽이 조금만 이상한 낌새를 보여도 금방 알아차릴 것 아니겠느냐?"

가룡의 표정이 굳어졌다.

말 몇 마디 속에 무공의 심오한 이치가 들어 있었다.

자신은 감히 넘볼 수도 없었고 알지 못하고 있던 고도의 무리(武理)였다.

척!

먼저 걸음을 세운 쪽은 동천몽이었다.

그러자 상대들 또한 기다렸다는 듯 섰는데 거리는 오 장쯤 되었다.

백쾌섬이 맨 앞에 섰고 그 뒤로 삼천목과 백치성 일행이 따르고 있었다.

빙긋!

동천몽이 하얀 치아를 드러내며 미소 지었다. 반가움이 묻어나는 따뜻한 미소이다.

놀라는 건 오히려 상대였다. 특히 삼천목과 백치성들은 죽고 죽여야 하는 적수를 만나 반가움 가득한 웃음을 짓자 소스라치게 놀란 것이다. 자신들로서는 도무지 있을 수도 없고 있어서도 안 되는 행동이었기 때문이다. 한데 그들을 더욱 놀라게 하기는 백쾌섬도 마찬가지였다.

"도대체 이게 얼마 만입니까, 대법왕님?"

"며칠 굶은 사람처럼 얼굴이 핼쑥하구려."

백쾌섬이 뺨을 만지며 말했다.

"그럴 것입니다. 무예 몇 가지 배우느라 고생을 좀 했더니 살이 빠졌지요."

"예전에도 무섭던데 몇 가지를 더 배웠으면 이제 내 목은 곧 잘리겠군."

"핫핫핫! 여전히 농담을 좋아하십니다. 자 낭자와 작은 가정을 이뤘다고 들었습니다. 그래서인지 아주 행복해 보이시는군요."

작은 가정이란 정식 혼례가 아닌 혼인 전 아이를 먼저 가졌을 때를 말하는 서장 식의 표현이었다.

"축하로 받아들이겠소."

"진심입니다."

"가룡."

갑자기 동천몽이 뒤를 향해 말했고 가룡이 서둘러 앞으로 나왔다.

"부르셨사옵니까?"

"오랜만에 반가운 벗을 만났다. 자리가 마땅치 않지만 어찌 그냥 넘어갈 수 있겠느냐? 다행히 벗도 술보다는 차를 좋아하니 가서 차를 좀 준비해 오거라."

가룡이 놀란 표정으로 쳐다보았다.

주위에 인가라고는 눈을 씻고 찾아봐도 없다. 그러나 가룡은 힘차게 대답을 하고 곧바로 몸을 날렸다.

"자자! 이렇게 서 있을 것이 아니라 앉읍시다."

그러면서 땅바닥에 털썩 주저앉았다

그러자 잠시 주저하던 백쾌섬도 맨 땅에 마주 앉았다.

일각이 지났다. 차를 준비하기 위해 떠난 가룡은 아직 돌아오지 않았다. 두 사람은 지루함을 잊으려는 듯 처음에는 옛날 자신들이 처음 만났을 때의 추억을 시작으로 강호 정세와 남궁천의 죽음까지 들먹거리며 얘기를 나누었다.

그러나 여전히 차가 올 기미가 보이지 않자 급기야 질펀한 음담패설까지도 마다하지 않으며 시간을 보냈다.

"핫핫핫!"

"허허허!"

삼천목의 안색은 펴질 줄 몰랐다.

둘은 공존이 불가한 적이다. 잠시 후면 둘 중 한 사람은 저승길을 가야 한다. 죽지 않기 위해서는 서로가 필사적으로 상대를 죽여야 한다.

이긴 자는 천하의 주인이 될 확률이 높았다.

제왕의 자리를 놓고 건곤일척의 승부를 벌이는 데 무엇이 저렇게 둘을 즐겁게 만드는 것일까. 이따금 적이지만 서로를 아끼고 죽이면서도 눈물을 흘리는 거목들의 모습을 보아왔다. 하지만 그들의 싸움에는 천하가 걸리지는 않았다. 그러나 이들은 지금 천하를 놓고 싸울 것이었다. 그런데도 뭐가 저리도 좋아 웃으며 담소를 나누는 것일까.

"대법왕님!"

이각이 조금 더 지났을 때 가룡이 나타났다.

놀랍게도 그는 물을 담은 주전자와 두 개의 잔을 가져왔고 왼쪽 소매춤에서 차가 든 목함을 꺼내놓았다.

딸칵!

목함을 열어보던 동천몽이 놀란 표정을 지었다.

"아니, 이건 용정 아니냐?"

"어느 농부께서 사정 얘기를 했더니 서슴지 않고 내주더군요."

"뭐라고 말을 했기에 이 귀한 용정을, 그것도 가난한 농부가 호쾌히 내주더란 말이냐?"

가룡이 더듬거렸다.

"대법왕님을 잠시."

"내 이름을 팔았단 말이냐?"

가룡이 당황해하며 고개를 끄덕였다.

"어쩔 수 없었사옵니다. 대법왕님께서 차를 마시고 싶어한다고 하자 그 자리에서 꺼내주더군요."

동천몽이 목함을 보며 말했다.

"손때가 묻은 것이 귀한 손님이 오면 내주려고 모아놓은 듯한데 이 귀한 걸 내게 주다니 무척 고마운 시주로구나."

가룡이 주전자를 향해 오른손을 뻗었다.

찌이이!

강한 열기가 주전자를 감싸기 시작했다.

삼매진화를 쏘아 보내는 것이다.

멈칫!

백쾌섬이 놀란 표정을 짓는다.

사람을 보면 그 사람이 집단에서 차지하고 있는 지위를 대략 짐작할 수 있었다. 처음 동천몽이 승려 한 명을 대동하고 나타났을 때는 무척 신경을 썼다. 자신과 대결을 앞둔 만큼 엄청난 고수를 대동했을 것이라고 여겼기 때문이었다. 자신과 마찬가지로 삼천목을 비롯한 수하들도 가룡부터 살폈다. 그러나 냉정하게 살펴본 가룡의 무예는 일류이긴 하지만 두려움을 느낄 정도는 안 되었다.

일목에 대한 소문을 들었기 때문에 그가 아닌 다른 사람을 대동했다면 깊이 생각하지 않아도 무예를 짐작할 수 있었기 때문이었다.

아무튼 가룡은 길 안내자로 데려온 것일 뿐 오늘 싸움에 어떤 득을 보기 위해서는 아니라는 걸 확인하고서야 조금은 안심했다. 그런데 백쾌섬이 놀라는 이유는 너무도 가볍게 삼매진화를 펼쳤기 때문이었다. 일류라고 모두 삼매진화를 펼치는 것은 아니었다.

쉬이이!

주전자 입구에서 김이 쏟아지자 목함에서 용정을 꺼내 집어넣었다.

"드시지요."

동천몽 앞으로 주전자를 내밀고 뒤로 물러났다.

탁!

동천몽이 주전자를 들더니 두 사람 앞에 놓인 잔에 따랐다.

또르르!

두 사람 앞에 놓인 잔에 연분홍 용정이 가득 찼다.

"겨울 용정은 깊이 우러나면 맛이 떫소."

그래서 일찍 따랐다는 뜻이었다.

"듭시다."

동천몽이 먼저 찻잔을 들었고 뒤따라 백쾌섬이 잔을 입에 대었다.

동천몽이 먼저 입을 떼었다가 뒤따라 잔을 내리는 백쾌섬을 향해 웃으며 물었다.

"맛이 어떻소?"

백쾌섬이 대답했다.

"기분이 좋습니다."

동천몽이 잔을 비우고 다시 잔을 채우기 시작했다.

두 사람은 또다시 얘기를 주고받기 시작했다.

여전히 표정은 밝았고 목소리에는 서로를 생각하는 정겨움이 들어찼다.

팟!

문득 삼천목의 세 눈이 이채를 뿌렸다.

이제야 자신의 머릿속을 채우고 있는 의문이 풀렸다. 사실 동천몽이 차를 심부름시킬 때부터 삼천목의 뇌리를 떠나지 않는 의문 한 가지가 있었다.

왜 차인가. 잠시의 회포를 풀려고 했다면 술도 있고 여러 음식도 마음만 먹으면 얼마든지 구할 수 있었다. 그런데도 동천몽은 어쩌면 가장 어렵고도 준비하기가 까다로운 차를 준비했다.

'그것이로군. 차의 쏨쏨이란 본맛이 시원한 것으로 행실이 깨끗하고 검소한 덕을 지닌 사람들이 마시기에 가장 알맞은 것이다[茶之爲用味至寒爲飮最宜精行儉德之人].'

삼천몽의 눈이 더욱 밝아졌다.

동천몽은 지금 백쾌섬을 행실이 깨끗하고 검속한 덕을 지닌 사람으로 평가하고 있었다.

도무지 이해할 수 없는 일이다. 어찌 자신을 죽이려고 했고 지금 또다시 죽이기 위해 나타난 적에게 그런 뜨거운 마음을 담을 수가 있단 말인가.

'끄음!'

동천몽을 쳐다보는데 자신도 모르게 신음이 나온다.

완전히 틀렸다. 삶의 가치관과 생각하는 폭이 자신과는 비교조차 할 수가 없다. 동천몽은 결코 평범하지 않은 절대초인이었다. 하늘과 땅을 가슴에 품을 수 있는 인물이라고 인정했다.

'자리가 사람을 만든다더니 과연.'

그때 백쾌섬이 자리에서 일어났다.

"아니, 왜 일어나시오?"

동천몽이 앉아 올려다보며 물었다.

백쾌섬이 두말 않고 그 자리에서 무릎을 꿇고 큰절을 올렸다.

"무슨 짓이오?"

백쾌섬이 큰절을 한 후 고개를 쳐들고 말했다.

"지난 잘못을 사과드립니다. 그리고 오늘 뒤에서 습격 따위가 아닌 정식으로 대법왕님께 도전을 청하옵니다. 받아주십시오."

동천몽의 표정이 환해졌다.

"난 이미 백 형을 용서했소."

"정말입니까?"

"사내자식이 쩨쩨하게 꽁해 있으면 되겠소, 명색이 대법왕인데."

동천몽이 자리에서 일어났고 백쾌섬도 일어났다.

"치우거라."

가룡이 두 사람 사이에 놓인 목함과 찻잔, 주전자를 신속히 치웠다.

두 사람은 말없이 서로를 마주 보았다.

"즐거웠습니다. 아마 평생 대법왕님을 잊지 못할 것입니다."

"나도 마찬가지요."

가볍게 서로가 미소를 지어 보이더니 뒤로 걸음을 뗴었다.

삼 장!

두 사람이 물러났고 거리는 삼 장이었다.

두 사람이 거리를 결정하자 주위에 있던 가룡과 삼천목 일행은 뒤로 물러났다.

쏴아아!

바람은 더욱 세찼고 갈대는 미친 듯이 요동했다.

스으으!

백쾌섬의 주위로 무형의 회오리가 일어났다. 실타래가 얽히듯 소용돌이가 마구 주위를 휘젓더니 조금씩 하나의 덩어리로 변해 백쾌섬의 몸을 호신강기처럼 완벽히 감쌌다.

'마… 만사강체!'

지켜보던 삼천목이 신음처럼 중얼거렸다.

만사강체는 만사강기를 익히는 사람에게 나타나는 징조인데 흔히 호신강기라고도 부른다. 일반적으로 호신강기라 하면 무공이 노화순청을 넘어 오기조원 육식귀원에 이를 때 스스로 나타나 몸을 지키는 보호막이다.

그에 반해 만사강체는 만사강기라는 흑도 최고의 신공을 터득하면 생기는 보호막인 것이다.

어지간한 고수가 희대의 보검으로 찔러도 뚫리지 않는 것이 호신강기이니 만사강체 또한 능히 그러리라고 동천몽은 짐작했다.

"엇!"

"저건!"

삼천목 일행이 경악의 표정을 짓고 탄성을 터뜨렸다.

동천몽의 몸이 붉게 변해가고 있었다. 시뻘겋게 달궈져 가는 쇳덩이처럼 동천몽의 몸은 완전히 붉게 변했다.

놀란 표정으로 백쾌섬이 물었다.

"그… 그건?"

"적에게 비기를 가르쳐 달라는 소리 아닌가? 좋소. 가르쳐 주지 못할 것도 없지. 지옥금이오."

"지옥금?"

백쾌섬이 눈을 크게 떴다.

자신은 누구보다도 동천몽의 무공에 대해 잘 알고 있었다. 지옥금은 대법왕이 익히는 무예 중 하나로 그 위력은 익히 알고 있었다. 하지만 자신이 아는 지옥금은 손바닥만 붉게 변하는 것이었는데 지금 동천몽은 온몸이 불에 달궈진 듯 시뻘겋다.

동천몽이 가벼운 미소를 짓는다.

"어떻게 된 일이냐고 묻는 거요? 우리 아버지를 아시오? 알다시피 천하제일 상인이지요. 그분께서는 항상 거래를 할 때 전부를 드러내지 않소. 감추고 있는 삼 할의 계산이 항상 이익을 가져다준다고 했소."

그런 부친 밑에서 자랐다는 의미였다. 그런 것을 보고 컸으니 함부로 남에게 모든 것을 털어놓거나 드러내 보이는 행동을 할 리 만무하다는 뜻이었다.

"지옥금을 완벽하게 터득하면 손만 빨개지오. 그러나 대법왕이 익혀야 할 지옥금과 만마생사혈, 기도살법을 완숙히 얻으면 그 이상의 위력이 나타난다고 했소."

백쾌섬의 안색이 변했다.

동천몽의 말은 세 개의 무공이 각자 하나씩 분류된 것처럼 보이지만 실상은 연결되어 있고 극성으로 터득하면 본래 갖고 있는 위력 그 이상의 무서움과 파괴력이 생긴다는 것이었다.

백쾌섬은 입을 꼭 물었다.

애매한 대답이었다. 분명히 자신이 알고 있는 것보다 더 높다는 얘기지만 높다는 의미를 한 번도 눈으로 확인해 보지 않았기 때문에 약간 높은지 아주 높은지 적당한 수준인지 알 수 없다. 또한 세 가지 모두를 극성으로 연마하면 상승작용을 하여 각기 하나씩 갖고 있는 위력을 넘어서는 무서움이 있다고 했다. 그건 곧 세 개를 모두 극성으로 연마하면 또 다른 무엇인가가 있을지도 모른다는 암시로 해석될 수도 있다는 얘기 아닌가.

불끈!

백쾌섬이 주먹을 쥐었다.

적을 높이 평가하면 승패는 복잡해진다. 과소평가해서도 안 되지만 너무 확대해석하는 것도 위험하다. 더구나 이젠 죽든 살든 끝장을 봐야 하는 막다른 골목에 와 있었다.

슈아아!

백쾌섬이 날아오더니 오른손을 쭉 뻗었다. 파리를 쫓듯 아주 가벼운 손놀림이었고 쏘아오는 장력 또한 봄바람을 방불케 했다.

꿈틀!

동천몽의 좁은 이마가 모아졌다.

유경지파.

부드러움 속에 무서운 파괴력을 숨기는 상승의 경지를 넘어선 사람만이 보여줄 수 있는 것이다.

스으!

동천몽의 오른손이 뻗어갔다.

흠칫!

백쾌섬의 눈이 빛났다. 지옥금의 특징은 손바닥이 붉게 물든다. 그런데 지금 태어나 이토록 붉은 빛은 처음 보았다. 그것은 붉었지만 선명했고 으스스할 만큼 오싹하면서도 한편으로는 소름이 끼칠 만큼 아름답다.

같은 붉은색이라고 해도 약간씩의 농도에 따라 느끼는 감정이 다르다. 너무 붉어도 오싹하고 너무 옅어도 가벼운 것이 붉은색이다. 그러나 눈앞에 다가오는 붉은색은 아름다우면서도 도도했다.

콰앙!

두 사람이 어깨를 휘청거렸다.

외형적으로는 누구도 득이나 손해를 보았다고 할 수 없는 팽팽한 모습이었다.

백쾌섬이 길게 숨을 들이마셨다. 이어 벼락처럼 날아가 동천몽을 향해 연신 손을 뻗어냈다.

파파파파!

만사강기를 극성으로 끌어올린 살인적인 장법이었다. 동천몽은 피하지 않았다. 원래 상대의 공격을 피하거나 하는 따위를 싫어하는 성격 탓도 있지만 만사강기는 흑도최강의 무공이다. 아무래도 충돌하는 것보다는 피하는 것이 좀 더 이롭지만 동천몽은 정면으로 맞서갔다.

기교를 부려 이길 싸움이 있고 정면으로 맞서 이길 싸움이 있다. 개인적인 원한도 있지만 천하를 얻기 위해 벌이는 일전이다. 소림이 있으므로 인해 꿈 많은 사내들은 한결같이 소림의 제자가 되길 원했고 영광으로 생각했다. 천하제일문이 되면서 자연스럽게 소림은 곳곳에 절대적인 영향력을 보이고 끼친다. 포달랍궁 또한 소림처럼 되고 싶다.

서장이라는 중원 서북쪽 끝에 있어 그 위세와 영향력이란 미미했다. 불교 전파라는 차원에서 볼 때 중원은 황금어장이었다. 중원에 제대로 터전을 잡고 세존의 가르침을 전파하기 위해서는 반드시 이겨야 할 싸움이다. 평화는 자비 속에 이뤄진다.

쿠콰콰쾅!

번쩌억!

두 사람의 공세가 부딪치는 순간 거대한 불길이 일어났다. 마치 하늘을 가르는 섬광과 같았는데 극양의 두 힘이 부딪치자 엄청난 열이 생기면서 불꽃이 만들어진 것이다.

그런데 불꽃이 그만 인근 갈대밭으로 튀었고 삽시간에 갈대에 불이 붙었다.

화르르르!

마른 갈대인데다 바람까지 세차게 불어와 갈대밭은 가공할 화염의 바다로 빠져들었다.

"튀어."

"구이 된다."

가공할 화기에 지켜보던 삼천목과 가룡 모두가 멀리 몸을 피해 도주하듯 날아갔고 장내에는 동천몽과 백쾌섬만 남아 있었다. 두 사람 또한 강렬한 화기에 호신강기를 끌어올려 대처했는데 싸움은 갈수록 격렬해지고 있었다.

콰앙!

파파악!

두 사람은 일각이 채 지나지 않은 짧은 시간인데도 오십 초란 엄청난 공격을 퍼부었다. 두 사람의 공수가 어찌나 빠른지 육안으로는 도저히 구분이 되지 않았다.

슉!

백쾌섬이 검을 뽑아 들었다.

콰아!

발검에서 곧바로 공격이 한 동작으로 이어진다. 이미 검에 관해서는 나름대로 명성을 얻고 있었다. 특히 천하제일추적자 백쾌섬 하면 사람들은 빠른 검을 기억했고 두려워했다.

흰 섬광이 보이는 순간 검은 어느새 목젖을 쑤시고 온다.

동천몽이 뒤로 물러나며 좌악 하는 소리가 터져 나왔다. 동천몽의 손에도 검이 들린 것이다. 뽑아 든 검이 그대로 반원을 그리며 백쾌섬의 검을 내려쳤다.

캉!

불꽃이 우수수 떨어졌고 잠시 반탄강기에 상체를 뒤로 젖혔던 두 사람의 몸이 다시 원래대로 돌아오며 바람같이 달려든다.

쉭!

팍!

백쾌섬의 절기는 목천마라독쌍류였다. 목천마라독쌍류는 흑도 대종사들의 고유 절기인데다 이번에 만사강기를 익혀 그 위력이 한층 강해졌다.

만사강기는 내가무공으로 철저히 목천마라독쌍류를 겨누고 만들어진 무공이다. 기존의 목천마라독쌍류에 만사강기가 주입되자 그 위력은 수배 강해져 폭발했다.

콰콰콰!

백쾌섬의 검이 완전한 포위망을 구축했다.

빠른 데다 만사강기까지 더해져 표독하기까지 했는데 갈대밭은 완전히 불바다가 되었고 그 한가운데서 검은 대호 두 마리가 치열한 난타전을 벌이고 있었다.

콰우우!

빠른 데다 위력까지 폭발적이어서 동천몽은 계속 뒷걸음질을 했다. 만마생사혈 또한 속도 면에서는 독보적이었지만 목천마라독쌍류에게는 조금 밀리는 기분이 든다.

파팟!

동천몽의 흑의가 찢겨졌다. 이미 십여 군데 조각이 나 있었지만 지금 맞은 것은 다르다. 대번에 옆구리와 어깨에서 피가 흘러내렸다. 물론 중상은 아니지만 팽팽한 접전에서 피는 사기에 큰 영향을 끼친다. 자신은 괜찮지만 상대는 더욱 날뛰는 것이다.

촤촤촤촤!

카카캉!

검신이 톱니로 변했는데 백쾌섬의 검은 말짱한 것을 보면 상당한 보검임이 분명했다.

화악!

동천몽이 검을 옆으로 그었다.

쩌억!

그러자 엄청나게 쏟아낸 백쾌섬의 검기들이 대번에 잘려 나갔고 벌어진 틈을 비집고 검기로 만들어진 포위망을 벗어났다.

슈욱!

동천몽이 쾌속하게 찔렀다.

검끝이 파르르 떨릴 만큼 빠르고 세찬 일검에 백쾌섬이 옆으로 친다.

탁!

화악!

백쾌섬의 눈이 커졌다. 옆으로 치면 검이 튕겨 나가는 게 정상인데 동천몽의 검은 그 자리다.

'기, 기흡력차(氣吸力借)!'

기흡력차란 상대로부터 전해져 오는 강한 힘을 이쪽에서 부드럽게 받아들이는 것을 말한다. 그렇게 되면 서로의 병기나 장력에 충돌할 때 튕겨 나가지 않는데 여기에 일장일단이 잠복하고 있다.

부딪치고 튕겨 나오면 연이은 공격이 불가능하다. 흔히 밀어내는 반탄강기의 힘이 소멸되고 나서야 다음 동작으로 연결된다. 그런데 기흡력차를 사용하면 곧바로 공격이 가능하다. 그 대신 엄청난 기의 소모가 발생한다. 상대의 공격을 이쪽의 왕성한 힘으로 약화시켜야 하니 어느 정도의 힘이 소모되는지는 충분히 짐작하고도 남는다.

검이 뽑힌 이후 백쾌섬은 자신의 장기인 쾌검을 이용해 계속 몰아붙였고 동천몽은 연신 수세를 벗어나지 못하고 있었다. 그래서 반전의 기회를 잡기 위해 과감히 기흡력차의 수법을 쓴 것이다.

촤앙!

동천몽의 검이 검신을 타고 미끄러져 간다.

"엇!"

백쾌섬이 놀람성을 터뜨렸다. 뱀처럼 미끄러져 다가오는데 내버려 두면 손목이 잘릴 것이다. 검신에 붙어 다가오는 검을 떨어내기 위해서는 동천몽이 주입한 힘보다 더 센 힘이 필요하다.

"하합!"

거센 기합을 지르며 검을 흔들었다.

화라라!

마치 호랑이가 몸에 묻은 물기를 털기 위해 몸을 터는 것처럼 혼신의 힘을 다해 검을 흔들었다.

띠잉!

두 치 정도 떨어졌다가 딱 소리를 내며 다시 붙는다.

"하하합!"

다시 기합을 지르며 검을 털어냈다.

그런데 놀라운 일이 벌어졌다. 백쾌섬의 몸이 앞으로 넘어질 듯 휘청거리며 중심을 놓쳤다.

'아차!'

엄청난 힘으로 누르고 있어 온 힘을 다해 털었는데 동천몽이 검을 떼어내 버리자 중심을 놓친 것이다.

촤악!

이럴 땐 물러나는 것이 대수다. 그러나 한발 늦었고 어깨가

뻐근하다. 동천몽의 일검이 어깨를 스친 것이다.

같은 능력을 갖고서도 일류고수 소리를 듣는 사람이 있는 반면 이류라는 말을 듣는 사람도 있다. 얼마만큼 싸움에 임해 냉철한 지혜를 펼치느냐에 따라 그렇게 구분 지어지는데 동천몽의 지금 행동은 백전노장이 아니면 감히 시도할 엄두도 낼 수 없는 고차원적인 수법이었다. 언뜻 속임수로 보이지만 천만의 말씀이다. 자신이 갖고 있는 능력을 적재적소에 잘 활용하여 최대한의 위력을 발휘하는 것이 진정한 고수이다.

찔러오는 동천몽의 검을 맞서가며 백쾌섬은 중얼거렸다. 누가 이런 사람을 머리가 나쁘다고 손가락질했던가라고.

두 사람의 싸움은 백 초를 넘어섰다. 둘 모두 강호에 출동하여 이토록 오랜 싸움, 그것도 한 사람을 상대로 오랫동안 온 힘을 다해 검을 휘둘러 보기는 처음이다.

싸움은 어느 쪽으로도 기울지 않고 팽팽했다. 두 사람의 옷은 걸레처럼 찢어져 있었고 곳곳에 혈흔이 묻어났다.

"호옷!"

정확히 백팔 초 되던 때에 백쾌섬의 입에서 장소성이 울려나왔다. 그것은 거대했고 웅장했으며 상대를 주눅들게 할 만큼 강력했을 뿐 아니라 어떤 필사의 승부수를 암시하는 것 같기도 했다.

예상대로 백쾌섬의 검이 변했다.

지금까지 백쾌섬의 검세가 태풍이었다면 분명코 지금 날아오는 것은 폭풍와류였다.
 소용돌이는 짧지만 강력하다.
 "사— 수— 망— 월— 국!"
 목천마라독쌍류 최고 절초가 펼쳐진 것이다.
 절초는 펼치는 무공이 갖고 있는 최후의 기예이다. 그래서 가장 늦게 펼치는, 물론 초반에 펼쳐 예상 밖의 승부를 결하는 사람도 있지만 대부분 늦게 사용한다. 또한 절초는 분위기 반전을 꾀할 때 사용하고 제일 중요한 것은 상대의 숨통을 끊을 때 즐겨 쓴다는 것이었다.
 백 초가 지났으므로 첫 번째 조건은 아니고 분위기 또한 팽팽했으므로 반전을 위한 두 번째 용도는 아니라고 봐야 했다.
 '세 번째로군!'
 자신의 숨통을 끊기 위해 썼다.
 이 한 수에 백쾌섬은 모든 것을 건 것이다.
 물론 최후 절초를 쓰기 위해서는 상대를 면밀히 관찰해야 한다. 과연 최후 절초를 사용하면 먹힐 만큼의 지친 상태인지 아닌지 정확히 판단을 해야 한다.
 쿠우우우!
 그것은 검이라기보다는 천 년 거암이었다.
 엄청난 힘을 실은 검이 전광석화와 같이 떨어졌다.
 '빠르다!'
 백구 초째 공격인데 검의 빠름은 초반과 다를 바 없고 힘은 태산을 엎을 듯 실려 있다. 처음으로 등골에 식은땀이 흘렀다.

여러 가지 면에서 완벽한 최후 절초의 가치를 갖고 있었다.

하나 가장 중요한 것은 백쾌섬이 자신의 능력이 다 나왔다고 판단하여 최후 절초를 썼다는 것이다. 하긴 백 초가 지나도록 수를 감춰놓는다는 것은 말이 안 되었다. 이미 여러 번 죽을 고비를 넘겼고 그렇지 않더라도 백 초가 넘도록 비장의 수를 쓰지 않는다는 건 정신에 문제가 있다고 봐야 했다.

히죽!

몰아쳐 오는 사수망월국 사이로 백쾌섬이 미소를 짓는다. 승자의 여유이다.

콰아아!

백쾌섬의 미소가 사라지기도 전에 돌연 동천몽의 모습이 눈앞에서 사라져 버렸다. 사라졌다기보다는 빛이 폭발하면서 눈을 똑바로 뜰 수가 없었다. 태양보다 수십 배 강렬한 빛이었다.

쩌어억!

강렬한 광채를 쏟아내던 빛 속에서 한 개의 검 모양을 한 빛[光劍]이 뻗어 나와 백쾌섬의 사수망월국을 베어갔다. 아무리 안간힘을 다해도 사수망월국은 잘라졌다.

끄그극!

섬뜩한 마찰음이 들려왔는데 강력하게 저항하는 어떤 물체를 베어갈 때 나는 소리와 다르지 않았다.

푹!

사수망월국을 자른 검은 연이어 백쾌섬의 몸을 관통하고 지나갔다.

스르르!

이어 빛이 소멸되고 동천몽이 모습을 드러냈는데 진홍빛 피를 한 모금 토했다.

만옥기(卍獄氣)였다.

만마생사혈을 비롯해 지옥금과 기도살법은 철저히 불사심법을 토대로 하는 무공이다. 세 가지의 무공은 내력을 운용하는 방법에서 조금씩 차이가 있다. 그러나 극성에 이르는 점은 똑같았다. 즉, 세 가지를 모두 극성에 이르도록 터득하면 합일점을 이루면서 한 가지 새로운 무공이 탄생한다.

이름하며 만옥기.

만옥기는 앞서 보았듯 빛의 무공이다. 세 개의 초식과 그것들을 밑받침하는 내공이 하나로 합일되면서 엄청난 빛이 생긴다. 보통 사람들이라면 그 빛에 눈이 멀었을 것이며 일류고수라 해도 빛에 의해 시각이 제 기능을 하지 못한다.

백쾌섬은 나름대로 판단을 하여 승부수를 던졌다. 앞서 말했듯 백 초가 지나도록 자신의 필살기를 사용하지 않는 사람은 단언컨대 없을 것이다.

"어떻게?"

"어떻게 백 초가 지나도록 아껴둔 수를 쓰지 않을 수가 있느냔 말인가?"

동천몽이 웃었다.

"말 그대로 마지막 수이오. 난 싸움에 임할 때 마지막 수만큼은 절대 꺼내지 않아야 한다고 생각하오. 마지막 수를 꺼내지 않았다는 것은 이겼다는 의미일 것이고 꺼냈다는 것은 싸움이 내게 유리하지 않다는 뜻 아니겠소? 유리하지 않은 싸움에서 마지막 수는 꺼내봤자 별다른 이익을 주지 못하오. 그럴 바에는 차라리 동패구상으로 마무리했다가 후일을 도모하는 방법을 택하겠소."

"질 싸움에서 꺼냈기 때문에 동패구상으로 끝맺음할 수도 있지 않겠습니까?"

"우린 동패구상의 싸움을 하려고 지금까지 그 험난한 고생을 한 것이 아니지 않소?"

백쾌섬이 멈칫했다.

동천몽이 피를 한 모금 뱉으며 말을 이었다.

"둘 중 하나는 죽어야 끝나는 싸움인데 동패구상의 결과는 의미가 없지요. 그럴 바에는 다음 기회를 위해 끝까지 감춰두는 게 낫지 않겠소?"

"그… 그래서 백 초가 넘도록 마지막 수를 꺼내지 않았다는 것이군. 난 그것도 모르고 더 이상 꺼낼 수가 없다고 단언하고 마지막 수를 꺼냈는데."

갈대밭은 이미 잿더미가 되어 있었고 외곽으로만 불이 조금 타고 있을 뿐이었다.

"으헥!"

동천몽이 세 번째 피를 토했다.

만옥기는 세 개가 뭉쳐 하나가 되는 최후의 무공이다. 그래서 한 번 펼쳐지면 상대를 반드시 죽이는 위력을 갖고 있는 대신 후유증이 크다.

한 번 사용하고 나면 석 달 이상을 요양해야 정상으로 돌아온다.

삼천목과 나머지 사람들이 불이 멀어지며 다시 들어왔는데 피를 토하는 동천몽을 호시탐탐 노려보고 있었다.

"누구도 경거망동하… 지 마라."

백쾌섬이 삼천목 일행을 향해 엄중히 경고했다.

"대… 대법왕… 이시여."

백쾌섬의 안색이 창백했다.

"당신이기에 졌음이 부끄럽거나 원… 통하지 않… 습니다. 부디 흑도무림에 자… 자비를."

"난 공존을 즐겨 하오. 평화란 서로의 힘이 팽팽할 때만이 가능하오. 한쪽이 강하고 한쪽이 약하면 횡포가 나오지요. 목와북천은 영원히 포달랍궁과 같이 살아갈 것이오. 서로 견제하고 아웅다웅하면서."

백쾌섬이 웃었다.

"우… 웃고 죽는 걸 용… 서하… 시… 길……."

백쾌섬의 말이 잦아들었다.

쩌어어어!

멀쩡하던 그의 몸이 정확히 반으로 갈라졌다. 그리고 더욱 놀라운 일은 단 한 방울의 피도 흘러내리지 않았다. 만옥기에 피가 완전히 말라 버린 것이다.

"대종사!"
"주군!"
삼천목 일행이 달려가 갈라진 몸을 신속히 나란히 붙여 눕혔다.
"주… 주군, 눈을 떠보소서."
"대종사! 대종사!"
사내들이 울기 시작했다. 백쾌섬의 시신을 가운데 놓고 무릎을 꿇은 채 흐느낀다.
돌연 가룡이 소리쳤다.
"대법왕님, 저기?"
흐느껴 울던 사람들이 고개를 쳐들었다. 잿더미로 변한 흑갈평 북쪽 끝머리에 사람의 그림자가 나타났다.
울렁거리는 속을 다스리기 위해 안간힘을 다하던 동천몽의 이마가 찌푸려졌다. 한 사람이 다가오고 있었는데 거리가 너무 멀어 정체 확인은 불가능했다. 그러나 잿더미 속의 흑갈평을 찾아올 사람은 당금 강호에 없다. 또한 이곳에 나타났다는 것은 자신에게 볼일이 있는 사람일 것이다.
'누구지?'
수하라면 저런 식으로 오지 않는다.
화아악!
한순간 동천몽의 눈이 커졌다.
그리고 이내 얼음 벼락을 맞은 사람처럼 얼굴이 싸늘하게 굳어졌다.

"저… 저놈은?"

"맙소사! 동천비닷!"

삼천목이 경악의 외침을 터뜨렸다.

그들이 놀란 것은 한 가지 이유 때문이었다. 지금 동천몽의 몸은 거의 공진 상태이다. 몸속에 내력이라고는 거의 없기 때문에 동천비 같은 가공할 고수를 상대할 수가 없는 것이다.

약속이나 한 듯 가룡을 위시한 삼천목 일행이 앞을 막아섰다. 백쾌섬의 부탁과 동천몽의 호응으로 서로 간의 벽은 허물어졌고 한마음이 되었다.

"너희 떨거지들은 뭐지? 날 막는 것이냐?"

"비겁하다!"

확!

백치성이 일권을 뻗었다.

비록 흑도무림이지만 항상 정정당당했다. 특히 싸움에서만큼은 상대의 약세를 이용한 승부는 철저히 피했다. 무사는 오로지 정당하게 싸워 이길 때 그 가치가 빛난다는 것이 삶이었고 소신이었다. 그래서 흥분한 주먹은 산악과 같았다.

탁!

동천비가 가소롭다는 듯 왼 손바닥으로 막았고 꽉 하며 번개처럼 백치성의 팔목을 낚아 잡았다. 아무리 빼내려고 해도 요지부동이었고 뿌드득 하는 소리가 들리며 팔목이 부러졌다. 동천비는 그것으로도 부족해 오른손으로 백치성의 심장을 찔렸다. 왼손이 붙잡혀 있어 피할 수 없다.
 "퍅!"
 다급한 대로 왼손을 뻗었지만 그대로 손목을 부러뜨리고 밀고 들어와 심장을 쑤셨다.
 "푹!"
 "크윽!"
 안색이 노랗게 변하더니 그만 숨을 거두었다.
 "어린놈의 새끼가."
 보고 있던 두 장로가 달려들었다.
 "흐흐!"
 동천비가 괴소를 흘리며 쌍장을 퍼부었다.
 퍽— 퍼억!
 "커억!"
 "끅!"
 목와북천의 장로 중 두 사람이 일초지적이 되지 못하고 고꾸라졌다.
 가룡과 삼천목이 자신들도 모르게 뒤로 한 걸음씩 물러났는데 얼굴엔 공포감이 여실히 드러났다. 싸움이란 가능성을 두고 붙는다. 그런데 지금 동천비의 솜씨는 자신들과는 현격한 차이가 있었고 온몸에서 쏟아지는 마기로 숨이 막혔다.
 "너희 둘도 죽어라."
 쿠와아아!
 검은 장력이 휘몰아쳤다. 두 사람이 벼락같이 쌍장을 뻗었지만 계란으로 바위를 쳤다. 두 사람의 장력은 산산조각이 났고 갈고리처럼 곤두선 동천비의 좌우 손이 가슴에 도장을 새기듯 박혔다.
 빡— 빠악!
 비명도 지르지 못하는 가슴이 함몰된 즉사였다.
 다섯 사람이 불과 숨 두어 번 돌릴 사이에 시체로 변했다.
 동천비의 손에서 동천몽은 단 일 푼의 인간적 감정도 발견하지 못했다.
 "마기가 골수까지 스며들었구려?"
 "흐흐! 어떻게 죽고 싶냐?"
 "부탁이 있소."
 "말해라."
 "그냥 죽으시오."
 멈칫!
 동천비가 눈을 치켜떴다.
 "그냥 죽어달라니? 날더러 자결을 하라는 것이냐?"
 동천몽이 고개를 끄덕였다.
 동천비가 비릿한 괴소를 흘렸다.
 "크흐흐! 미친놈아, 너야말로 그냥 알아서 죽거라. 세상 사람들에게 동생을 죽였다는 말 듣고 싶지 않다."
 "다시 부탁드리겠소. 나 또한 세상 사람들에게 당신을 죽였다는 말을 듣고 싶지 않소. 이 자리에서 그냥 죽으시오."
 "흐흐흐! 난 네놈이 지금 거의 백지 상태라는 것을 알고 있다. 토끼 한 마리 죽일 힘도 없겠지. 그런데 날더러 죽으라고? 천하가 코앞에 있는데?"

"틀린 말이오. 난 지금 토끼 한 마리 정도는 잡을 힘이 있소. 그래서 부탁하는 것이오. 제발 그냥 죽으시오. 그러면 내 마음도 조금은 편해질 것이고 아버지, 어머니 모두 당신을 용서할지 모르겠소."

"크ㅎㅎㅎ!"

동천비가 고개를 쳐들어 웃었다.

"개새끼, 곱게 죽여주려고 했더니."

피이아!

발작적으로 오른손을 뻗었다.

시커먼 손이 뻗어오는데 피할 수가 없을 만큼 빠르다.

뻑!

"커억!"

동천몽이 십여 장 뒤로 날아가 떨어졌다.

주르륵!

물이 흘러나오듯 피가 쏟아졌다. 동천몽은 비틀거리며 가까이 다가섰다.

"그냥 죽으시오. 그것이 좋은 일이오."

"이 새끼가 진짜."

빡!

이번에는 주먹이다.

동천몽의 코에서 피가 줄줄 흘러내렸다.

"제발 죽어주지 않겠소? 용서가 되는 건 아니지만 나 같으면 스스로 목숨을 끊겠소."

"흐흐! 네놈이 지금 뭔가 착각하고 있는 모양이구나. 살려달라고 빌어도 모자랄 판에 날 약 올리다니."

빡!

뻐어억!

연타를 먹였고 눈탱이가 벌겋게 부풀어 올랐으며 왼 주먹이 스친 어금니가 혀에 감기는 것이 깨진 것이 분명했다.

퉤!

침을 뱉자 부러진 이빨이 땅에 떨어졌다.

"마지막으로 사정하겠소. 당장 죽으시오."

"싫다면?"

"내 손에 죽는 것이 그렇게도 소원이오?"

"상놈의 자식이, 지금 누가 누구 손에 죽는다는 거야? 넌 지금 내 밥이야, 새끼야!"

빠아악!

강력한 장력이 가슴을 정면으로 쳤다.

불사심법을 극성으로 끌어올려 보호했는데도 눈앞이 캄캄해졌다.

"으왁!"

피를 토했는데 토막난 내장 조각이 딸려 나왔다.

주저앉은 동천몽을 밟기 시작했다.

퍽— 퍼퍼퍼퍽!

한 번씩 발길질이 가해질 때마다 피가 튀었고 살점이 떨어져 나갔다.

"크하하하! 이런 날이 오리라고는 몰랐겠지. 이제 천하의 주인은 나다. 알겠느냐? 이 동천비가 천하를 거머쥐었단 말이다. 호호! 내가 천하를 거머쥐는 데 그년의 공이 가장 크다. 그래서 널 곱게 죽여주려고 했는데 기어코 날 화나게 만드는구나."

동천몽의 눈이 커졌다.

그년이란 모친을 가리킨다.

동천몽이 일어났다.

온몸이 만신창이가 되었지만 눈은 살아 있었다. 그 어떤 고통의 빛도 없었고 차분하고 조용할 뿐이었다.

"이건 진짜 마지막이오. 이 자리에서 지난날의 죄를 뉘우치고 목숨을 끊으시오. 그 길만이 죄를 뉘우치는 인간다운 모습이오."

화아악!

동천비의 눈이 찢어져라 커졌다.

부르르!

극도로 흥분한 듯 몸을 떨더니 악을 썼다.

"널 그냥 죽이지 않겠다. 주둥이부터 쫙쫙 찢고 살은 한 점씩 도려내어 새 먹이로 주겠다. 씨발놈."

쿠와와!

동천몽을 향해 우장을 뻗었다. 지금까지 맞아본 어떤 공격보다 위력이 담겨 있음을 알아차렸지만 피하지 않고 맞받았다.

콰아앙!

예상대로 거대한 바윗덩이에 맞은 것 같다. 바닥에 쓰러진 동천몽이 벌떡 일어났다.

"널 죽이겠다."

"그래그래, 바로 그것이다. 그 모습이 바로 내가 아는 소주의 개고기인 동천몽의 모습이다."

동천비가 이죽거리며 쌍장을 날렸다.

빠악!

동천몽의 몸이 다시 날아갔다.

"살려달라고 해라. 물론 살려주지도 않겠지만 고통을 조금 줄여 죽여줄 수는 있다."

빡!

"흐흐! 새삼 그년이 고맙구나. 계집이 아니었으면 난 백쾌섬의 수하들에 의해 죽었을 것이다. 마침 그 계집이 그곳에 있어 난 살아났고 이렇게 천하를 거머쥐게 되었다. 저승에 가거든 그 계집에게 안부를 전해라."

동천몽이 피범벅이 되어 일어났다.

똑바로 서지도 못하고 비틀거렸다.

"나… 날 기어코 형을 죽이는 쓰레기로 만들 셈이구려?"

"흐흐흐! 개고기답게 죽음이 코앞에 있는데도 위풍당당하구나. 하긴 네놈은 악착같이 뽀대에 살고 뽀대에 죽었지. 개자식, 그 기세를 완전히 뭉개주마."

와락!

동천비가 멱살을 잡았다.

그 순간 동천몽의 입에서 한줄기 은빛 광채가 뻗어 나와 동천비 입속으로 틀어박혔다.

푹!

"꺼억!"

이번에는 동천몽이 동천비의 멱살을 잡았다.

푸푸푸푹!

동천몽의 벌려진 입에서 보이지 않는 칼이 나와 동천비의 얼굴과 심장을 마구 쑤셨다.

"어거거걱!"

기회는 자주 오지 않는다. 동천몽은 멈추지 않고 얼굴 주위로 미친 듯이 기도(氣刀)를 박아 넣었다.

동천비가 경악의 표정을 지었다.

"이… 이런 귀신이 고… 곡하알?"

"네놈이 멱살 잡기만을 기다렸다. 네놈은 옛날부터 약을 바짝 올리면 꼭 멱살을 잡고 때리는 버릇이 있었지."

"그래서 그렇게 날 약을 올렸단 말이냐?"

"넌 개다."

푸우욱!

"살아 있어서는 안 될 악마다."

"그, 그만."

"네놈 스스로 죽어줬으면 그나마 마음 한구석이 조금은 가벼웠을 텐데, 너란 놈은 어떻게 된 것이 죽으면서까지도 날 못된 동생으로 만드는구나."

동천비의 목이 옆으로 꺾였다.

그러나 동천몽의 칼질은 멈추지 않았다.

"왜 그렇게 살아? 누구보다도 한세상 화려하게 살 수 있었잖아. 그만큼 가졌으면서도 왜 그렇게 몹쓸 짓을 하면서 살았느냐고?"

동천몽의 볼을 타고 눈물이 흘러내렸다. 절대 울지 않으리라 작심했건만 눈물은 의지와 달리 소낙비처럼 흘러내린다.

어쩌다 이 지경이 되었단 말인가.

털썩!

손을 놓자 동천비의 몸이 쓰러졌다.

그동안 동천비의 처리를 놓고 얼마나 괴로워했던가. 부모를 죽였으니 당연히 그 죄를 물어야 했다. 그러나 과연 어머니라면 어찌했을까. 동천비를 죽였을지 살렸을지 괴로워하다 뜬눈으로 밤을 샌 적이 한두 번이 아니었다. 그것은 고문이었고 가혹한 운명의 장난이었다.

누님을 뇌옥에 가두었고 동천혁을 죽였는데 이제 동천비까지 자기 손으로 죽이다니.

탁탁탁!

그때 목탁 소리가 들려왔다.

돌아보지 않아도 주인이 누군지 짐작할 수 있었다.

목탁 소리는 등 뒤에서 멈췄고 조용한 목소리가 정적을 깨웠다.

"대법왕이시여."

짙은 잿빛 가사를 걸친 동천완이 중얼거리듯 말했다.

"잘하셨사옵니다. 누구도 대법왕님을 손가락질하지 않을 것이옵니다. 악은 제거하는 것 말고는 달리 방법이 없습니다. 그러니 너무 괴로워 마십시오."

동천몽이 돌아섰는데 눈물이 범벅이 되었다.

"형."

"……."

"씨발! 이게 뭐야? 이게 뭐냐고?"

주르륵!

도대체 이 많은 눈물은 어디서 흘러나오는 걸까.

"내가 왜 이렇게 살아야 해? 형을 죽이는 인간이 어딨어? 니기미!"

"천몽아."

동천완이 동천몽을 끌어안았다.

동천몽은 동천완의 가슴에 얼굴을 묻고 소리 내어 흐느꼈다.

"불쌍한 녀석. 그래, 실컷 울거라."

"으아아앙!"

급기야 동천몽이 대성통곡을 했다.

그때 천장금왕과 자정경이 나타났다. 두 사람 모두 동천완의 품에 안겨 흐느끼는 동천몽을 보았는데 눈물이 그렁그렁했다. 특히 자정경의 눈에서는 금방이라도 주먹만 한 눈물이 쏟아질 듯 위태로웠다. 하지만 그녀는 이를 악물고 눈물을 참아냈다. 왠지 따라 울면 안 될 것 같았다.

'불쌍한 사부님!'

오늘따라 동천몽이 너무 불쌍해 보였다. 항상 당당하고 명랑한 얼굴이었지만 가슴속에 누구도 걷어낼 수 없는 검은 그림자를 숙명처럼 드리우고 살아온 동천몽이었다. 어떻게 해서라도 동천비를 죽이지 않으려고 무던히 애쓴 것을 자신은 알고 있다.

밤늦은 시간에 홀로 영탑전에서 나오는 모습을 본 것이 한두 번이던가.

영탑전에 모셔진 역대 포달랍궁 대법왕들에게 동천비를 살려달라고 기도하기 위해서라는 것을 어렵지 않게 짐작할 수 있었다. 죄인이라고 해서 죽이는 것이 능사는 아니다. 할 수만 있다면 반성하도록 가르치고 빌어 바르게 한세상 살 수 있도록 하는 것이 대법왕의 길 아니던가.

주륵!

끝내 참았던 눈물이 흘러내리고야 말았다.

와락!

달려가 동천몽을 힘차게 끌어안았다.

"울지 마요, 사부님. 이제 그만 울어요."

동천몽이 아무 말 없이 자신을 끌어안는다.

그리고 또다시 운다.
 죄인을 죽였지만 형을 죽였으니 하늘을 향해 떳떳하지 못하다.
 맑은 하늘에 갑자기 먹구름이 끼더니 비가 쏟아졌다. 빗속에서도 동천몽은 하염없이 통곡했다.

 삼 개월 후 흑수당 위로 비명이 들렸다.
 "아악!"
 자색 오동나무로 만들어진 방문 앞에 가사를 걸친 동천몽이 안절부절못하며 왔다 갔다 하고 있었다.
 "사부님, 나 좀 살려주세요! 정경이 죽는단 말예요!"
 문안으로부터 자정경의 비명이 터져 나왔고 그때마다 동천몽이 어쩔 줄 몰라 했다. 마음 같아서는 당장 뛰어들어 가 자신이 아이를 낳고 싶었다.
 "아, 미치겠구나! 정경아, 힘내거라!"
 동천몽이 문을 향해 떨리는 목소리로 말했다.
 "아악! 나 죽네! 살려줘!"
 "장인어른, 어떻게 손 좀 써보십시오. 정경이 죽겠습니다."
 동천몽이 자추동을 붙잡고 애원했다.
 자추동이 비장한 시선으로 말했다.
 "마음을 굳게 먹으십시오. 대법왕님이 흔들리면 안 됩니다."
 "머리가 나왔어요. 조금만 더 힘을 줘요, 아가씨."

"아으으! 아으으으!"

"으아앙!"

안으로부터 아기 울음소리가 흘러나왔고 동천몽과 자추동의 눈이 휘둥그레졌다.

딸칵!

그때 문이 열리고 땀에 젖은 산파 얼굴이 나타났다.

"아들입니다."

동천몽의 눈이 쭈욱 찢어졌다.

"아들."

"아들이래."

자추동과 동천몽이 힘차게 서로를 끌어안고 펄쩍펄쩍 뛰었다.

서로를 끌어안고 뛰는 두 사람을 사대법왕이 인자한 미소로 바라보고 있었다.

『대법왕』 完

Book Publishing CHUNGEORAM

김형신 게임 판타지 소설
뉴월드
NEW WORLD

검이라는 지휘봉을 바람에 흩날리며,
피의 악보와 비명의 화음으로
죽음을 지휘하는 자… 마에스트로.

최초의 가상현실 게임의 뒤를 잇는 뉴 월드의 출현.
마법과 기사, 신관, 몬스터의 서대륙, 주술과 검사, 무녀, 요괴의 동대륙.
현실과 또 다른 현실, 그 경계선에서 숨 쉬는 유저들.
그런 뉴 월드에 한 유저가 나타났다!

레벨 업을 위해서라면 잠도 포기한다!
아이템을 위해서라면 한자리에서 보름 내내 움직이지 않는다!
자신을 위해서라면 아부는 필수! 꼼수는 센스!

그가 뉴 월드에서 얻게 된 직업은 죽음의 지휘자…
마에스트로.

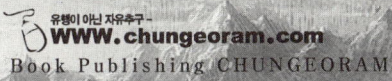

유행이 아닌 자유추구 -
WWW.chungeoram.com
Book Publishing CHUNGEORAM

류재한 新무협 판타지 소설

南北武林
남북무림

피 한 톨 섞이지 않은 악귀와 들개는 비럭질의 인연으로 만났다.
"악귀야, 미리 겁먹지 마라. 별거 아니다. 세상참! 정말 별거 아니다. 그렇지 않냐?
우리 쪽팔리게 이러지 말자."
"그래, 우리 둘이서 세상 한번 말아먹어 볼까?"

악귀는 부들부들 떨리는 목검의 예봉을 노려보며 이를 갈았다.
"이제 저주라 말하지 마라! 내가 선택한 게 아니었다. 그러니 더 이상 나에게
죄를 묻지 마라! 이제 내가 죄를 물을 차례다!"

"…네가 내게 인정해야 할 것은 운명뿐이다. 그것이 끌리면 까도 좋다.
하지만 하나만은 잊지 말고 기억해라. 난 들개다. 그걸 잊는 순간 넌……"
아랑은 말끝을 잘라놓더니 악귀를 향해 입꼬리부터 삐딱하게 말아 올려 보이곤
못다 한 말을 마저 갈무리했다.
"…좆 되는 거다. 알았냐?"

— 난 들개다. 그걸 잊는 순간 넌, …좆 되는 거다.
후—우!
'운명을 믿는 순간, 형이 좆 되는 거야.'

 유행이 아닌 자유추구 —
WWW.chungeoram.com
Book Publishing CHUNGEORAM

김철근 新무협 판타지 소설

강호불인 江湖不仁

지상 최강의 무인 천무제, 그가 패했다.
"이제 정파 놈들에게 뺏긴 천하를 돌려받을 때다."
복수를 위해 그가 키운 세 명의 제자.

"우리들이 함께했던 시절은 그저 기억일 뿐이오.
아무런 의미 없는 과거의 기록."

피에 전 강호를 걸어가는 셋째, **복수의 검**.

사부를 죽인 정파들의 강호에 들어간 둘째, **욕망의 검**.

하늘이었던 사부의 무덤에 천하를 바치려는 첫째, **야망의 검**.

그리고 그들의 피로 얼룩진 사랑.
"사부, 당신은 우리들에게 지옥이었소."

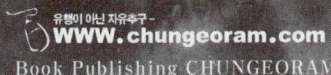

Book Publishing CHUNGEORAM

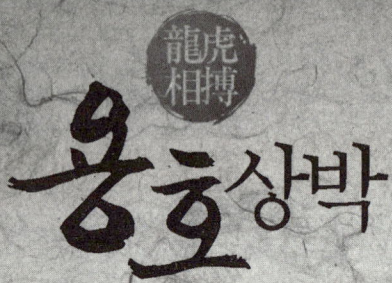

용호상박

청풍 新무협 판타지 소설

하늘이 점지(?)한 극강의 앙숙,

"포악하고 단순무식한 호랑이군단"
　　　　　　　　　강남의 패자 남흑천(南黑天).
"반듯하고 고리타분한 용의 후예들"
　　　　　　　　　강북의 패자 북백림(北白林).

만나기만 하면 으르렁대는 그들로 인해 되려 강호는 평화롭다.
한데 그 평화의 틈바구니를 비집고서
두 앙숙의 코앞에 슬금슬금 닥쳐온 운명이 있었으니.

뇌성벽력이 요동을 치던 바로 그날 밤,
무림사 초유의 황당무계한 대사건이 터지고 말았다.

강호무림의 장래를 좌지우지할 운명의 장난!
그것은 '두 장의 부적과 한마디의 주문'으로부터 시작되었다.

개봉박두, 용호상박(龍虎相搏)!

유행이 아닌 자유추구 -
WWW.chungeoram.com
Book Publishing CHUNGEORAM

이경영 소설

섀델 크로이츠

SCHADEL KREUZ

[2부] *Philosopher*
필라소퍼

정도를 추구하고 세상을 바로잡는
하얀 왕의 힘이 필요한 역전체 군단.
신의 존재에 가까운 '절대자'와
또 다른 천요의 등장.
그들의 목적은 헨지를 통한
공간왜곡의 문!

주어진 운명에 대항하는 자들과 이를 막으려는 자들.
그리고 밝혀지는 전설의 진실 앞에 또 다른
전설의 존재가 탄생하는데……

섀델 크로이츠, 그들의 임무가 시작되었다.

유행이 아닌 자유추구
WWW.chungeoram.com
Book Publishing CHUNGEORAM

CHARM MASTER

참마스터

눈매 퓨전 판타지 소설

부적(Charm)이란

**만드는 자의 정성, 만드는 자의 능력, 받는 자의 믿음,
이 세 가지가 충족되어야 최고의 힘을 발휘한다.**

이계에서 넘어온 영환도사의 후손 진월랑!
아르젠 제국의 일등 개국 공신 가문이었던 이계인 가문, 진가가 하루아침에 몰락했다.
그것도 가장 믿었던 사람으로 인해.

홀로 살아남은 어린 월랑은 하루하루 생존 게임이 벌어지는
살인자들의 섬으로 보내지는데…….

**독과 부적의 힘을 손에 넣은 진월랑!
그가 피바람을 몰고 육지로 돌아온다.**

유행이 아닌 자유추구 -
WWW.chungeoram.com
Book Publishing CHUNGEORAM

Book Publishing CHUNGEORAM

청운하 新 무협 판타지 소설

백팔번뇌
百八煩惱

세상은 날 버렸다.
나 또한 세상을 버렸다.

神이 선택한 그들이 흘린 쓰레기를…
난 그저 주워 먹었을 뿐이다.
그러므로 난 여전히 배가 고프다.

**일류(一流)가 되기 위해서라면…
난 기꺼이 신마저 집어삼킬 것이다.**

유행이 아닌 자유추구 -
WWW.chungeoram.com

Book Publishing CHUNGEORAM

大武神 대무신

임영기 新무협 판타지 소설

무간백구호(無間百九號). 태무악(太武岳).
신풍혈수(神風血手). 대살성(大殺星).

고독한 소년이 세 살 때의 기억을 좇아
천하를 상대로 싸우면서 열아홉 살 때까지 얻은 이름들.
그리고 백팔살인공(百八殺人功).

大武神

백팔살인공을 한 몸에 지닌 그를 훗날 천하는 그렇게 불렀다.

유행이 아닌 자유추구 -
WWW.chungeoram.com